구중천 5

임영기 新무협 판타지 소설

초판 1쇄 찍은 날 § 2007년 1월 30일
초판 1쇄 펴낸 날 § 2007년 2월 10일

지은이 § 임영기
펴낸이 § 서경석

편집장 § 문혜영
편집 § 서지현 · 심재영

펴낸곳 § 도서출판 청어람
등록번호 § 제1081-1-89호
등록일자 § 1999. 5. 31
어람번호 § 제2-1118호

주소 § 경기도 부천시 원미구 심곡1동 350-1 남성B/D 3F (우) 420-011
전화 § 032-656-4452 팩스 § 032-656-4453
http://www.chungeoram.com
E-mail § eoram99@chollian.net

ⓒ 임영기, 2006

ISBN 978-89-251-0529-1 04810
ISBN 89-251-0293-5 (세트)

목차

第五十一章

동방정벌군(東方征伐軍)

구중천
九重天

하남성 언사현(偃師縣).

언사현을 끼고 유유히 흐르는 이수(伊水) 강가의 나지막하고 경치가 좋은 언덕 위에 고풍스러운 장원이 한 채 있는데 옥수장(玉樹莊)이라고 하며, 언사현은 물론 낙양에까지도 유명한 학자가 주인이다.

그러나 사실 그 학자는 천외신계의 수하로서, 오십 년 전 삼천쟁 직후부터 그곳에 머물면서 중원의 정보를 천외신계로 보내는 일을 해왔다.

언사현에서 소림사가 있는 등봉현 숭산까지는 채 백여 리도 되지 않는 거리다.

그래서 옥수장주는 주로 소림사와 낙양, 개봉의 동태를 담당해 왔었다.

옥수장에는 안읍 풍래장을 출발한 천녀황 일행이 한 시진 전에 도착하여 묵고 있는 중이다.

천녀황 일행은 불과 하루도 채 안 되는 시간에 사백여 리가 넘는 길을 온 것이다.

일류고수가 쉬지 않고 전력으로 달리는 것보다 두 배 이상 빠른 속도였다.

"소림사에 방장이 없다고?"

조용하지만 빙정처럼 냉막한 목소리.

"그… 렇습니다, 여황 폐하. 소림 장문인 무아 선사(無我禪師)는 북경의 무림대회합에 참석하기 위해서 이미 열흘 전에 출발했습니다."

옥수장주, 아니, 천외무적군 휘하 마지막 이십육투번 비찰 신번의 제팔 번수장은 천녀황의 전면 이 장 정도 떨어진 바닥에 납작하게 부복하여 감히 고개도 들지 못한 채 떨리는 목소리로 아뢰었다.

"소림사로(少林四老) 중에 두 명과 일대제자 이십, 이대제자 사십 명이 무아 선사를 따라갔습니다."

"마음에 들지 않는군."

천녀황이 손가락으로 팔걸이를 두드리면서 가볍게 눈살을

찌푸렸다.

그때 그녀의 전면 가장 가까이 좌우에 서 있던 무쌍신 중 혈도신이 공손히 아뢰었다.

"여황 폐하, 이곳에서 비교적 가까운 곳에 위치해 있는 아미파와 무당파, 화산파도 같은 사정입니다. 모두들 북경의 대회합에 참석하러 떠나 각각의 문파들은 평소 전력의 절반가량을 보유하고 있습니다."

천녀황의 입가에 한줄기 조소가 피어올랐다.

"그렇다면 구중천이 중원의 쓰레기들에게 본 계가 재침공할 것이라고 경고했다는 보고가 과연 사실이로군. 북경 대회합이니 뭐니 수선을 피우는 것을 보면 말이야."

이후 천녀황은 투명할 정도로 희디흰 손을 들어 턱을 괸 채 잠시 생각에 잠겼다.

좌중은 숨소리조차 흘러나오지 않을 정도로 고요했다.

천녀황이 앉아 있는 크고 화려하며 흰 의자는 지난 오십 년 동안 아무도 앉은 적이 없었다.

북해 심처에서 비밀스럽게 생산되는 백빙선옥(白氷鮮玉)으로 만든 이 의자는 백선의(白鮮椅)라고 불리며, 천녀황이 가는 곳이면 어디든 있었다.

천녀황 뒤에는 그녀의 한 명뿐인 제자 동방여옥, 아니, 혈옥녀가 우뚝 서 있었다.

수천 척 깊이의 빙하 속에서 뽑아낸 얼음의 정화(精華) 같은 절대빙결의 모습.

시선은 전면 허공을 향한 채 마치 하나의 얼음 기둥처럼 미동조차 하지 않았다.

원래 천녀황 뒤에는 어디를 가나 항상 그녀의 막내 여동생인 천신녀 설영이 서 있었지만 지금은 혈옥녀가 그 자리를 대신하고 있었다.

설영은 천녀황의 오른쪽에 굳은 표정으로 서 있었고, 전면 양쪽에는 무쌍신이, 그 다음에는 육천군이 세 명씩 부채꼴 형태를 이루며 서 있었다.

"소림사를 괴멸시키는 것으로 천하정복의 효시로 삼으려고 했더니, 빈 껍데기라는 건가?"

한참 만에야 천녀황은 초승달처럼 고운 아미를 살짝 찌푸리며 중얼거림을 이었다.

"나는 중들이 싫어. 자비니 극락정토니 떠들어대는 것은 더 싫고. 그래서 천중인계를 칠 때마다 소림사부터 쓸어버리고 싶은 거야."

"여황 폐하."

혈도신이 조심스럽게 입을 열었다.

"연전에 구중천으로 잠입시킨 소신의 제자를 기억하고 계십니까?"

천녀황은 고개를 가볍게 끄덕였다.

"그래."

"그 녀석이 여황 폐하께 아뢸 말씀이 있다고 합니다."

천녀황이 다시 한 번 가볍게 고개를 끄덕이자 대전의 문이 좌우로 활짝 열리더니 한 명의 홍의청년이 성큼 안으로 들어섰다.

저벅저벅…….

팔 척이 훨씬 넘는 큰 키에 딱 벌어진 어깨, 부리부리한 눈과 크고 우뚝 솟은 콧날, 그리고 두툼하며 붉은 입술에 턱까지 길게 기른 구레나룻.

대장부의 모습이란 바로 이런 것이다, 라고 자신의 용모로 대변하는 것 같은 청년.

그는 바로 용비(龍飛)였다.

화무린과 구중천에 한날한시에 들어갔다가 역시 한날한시에 나왔던 바로 그다.

용비는 당당한 걸음으로 천녀황을 향해 곧장 걸어가 부복해 있는 비찰신번 제팔 번수장의 곁을 지나쳐 세 걸음 더 나아가서 걸음을 멈춘 후 그 자리에 납작하게 부복한 후 이마를 바닥에 댔다.

"소인 용비, 여황 폐하를 뵈옵니다!"

낮고 굵으면서도 우렁우렁한 목소리였다.

그러나 천녀황은 아무 말도 없었다.

그녀는 눈을 감은 채 생각에 잠겨 있느라 용비를 보고 있지 않았다.

"비야, 여황 폐하께 구중천에 대해서 보고를 드려라."

혈도신이 조심스럽게 언질을 주었다.

구중천이라는 말에 천녀황은 슬쩍 눈을 떴지만 아직 용비를 보지는 않았다.

"여황 폐하, 구중천의 위치를 알아냈습니다."

용비의 말에 천녀황은 비로소 그를 바라보았다.

"그리고 구중천의 실체에 대해서도 어느 정도 알아낸 것이 있습니다."

천녀황은 침묵을 지켰다.

그것이 계속 말을 하라는 뜻이라는 것을 천외신계 사람들은 잘 알고 있었다.

"구중천은 아홉 명의 천제들로 구성되어 있으며, 그들의 우두머리는 균천제로 천주(天主)라고 불립니다. 그는 바로 성존의 친형입니다."

천녀황의 눈빛이 반짝 빛났다.

성존은 오십 년 전에 그녀를 꺾고 천외신계를 중원에서 몰아냈던 천상성계의 인물이다.

성존이라는 말에 천녀황은 흥미를 느꼈다. 이윽고 그녀는 턱에서 손을 떼며 허리를 폈다.

"구중천까지 안내할 수 있겠느냐?"

"물론입니다."

용비의 몸이 더 납작해졌다.

"구중천은 세력이 어느 정도더냐?"

용비는 대리석 바닥에 대고 있는 이마보다 뒤통수에 부딪치는 천녀황의 목소리가 더 차갑다고 느꼈다.

"중원의 구파일방과 오대문파를 합친 것보다 다섯 배 이상 강할 것입니다."

"호오…… 다섯 배라고?"

천녀황의 얼굴에 흥미롭다는 표정이 떠올랐다. 그녀가 평소에 여간해서는 그런 표정을 짓지 않는다는 것을 수하들은 잘 알고 있었다.

"일어나라."

고개를 들라는 것도 아니고 일어나라고 했다. 이런 경우는 일찍이 한 번도 없었다.

그런데 용비는 사양하거나 쭈뼛거리지도 않고 한 번에 벌떡 일어나 당당하게 버티고 섰다.

천녀황은 어물어물하거나 흐릿한 것을 아주 싫어하는 성격이었다.

그 반면에 시원시원하고 강단있는 성격을 좋아했다. 그러나 그것이 지나치면 불경죄로 다스린다.

천녀황은 용비를 지그시 응시했다.

그런데도 용비는 고개를 숙이지도 외면하지도 않고 천녀황의 시선을 똑바로 마주 쳐다보았다.

그러자 천녀황의 눈빛이 약간 바뀌었다.

눈매도 얼음에 새긴 칼자국처럼 가늘어졌다. 마치 '이놈 봐라?' 하는 눈빛이었다.

슬쩍 천녀황의 표정을 살핀 혈도신의 입가에 보일 듯 말 듯 미소가 피어올랐다.

용비가 지금 보이고 있는 저런 무모할 정도의 행동은 사실 혈도신이 귀띔한 것이었다.

그런데 용비는 혈도신이 염려하고 있던 것보다 훨씬 더 잘하고 있었다.

너무 잘해서 오히려 저러다가 역효과를 불러일으키지는 않을까 걱정이 될 지경이었다.

"네 이름이 무엇이냐?"

천녀황의 시선이 용비의 얼굴에서 떨어질 줄 몰랐다.

"용비입니다."

무쌍신이나 육천군 등은 모두 제자를 거두었지만 천녀황은 그들을 한 번도 본 적이 없었다.

수하의 제자를 직접 만난 것은 용비가 처음이다.

천녀황은 자신의 흥미를 시험했다.

"네 생각에 구중천을 쓸어버리려면 어느 정도의 전력이 필요할 것 같으냐?"

용비는 거침없이 대답했다.

"천외무적군 다섯 개 번(幡)이면 충분합니다."

하나의 번이 오천 명 정도니까 다섯 개 번이면 무려 이만 오천 명이다.

"그것으로 충분하다는 것이냐?"

용비는 공손히 허리를 굽혔다.

"다만, 균천제를 처치하기 위해서는 여황 폐하가, 그리고 여덟 명의 천제를 처치하려면 여제 전하, 그리고 사부님과 사숙님, 육천군 중에 몇 분이 필요합니다."

여제 전하는 여황의 친동생인 설영을 가리키는 것이고, 사부는 물론 혈도신을, 사숙은 무쌍신의 또 한 명인 흑멸신을 가리키는 것이다.

용비의 말은 무례하다 못해서 오만하기까지 했다. 그런 말들은 사부인 혈도신과 사전에 한마디 상의한 적이 없는 내용이었다.

혈도신은 조마조마한 표정으로 조심스럽게 천녀황의 얼굴을 살폈다.

"균천제를 죽이려면 내가 필요하다고 했느냐?"

용비의 얼굴에서 오만함이 씻은 듯이 사라지고 대신 공손함이 떠올랐다.

"그렇습니다, 여황 폐하."

이즈음 천녀황의 얼굴에선 흥미있어하는 표정이 사라져 있었다.

대신 그녀는 원래의 빙정 같은 표정으로 용비를 묵묵히 주시하고 있었다.

용비는 오금이 저렸다.

아니, 사실 그는 대전에 들어설 때부터 지독하게 겁을 먹어 다리가 후들후들 떨렸었다. 그러나 그는 아랫배에 지그시 힘을 주면서 도박을 해보기로 결심했다.

사부인 혈도신에게 자신만의 야심이 있다면, 그에게도 야심이 있는 것이다.

용비는 천녀황의 시선을 똑바로 마주 쳐다보았다. 그렇지만 불경스럽지 않도록, 그러면서도 비굴하지 않으려고 무진 애를 쓰고 있었다.

그러나 그는 동공이 얼어버리고, 뇌도 얼어서 퍼석퍼석 으깨어지는 것 같았다.

장내에는 질식할 듯한 적막이 흘렀다.

이윽고 잠시 후 적막을 깨고 천녀황의 입에서 조용한 음성이 흘러나왔다.

"쌍신."

무쌍신이 즉시 무릎을 꿇었다.

"하명하십시오!"

"천외무적군 일투번에서 오투번까지 다섯 개 번을 준비시켜라."

"존명!"

"다섯 개 번을 묶어 '동방정벌군(東方征伐軍)'으로 명명하고, 용비를 총번주(總幡主)로 임명한다."

굉장한 결정이었다.

한순간 아까하고는 또 다른 의미의 정적이 감돌았다. 그러나 모두의 가슴속은 요동치고 있었다.

"뭘 하느냐? 어서 복명하지 않고서!"

혈도신이 가볍게 호통을 치자 용비는 화들짝 놀라 즉시 부복하여 이마를 바닥에 댔다.

"여황 폐하의 명을 받듭니다!"

그러면서도 그는 자신이 지금 무엇 때문에 절을 하고 있는 것인지, 천녀황이 방금 전에 무슨 말을 했는지 제대로 알지 못했다.

그만큼 천녀황의 말은 엄청난 파격이었다.

천녀황의 명령이 일사천리로 이어졌다.

"풍사군(風師君)과 운월군(雲月君)은 혈옥녀를 보좌하여 제칠투번을 이끌고 소림사를 괴멸시켜라."

육천군의 넷째인 풍사군과 다섯째인 운월군은 즉시 바닥에 엎드렸다.

"존명!"

"이후 제칠, 팔, 구, 십, 십일 다섯 개 투번을 '천중정벌군(天中征伐軍)'으로 명명. 총번주로 혈옥녀를 임명하고, 북경의 대회합을 초토화시켜라!"

"존명!"

제육투번은 번주 이하 수뇌부들이 거의 모두 하북 경무장에서 화무린에게 전멸을 당했다.

그래서 아직 제 기능을 하지 못하고 있기 때문에 작전에서 제외할 수밖에 없었다.

"잔혼군(殘魂君)."

이번에는 육천군의 막내가 바닥에 엎드렸다.

"너는 십삼 투번의 정예 백 명을 선발하여 하북 경무장의 육 투번 지휘부를 괴멸시킨 은오검객이란 놈을 산 채로 내 앞에 잡아와라."

"존명!"

중인은 천녀황이 경무장이니 은오검객 따위의 어쩌면 하찮을 수도 있는 것들의 이름까지 기억하고 있는 것에 대해서 조금도 놀라지 않았다.

일개 국가(國家)나 다름이 없는 천외신계에 책사가 한 명도 없는 것에는 이유가 있었다.

천외신계의 거의 모든 굵직한 일들은 천녀황이 계획하고 명령한다. 그리고 그것들의 대략적인 계획은 무쌍신이, 구체적인 계획은 육천군이 세우고 또 명령한다.

천녀황 이하 서열 이위부터 이십위까지 천외신계의 전 고수들은 무공뿐만 아니라 지식까지도 겸비하고 있었다.

실력만으로는 삼천계를 정복할 수 없다는 확고한 신념을 갖고 있는 천녀황은 천외신계의 전 수하들을 병법으로도 무장시켰다.

이윽고 천녀황은 냉혹한 미소를 지으며 결론을 내리듯 입을 열었다.

"나는 용비, 혈도신, 그리고 육천군 중에 두 명을 데리고 구중천을 짓밟고 오겠다."

*   *   *

북경의 새로운 명소로 등장한 상명각은 최고급의 술과 요리, 천향국색의 기녀들로 날이 갈수록 소문이 나서 연일 문전성시를 이루고 있었다.

손님들로는 고관대작에서부터 내로라하는 부호들과 이름난 풍류가객, 그리고 유명한 무림고수들까지 가리지 않고 구름처럼 모여들었다.

그렇게 몰려드는 손님들은 너무 많았고, 장소는 한정된 터라 상명각은 부득이 예약 손님만을 받기로 했다.

그런데도 지금 현재 접수된 예약이 석 달가량 밀려 있는 실정이었다.

거리에 작고 허름한 주루 하나가 새로 생겨나도 뭔가 얻어먹으려는 거지 떼와 돈푼이나 뜯으려는 하오배들이 진을 치는 법이다.

하물며 상명각은 현재 북경성 내에서 최고의 주가를 올리고 있는데도 불구하고 문전에서 그런 패거리들을 구경조차 할 수가 없었다.

북경의 유일한 하오문인 축록방이 상명각의 문지기를 자처하고 나섰기 때문이다.

북경 하오문을 일통한 축록방의 방주 함중이 아들의 주인인 화무린이 개업한 것이나 다름이 없는 상명각을 호위하겠다는 것은 당연한 일이었다.

그러나 축록방도 건드리지 못하는 부류가 있으니 바로 개방의 거지들이었다.

개방 거지들에게 있어서 상명각은 축복의 장소였다.

아무리 개방 거지들이라고 해도 먹고살기 위해서는 구걸을 할 수밖에 없다.

그것이 개방의 방규였다. 신분의 고하를 막론하고 그것을 어기면 엄중한 처벌이 가해지게 마련이다.

그런데 상명각은 가게 뒤쪽에 아예 개방 거지들이 전용으로 이용할 수 있는 임시 가건물을 하나 지어서 그곳에서 음식을 대접하는 편리를 제공하고 있었다.

배고픈 개방의 거지들은 언제든지 상명각에 찾아왔으며, 돌아갈 때는 부른 배를 두드리며 요리를 싼 보자기를 흔들면서 기분 좋게 노랫가락을 흥얼거렸다.

상명각은 개방의 거지들에게만은 특별한 은전을 베풀었는데, 개방 거지들조차도 그 이유를 알지 못했다.

사실 그것은 화무린의 지시였다. 당쾌와의 우정을 생각한

후의였다.

오늘, 상명각의 총관이 배불리 술과 음식을 먹은 후 막 상명각을 떠나려는 한 명의 개방 거지를 불러 세우고 한 가지 부탁을 했다.

"소방주 쌍쾌님에게 술시(戌時:밤 8시)까지 이곳으로 와달라고 전해주세요."

당쾌는 크고 으리으리한 상명각 앞에 서서 건물을 쳐다보다가 기가 팍 죽었다.

그는 일전에 이곳에서 한차례 술과 요리를 진탕 먹어본 적이 있었다.

하지만 그것은 어디까지나 세라공주 주자운이 자신과 사부, 그리고 장로들을 초청한 덕택이었다.

그런 경사스러운 일이 아니라면 개방 거지의 신분으로는 죽을 때까지 다시 못 와볼 곳이 상명각이었다.

상명각의 크고 멋진 전문 앞 너른 마당에는 예약을 하지는 못했지만 어떻게든 들어가 보려는 손님들과 그들이 타고 온 마차와 수레들의 곡격으로 북새통을 이루고 있었다. 그들은 하나같이 최고급의 옷을 입고 한껏 멋을 낸 상류층의 인물들이었다.

"너, 제대로 들은 거냐?"

당쾌는 아무리 생각해 봐도 상명각 총관이 자신을 보자고

할 리가 없다고 여겨 자신에게 그 말을 전한 개방의 백의개에게 확인하듯 물었다.

사실 그는 이곳까지 오는 동안에 그 물음만 벌써 대여섯 번째 하고 있었다.

당쾌에게 상명각 총관의 말을 전해준 거지는 전전긍긍 허리를 굽혔다.

"무, 물론입니다, 소방주님. 제자가 하늘 같으신 소방주님께 어찌 거짓을 아뢰겠습니까?"

"흠! 그것참……."

당쾌는 도무지 이해할 수 없다는 듯 수염도 없는 턱을 쓰다듬으며 고개를 모로 꼬았다.

"이, 이리로 가시지요."

백의개는 굽실거리며 상명각의 옆 담 쪽을 가리켰다. 자신들이 언제나 상명각에 밥을 얻어먹으러 올 때는 골목 뒤편의 뒷문을 이용했기 때문에 당쾌도 당연히 그리로 안내하려는 것이었다.

"쌍쾌님이신가요?"

바로 그때였다. 당쾌가 백의개를 따라서 옆 담으로 막 두어 걸음 옮기려는데 그의 뒷덜미를 붙잡는 낭랑한 여자의 목소리가 들려왔다.

당쾌가 돌아보자 우아한 중년 부인이 두 명의 하녀를 거느리고 서 있는 모습이 시야에 들어왔다.

당쾌는 설마 그녀들 중 한 사람이 자신을 불렀으리라고는 생각하지 않고 있는데, 중년 부인이 화사한 미소를 지으면서 똑같은 질문을 했다.

"쌍쾌님이신가요?"

당쾌의 목소리는 어눌했다.

"그… 렇소만……."

중년 부인이 자신을 부른 것이 분명했다. 평소 팽팽 잘 돌아가던 당쾌의 머리가 지금은 뻑뻑했다.

"내게 볼일이 있소?"

중년 부인이 상명각의 정문을 가리켰다.

"쌍쾌님을 기다리는 분이 계시니 안으로 드시지요."

당쾌의 얼굴에 의아함이 더 짙어졌다.

"이녁은 뉘시오? 그리고 날 기다린다는 사람은 누구요?"

그래도 쌍쾌가 누군가? 이지렁스럽기로는 북경에서도 둘째가라면 서러운 부라퀴가 아닌가.

중년 부인은 화사하게 미소를 지었다.

"저는 상명각의 총관이에요. 그리고 기다리는 분은 들어가서 만나보시면 자연히 아실 것입니다."

현재 북경성 내에서 최고의 명소로 꼽히는 상명각의 총관이 몸소 영접을 한다는 것은 놀라운 일이었다. 당쾌는 귀신에 홀린 기분이었다.

"까짓거, 안내하시오!"

이리저리 염두를 굴려보던 당쾌는 해답은 떠오르지 않고 괜히 머리만 지끈지끈 아파오자 기세 좋게 상명각 현관으로 걸음을 옮기며 외쳤다.

어떻게 예약이 취소된 자리라도 없을까 기대하며 진을 치고 있던 사람들은 총관의 영접을 받으면서 현관으로 들어서는 당쾌를 놀라고도 부러운 표정으로 쳐다보았다.

그들은 자신들이 거지를 부러워하게 될 줄은 몰랐을 것이다.

"들어가시지요."

총관 유려(劉麗)는 삼층 계단 꼭대기에서 방문을 열어주며 공손히 청했다.

계단을 올라오며 조금 진정됐던 당쾌의 가슴은 또다시 요동을 쳐댔다.

그는 상명각이 일층은 주루이며 이층은 기루, 그리고 삼층 전체는 상명각주 개인의 거처라는 사실을 소문을 들어서 익히 알고 있었다.

그런데 그는 지금 바로 그 삼층 각주의 방으로 안내된 것이었다.

당쾌가 유려를 쳐다보자 그녀는 열린 방문 안쪽을 향해 공손히 허리를 굽히며 아뢰고 있었다.

"쌍쾌님을 모셔왔습니다, 각주."

'각주!!'

당쾌는 혀가 목구멍 속으로 말려들 정도로 소스라치게 놀라서 급히 방문 안쪽을 쳐다보았다.

그곳에 구름 무늬를 수놓은 최고급 운금상(雲錦裳)을 입은 아름다운 한 여인이 우아하게 서 있었다.

상명각주인 상명이었다.

병이 완전히 나은 그녀는 과거 기녀였을 때보다 오히려 더 아름다운 모습이었다.

더할 수 없이 마음이 편하고 부러울 것이 없는 꿈같은 생활을 하고 있으며, 자신의 옆에 화무린까지 있어주니, 감추어져 있던 아름다움까지 겉으로 드러난 듯했다.

"수고했어요, 언니."

상명은 유려에게 가볍게 고개를 끄덕여 보였다.

유려는 상명이 예전에 기녀로 있었던 홍연루의 동료 기녀로서, 십여 년 전 아무도 찾아주지 않는 패류잔화(敗柳殘花)가 되어 기적(妓籍)에서 물러 나와 홍연루에서 허드렛일을 하고 있는 것을 상명이 이곳 상명각의 총관으로 전격 발탁하여 데리고 온 것이다.

상명은 시서(詩書)와 그림에 능하고, 유려는 가무(歌舞)가 출중하여 홍연루에서의 전성기 때에 두 여자는 홍연쌍기(鴻淵雙技)로 불리며 성가를 올렸었다.

그녀들은 원래도 친했기 때문에 곧 의기투합하여 북경은 물론이고 하북의 유명한 기루에서 시서가무에 실력있는 기녀들을 상명각으로 끌어 모았다.

또한 상명과 유려가 직접 재능이 있는 기녀들에게 매일 시서가무를 가르쳐 손님들에게 선을 보였으니 상명각이 명성을 날리지 않으면 오히려 그게 이상한 일이었다.

"어서 오세요, 당쾌님."

상명은 당쾌에게 그가 한 번도 본 적이 없었을 법한 화사한 미소를 지어 보였다.

다른 사람들은 쌍쾌라고 부르는데 그녀는 그의 이름인 당쾌라고 불렀다.

"들어오세요."

"허엇!"

상명이 섬섬옥수를 내밀어 거침없이 당쾌의 지저분한 손을 잡아 안으로 이끌자 그는 화들짝 놀랐다.

"가, 각주! 아무래도 사람을 잘못 보신 것 같습니다!"

당쾌는 자길 만나려는 사람이 상명각주라고 생각했다. 그렇다면 일이 더 커지기 전에 바로잡아야만 했다. 이 일은 필경 뭔가 오해가 있는 것이 분명했다.

"나는 일개 거지일 뿐… 헛?"

그러나 당쾌는 창가의 탁자 앞에 앉아 있다가 일어서는 한 명의 청년을 발견하고는 놀라서 헛바람을 들이켜며 하던 말을 멈추었다.

담담히 미소 짓고 있는 청년은 바로 화무린이었다.

"너… 무린!"

당쾌는 얼굴이 붉게 상기되어 복잡한 표정이 가득 떠올랐으나 시선은 화무린의 얼굴에 고정되어 있었다.

"쾌, 잘 있었느냐?"

화무린이 천천히 다가오며 미소를 지었다.

그 말에 당쾌는 비로소 이것이 꿈이 아니라 현실이라는 것을 깨달았다.

"무린아!"

당쾌는 한달음에 달려가 화무린을 와락 끌어안았다.

"살아 있었구나! 이게 도대체 얼마 만이냐, 응?"

그는 마치 죽었던 사람이 살아서 돌아온 것처럼 지나치게 반가워했다.

"넉 달 만이야."

화무린이 당쾌의 지나친 행동에 어이없는 미소를 지으며 당쾌를 슬쩍 떼어냈다.

"그… 것밖에 안 됐나? 십 년은 된 것 같구만……."

당쾌는 머쓱하게 머리를 긁적였다.

세 사람은 탁자 둘레에 앉았다. 상명은 한시도 떨어지기 싫은 듯 화무린 옆에 붙어 앉았다.

한시름 돌린 당쾌는 두 사람을 번갈아 쳐다보며 의아한 표정을 지었다.

"그런데… 두 사람 어떤 사이야?"

화무린이 미소를 지으며 상명의 손을 잡았다.

"누나야. 인사해."

당쾌는 눈을 휘둥그렇게 떴다.

"친누나야?"

"응."

화무린이 고개를 끄덕이자 상명의 눈이 촉촉해졌다.

화무린이 자신을 핏줄처럼 여긴다는 사실은 알았지만, 정작 다른 사람에게 친누나라고 소개하자 상명은 기쁨으로 가슴이 터질 것만 같았다.

당쾌가 입술에 침을 바르면서 물었다.

"그럼 너 여기에서 사는 거냐?"

"그래."

"이제 보니 상명각이 본 방 거지들을 후하게 대접하는 것도 네 덕분이었구나?"

"응."

당쾌는 상명을 잠시 응시하다가 일어나서 정중히 포권을 하며 인사했다.

"당쾌입니다. 무린의 유일한 친구죠."

화무린이 어이없다는 표정을 지었다.

"유일한 친구라니?"

당쾌가 히죽거리며 대꾸했다.

"너처럼 성질머리 괴팍한 녀석에게 다른 친구가 있을 리 없지. 내 말 틀려?"

화무린은 씁쓸한 표정을 지었다.

상명이 화사하게 미소 지으며 당쾌에게 말했다.

"나는 상명이에요. 잘 부탁해요."

"오호~! 상명각이 어째서 상명각인지 이제 알겠군요!"

당쾌는 별것도 아닌 것을 갖고도 호들갑을 떨었다. 아니, 지금 그는 너무 기분이 좋아서 소녀들처럼 낙엽이 굴러가는 것을 보고도 자지러지게 웃고 싶은 심정이었다.

이윽고 최고급의 명주(名酒)와 고량진미를 든 하녀들이 줄을 지어 들어와 탁자에 가득 차리는 것을 보면서 당쾌는 침을 질질 흘렸다.

"먹… 어도 되니?"

그는 화무린과 상명을 번갈아 보면서 물었다.

"물론이지."

그 이후, 화무린은 당쾌에 대해서 새로운 사실 한 가지를 알게 되었다.

그는 식사를 할 때에는 일체 말을 하지 않았다.

화무린이 무언가를 물으려고 하자 마구 손을 저으면서 나중에 말하라는 시늉을 할 뿐 오직 먹는 일에만 몰두했다. 그런 모습을 보노라면, 먹다가 죽는 것이야말로 그가 원하는 최상의 소원인 듯했다.

당쾌는 화무린에 비해서 키가 머리 하나는 작았고 뚱뚱한 체구였지만 식사량은 엄청났다.

그는 화무린과 상명이 사나흘 걸려서 먹을 것을 한 끼에 먹어치우는 괴력을 발휘했다.

"꺼억~ 무린아, 넌 왜 안 먹어? 누님도 드시지요!"

한참이 지나서야 그는 때가 잔뜩 낀 손톱으로 이빨 사이에 낀 고기 조각을 후벼내면서 느긋하게 말했다.

그러나 당쾌는 자신이 탁자의 요리들을 싹 쓸었다는 사실을 깨달았다.

"쾌야, 안읍 풍래장 동태는 어때?"

이윽고 화무린이 진중하게 물었다. 사실 그는 그것이 제일 궁금했다.

풍래장에는 부모님과 누나의 원수인 무쌍신과 육천군이 있다. 그리고 그들을 거느린 천녀황도 있었다.

화무린은 넉 달 전에 경무장에서 안읍 풍래장을 감시해 달라고 당쾌에게 부탁을 했었다.

화무린의 물음에 당쾌의 안색이 어두워졌다. 아니, 그뿐만 아니라 얼굴에 두려워하는 기색마저 떠올랐다.

"무슨 일이지?"

화무린은 뭔가 심상치 않음을 느꼈다.

당쾌는 살이 조금 붙어 있는 구운 오리 다리를 맨손으로 집어 들다가 말고 손을 거두었다.

"아무래도 마녀가 탄생한 것 같다."

그는 무거운 어조로 중얼거렸다. 세상에 거리낄 것이 없는 그가 이러는 것을 보면 지금부터 하려는 말의 내용이 무척이나 중요한 것 같았다.

"마녀?"

화무린은 의아한 표정을 지었다.

"응."

당쾌는 잠시 뜸을 들이더니 한차례 숨을 크게 들이쉰 후 설명을 시작했다.

"풍래장을 감시하고 있는 본 방 안읍 분타 제자의 보고에 의하면, 풍래장에는 네가 말한 무쌍신과 육천군이라는 인물들이 틀림없이 있는 것 같다는 거야."

그렇다면 경무장을 점령하고 있던 육 번주는 거짓말을 하지 않은 것이다.

화무린은 심장 박동이 조금씩 빨라지는 것을 느꼈다. 하지만 당쾌를 재촉하지는 않았다.

"나는 안읍 분타 제자들의 안전을 위해서 그들에게 풍래장에 가까이 접근하지도 말고, 미행을 하게 될 경우에는 최소한 오 리 이상의 거리를 두라고 지시했기 때문에 풍래장 내부에서 벌어지는 자세한 것들은 알지 못해."

당쾌의 지시는 적절했다.

풍래장에 천외신계의 여황인 천녀황과 이위 무쌍신, 삼위 육천군 등이 망라되어 있다면, 무림의 최고 고수라고 해도 가까이 접근하는 것은 위험천만한 일이거늘, 하물며 개방의 제자들이야 오죽하겠는가.

상명이 화무린과 당쾌의 잔에 술을 따랐지만 아무도 술을 마실 생각은 하지 않았다.

"풍래장에서는 사흘에 한 번씩 외출을 하는데, 항상 딱 열 명이야. 여자 둘에 남자 여덟."

"어떤 자들이지?"

당쾌는 손가락을 펼쳐 보이며 설명을 이었다.

"두 명의 절색소녀, 두 명의 노인, 여섯 명의 초로인(初老人)들인데, 두 명의 노인이 무쌍신, 여섯 명의 초로인이 육천군인 것 같아."

화무린은 약간 의아한 표정을 지었다.

"그들이 누굴 호위하는 것인가?"

"응. 두 소녀는 눈이 번쩍 뜨일 정도로 절색이라는데, 둘 다 십칠, 팔 세로 비슷한 나이고, 한 명은 늘 백의를, 또 한 명은 옥색 옷을 입는데, 옥의소녀가 백의소녀를 곁에서 호위하고, 여덟 명의 남자가 뒤를 따른다더군."

화무린은 가볍게 눈살을 찌푸렸다.

"대체 천녀황은 어디로 가고 백의소녀와 옥의소녀 따위가 다 뭐라는 거지?"

지금으로부터 오십 년 전에 천녀황이 마지막 삼천쟁을 일으켰으니 그녀의 현재 나이는 아무리 적게 잡아도 팔십여 세는 되었을 것이다.

그런데 천외신계 서열 이, 삼위인 무쌍신과 육천군이 십칠, 팔 세의 일개 나이 어린 소녀를 호위하고 있다니 알 수 없는 일이었다.

화무린의 불편한 심기를 아는지 모르는지 당쾌가 더욱 긴장된 표정으로 말을 이었다.

"내가 보기에는 아무래도 두 소녀 중에 백의소녀가 천녀황인 것 같아. 천녀황 정도라면 엄청난 공력을 지니고 있을 테니까 주안술 따위로 젊음을 유지하지는 않겠지."

화무린의 얼굴이 놀라는 표정에 이어서 의아한 표정으로 바뀌었다.

"주안술?"

"응. 공력을 일으켜서 피부를 팽팽하게 만들어 젊어지는 방법 말이야."

당쾌는 화무린처럼 뛰어난 고수가 주안술 같은 상식적인 것을 모를 리 없다는 투로 설명했다.

그러나 구중천에서 나온 지 몇 달밖에 지나지 않아 강호의 경험이 그리 많지 않은 화무린은 주안술이 아니라 그보다 더 상식적인 것들조차 모르는 것이 많았다.

상명은 두 사람이 나누는 대화가 생경해 지루해서 자리를 뜰 법도 한데, 화무린 곁에 다소곳이 앉아서 눈을 빛내며 가만히 있었다.

그녀는 그저 화무린 곁에만 있으면 행복했다.

"천녀황의 나이는 아무리 적게 잡아도 백 세가 훨씬 넘었을 것이라는 게 본 방 사부님과 장로님들의 생각이야. 내 생각도 같아. 오십 년 전 삼천쟁 때 천녀황은 공력이 오기조원에 이르렀으며 중년의 모습이었다는데, 지금은 공력이 한층 증진되지 않았겠어?"

당쾌는 눈을 가늘게 뜨며 말을 이었다.

"여러 정황으로 미루어 백의소녀가 천녀황인 것이 분명해. 음! 그런데 그녀가 오십 년 전보다 오히려 더 어려진 것을 보면 공력이 더욱 높아져서 반박귀진(反撲歸眞), 아니, 등봉조극(登峰造極)의 경지에까지 오른 것이 분명해."

반박귀진이니 등봉조극이라는 말 역시 화무린으로서는 처음 들어보는 것이었다.

구중천에서 금비라 은겸은 오직 천지조화검에 대해서만 말을 했었다.

"그 정도 경지에 이르면 굳이 공력을 사용하지 않아도 마음만 먹으면 젊음으로 되돌아갈 수 있대. 겉만 아니라 속까지 말이야."

"백의소녀가 천녀황이란 말이지? 분명해?"

화무린은 이를 갈 듯한 표정으로 거듭 확인했다.

"그래. 무쌍신이나 육천군으로 보이는 자들이 백의소녀에게 지극히 공손하다는 보고야. 그러니까 그녀가 천녀황이 아

니라면 대체 누구겠어?'

화무린의 입에서 자신도 모르게 신음이 새어 나왔다.

"음! 천녀황……!"

무쌍신과 육천군은 천녀황의 수하들이다.

십이 년 전에 그들 여덟 명이 천녀황의 명령 없이 제멋대로 행동하여 화무린네 가족, 즉 북경 천화장에서 혈겁을 일으키지는 않았을 것이다.

그들은 필경 천녀황의 명령에 따라 행동했을 것이다.

그러니까 화무린이 죽여야 할 최종적인 원수는 바로 천녀황이었다.

그런데 천녀황이 무엇 때문에 자신의 가문을 몰살시킨 것인가? 에 대해서 화무린은 수없이 생각해 봤지만 해답은커녕 실낱같은 단서조차도 찾을 수가 없었다. 그것은 지금도 마찬가지였다.

"계속해 봐."

화무린은 들끓기 시작하는 분노를 술 한 잔으로 삭이려고 애쓰면서 설명을 재촉했다.

아까 당쾌가 언급한 '마녀의 탄생'이 뭔지 궁금했다. 천녀황이 꾸미는 일이라면 모조리 알고 싶었다.

"그들이 가는 장소는 안읍 동북쪽 오십여 리 거리에 있는 중조산이라는군."

설명을 시작하는 당쾌의 얼굴이 다시 굳어졌다. 생각만 해도 오금이 저리는 듯한 표정이었다.

"그들을 지켜보기 시작한 지 석 달 보름쯤 됐는데, 그 기간 동안 반드시 사흘에 한 번씩은 중조산에 가더래."

화무린은 술잔을 만지작거렸다.

"그곳에서 무얼 하는 거지?"

"중조산 남단에 혈주봉이라고 전체가 혈옥으로 이루어진 수백 장 높이의 깎아지른 절봉이 있는데, 그곳에 도착하면 백의소녀, 즉 천녀황 혼자만 혈주봉에 오르고 나머지 아홉 명은 절봉 아래에서 기다린다는군."

당쾌는 입술이 타는지 혀로 입술을 축이다가 술을 한 모금 마시고 나서 다시 말을 이었다.

"며칠 전에 보내온 보고에 의하면, 보름쯤 전에 그들 열 명이 중조산 혈주봉에 갔었는데, 그날은 열 명 모두 절봉에 올라갔대."

천녀황 일행에게 가까이 접근하지 못한 채 멀리 떨어진 다른 봉우리에 올라가서 지켜본 개방 안읍 분타 제자의 보고는 대충 이랬다.

천녀황 등이 혈주봉으로 가는 것은 항상 열 명이었는데, 그날은 한 명의 여자가 더 있었다.

머리카락이 새하얗게 센 백발의 중년 여인으로 강시처럼 깡마른 몰골에 병약해 보였으며, 그녀는 옥의소녀에게 업혀서 그곳까지 갔다.

그들은 상층부 어느 동굴 앞에 모여 있었고, 백발여인은 동굴 앞에 무릎을 꿇은 자세였다.

그러더니 잠시 후 지진과도 같은 큰 진동이 혈주봉을 중심으로 일어났으며, 곧이어 엄청난 폭음과 함께 혈주봉 위쪽이 그들이 있는 곳에서부터 잘라져서 위쪽의 봉우리 오십여 장 높이가 아래로 추락하여 붕괴하는 천재지변 같은 일이 벌어졌다.

그와 함께 핏빛 옷을 입은 혈의녀가 잘라져 나간 봉우리 속에서 솟아 나왔다.

그 즉시 천녀황이 무릎을 꿇고 있는 백발여인을 가리키며 뭐라고 소리치자 혈의녀는 즉시 백발여인을 죽이려는 듯 손을 뻗었다.

순간 옥의소녀가 혈의녀를 가로막으면서 외쳤는데, 큰 소리였기 때문에 개방제자들 귀에도 똑똑히 들렸다.

"안 돼! 이분은 네 어머니다! 정신 차려라, 여옥아!"

그러나 다음 순간 혈의녀의 손에서 핏빛 기류가 뿜어져 나와 백발여인의 머리를 적중시켰고, 그녀의 몸은 폭발하여 먼지처럼 흩어져 버렸다.

잠시 후 천녀황의 날카로운 웃음소리가 십여 리 밖까지 퍼져 나갔다.

"아하하하핫! 천하여, 목을 씻고 기다려라!"

설명을 마친 당쾌는 극도로 긴장한 표정으로 으스스 몸을 떨었다.

"인간의 능력으로 어떻게 봉우리 꼭대기 오십여 장을 통째로 날려 버릴 수 있는 것인지 내 머리로는 도저히 이해가 되지 않아."

이즈음, 화무린의 얼굴은 온통 경악으로 물들어 있었는데, 당쾌는 그가 자신의 말에 너무 큰 충격을 받았기 때문이라고 생각했다.

"천녀황이 중조산 혈주봉에 사흘에 한 번씩 갔었던 이유는 혈의녀를 키우기 위해서였고, 그전에도 줄곧 그랬었던 것 같아. 그리고 여러 정황으로 미루어 혈의녀는 천녀황의 제자일 가능성이 높아."

"무린아……."

그때 상명이 화무린을 보며 놀라는 표정을 지었다. 화무린의 몸이 가늘게 떨리고 있는 것이 어깨가 맞붙어 있는 그녀에게 전해졌기 때문이다.

화무린의 얼굴은 경악과 불신으로 물들었으며 어금니를 힘껏 악물고 있었다.

너무 충격이 커서 말도 나오지 않는 것 같았으며, 몸이 부들부들 떨리고 있었다.

"무린아, 왜 그래?"

상명이 겁먹은 표정으로 화무린을 가볍게 흔들었다.

화무린은 아무 말도 귀에 들리지 않는 듯한 표정으로 당쾌를 보며 급히 물었다.

"그 말 다시 해봐! 정말 혈의녀를 '여옥'이라고 부르고, 그가 죽인 백발여인이 그녀의 어머니라고 했느냐?"

당쾌는 어눌하게 설명했다.

"전서구의 서찰에 분명히 그렇게 적혀 있었어. 옥의소녀가 혈의녀를 '여옥'이라 불렀고, 그녀가 죽이려고 하는 백발여인이 어머니니까 죽이지 말라고 외쳤다고……."

순간 화무린은 벌떡 일어서며 악을 쓰듯이 외쳤다. 아니, 울부짖음이었다.

"나는 절대 믿을 수 없다! 어떻게 그런 일이, 대체 어떻게 있을 수 있는 것이냐?"

와락!

그러더니 갑자기 화무린이 당쾌에게 달려들어 두 손으로 그의 멱살을 거세게 움켜잡으며 부르짖었다.

"캑!"

화무린의 두 눈에서 흉흉한 살기가 와르르 뿜어졌다.

"이놈아! 어서 사실이 아니라고 말해라, 어서!"

그는 이성을 잃고 얼굴이 금방이라도 폭발할 것 같은 분노로 물들어 당쾌의 멱살을 흔들어댔다.

"끄으윽… 끄으……."

당쾌는 말을 할 수가 없었다. 아니, 말은커녕 숨이 막혀서 금세 얼굴이 시뻘겋게 물들었다.

"잘못 안 것이라고, 그런 일은 없었다고 말해라! 안 그러면 목을 부러뜨리겠다!"

화무린은 상처 입은 맹수처럼 울부짖었다. 그는 정말 상처를 입었다.

여옥이라면 화여옥. 바로 그의 열 살 터울 위의 친누나가 아니던가?

더구나 백발여인이 그녀의 어머니라고 했다. 그런데 화여옥이 친어머니의 온몸을 먼지처럼 가루로 만들어서 죽여 버렸다는 것이다.

"무린아! 안 돼!"

그때 상명이 뒤에서 화무린의 허리를 끌어안고 떼어내려고 애쓰며 안타깝게 외쳤다.

"콜록! 콜록! 캑캑! 무린이 너… 날 죽일 작정이냐?"

화무린이 손을 놓고 물러나자 당쾌는 그 자리에 주저앉아 눈물 콧물을 흘리며 기침을 해댔다.

"으으… 그럴 리가 없다……!"

화무린은 비틀거리면서 실성한 사람처럼 중얼거렸다. 그의 눈에서 뿜어지는 살기는 더욱 짙어졌다.

"어머니가 살아 계셨다니……. 그런데 그 어머니를 누나가… 여옥이 누나가 죽이다니……."

순간 상명과 당쾌의 표정이 확 변했다. 두 사람은 자신들의 귀를 의심했다.

"대… 체 그게 무슨 소리야? 누가 너의 누나고 어머니라는 말이지?"

화무린은 당쾌의 물음을 듣지 못한 듯 비틀거리다가 의자에 무너지듯이 털썩 주저앉았다.

"너희 어머니와 누나가 왜 천녀황하고 함께 있다는 거야? 그럴 리가 있냐?"

당쾌는 목이 졸린 고통을 느끼지 못했다. 화무린의 말이 너무 충격적이었기 때문이다.

화무린은 물에 빠진 사람이 지푸라기라도 잡으려는 듯한 표정으로 당쾌를 쳐다보았다.

"그렇지? 그럴 리가 없지?"

화무린에 대해서 아무것도 모르는 당쾌는 힘껏 고개를 끄덕였다.

"물론이지! 그건 말도 안 되는 일이다!"

화무린의 표정이 점차 풀어졌다.

"그래, 네 말이 틀림없다. 돌아가신 어머니께서 살아 계실 리도 없고, 이 넓은 천하에 여옥이라는 흔한 이름이 어디 한두 명이겠어?"

당쾌는 손바닥으로 탁자를 두드렸다.

탁!

"내 말이 바로 그 말이야!"

화무린은 자신이 상상하고 있는 일은 절대 일어날 수도, 있어서도 안 될 것이라는 마음이 너무도 간절해서, 그럴 리가 없다는 쪽으로 결론을 내리려고 발버둥을 쳤다.

그러나 마음 한구석에 수만 근짜리 커다란 바위를 얹어놓은 것처럼 묵직했다.

그 생각을 떨쳐 버리려고 애쓰면 애쓸수록, 아니라고 생각하면 할수록 더욱 가슴속으로 깊게 파고들어 날카로운 형극(荊棘)처럼 틀어박혔다.

그는 한동안 말없이 이를 악물고 침묵을 지켰다.

만약 당쾌가 전해준 말이 사실이라면 엄청난 일이다. 그러나 결코 사실일 리가 없다.

도대체 어떻게 어머니가 살아 계시고, 여옥이 누나가 어머니를 죽였겠는가?

화무린은 그 생각을 떨치려는 듯 머리를 세차게 흔든 후 당쾌에게 물었다.

"그 이후 그들은 풍래장을 떠났어?"

그의 물음은 방금 들은 사실을 떨쳐 버리려는 것이었다.

"응. 아마도 그들은 혈의녀의 대성을 기다리고 있었던 것 같아. 그들은 중조산에서 혈의녀와 함께 풍래장으로 돌아온 후 다음날 그곳을 출발하여 동쪽으로 향하고 있는 중이야. 그게 안읍 제자들의 마지막 보고였어."

"계속 미행하고 있겠지?"

"안읍 제자들이 자신들의 관할을 벗어나 계속 멀찍이에서 미행 중이야."

당쾌는 난감한 표정을 지었다.

"무린아, 그런데 난 요즘 밤에 잠도 못 자고 입맛도 잃었을 정도로 초조해. 이런 엄청난 일을 사부님께 말씀드리지 않고 있으니……."

입맛을 잃었다고 말하는 그는 자신이 조금 전에 탁자에 차려진 요리를 게눈 감추듯이 먹어치웠다는 사실을 까맣게 잊은 듯했다.

현재 천중인계, 즉 중원무림의 지도자들은 천외신계의 침략이 임박하다는 사실을 알고 나서 초긴장 상태에 처해 있다.

하지만 그들이 천외신계에 대해서 알고 있는 사실은 전무한 실정이다.

천외신계 천외무적군 육투번이 극비리에 경무장을 점령하여 근거지로 삼고 있었던 일도 화무린에 의해서 드러났으며, 당쾌와 악소가 개방 방주 철심협개에게 알렸다.

그 덕분에 중원무림은 몇 가지 사실들을 뒤늦게나마 알 수 있게 된 것이다.

그러나 지금 화무린과 당쾌가 감추고 있는 사실은 그것과는 비교조차 할 수 없을 만큼 크고 중대한 것이었다.

구중천과 중원무림이 천외신계 여황과 이 인자, 삼 인자들의 행적을 훤히 알게 되면 주도권을 잡게 된다.

그 주도권은 공전절후의 결과를 낳게 될 삼천쟁을 미연에 방지할 수 있는 예방책이 될 수도 있을 것이다.

구중천과 중원무림의 최고수들이 연합하여 천녀황 일행을 급습, 제압해 버린다면 불가능한 일도 아니다. 최소한 천중인계 쪽 사람들은 그렇게 생각할 것이다.

개방 소방주의 입장인 당쾌는 그런 사실을 어렵지 않게 짐작할 수 있기 때문에 자신이 감추고 있는 사실이 얼마나 엄청난지 실감할 수 있는 것이다.

"무린아, 지금이라도 사부님께 이 사실을 알려야겠다. 시기를 놓치면 재앙이 터진다구!"

당쾌는 화무린에게 거의 애원하다시피 했다.

화무린도 자신이 당쾌에게 무리한 요구를 하고 있다는 사실을 잘 알고 있었다.

하지만 지금의 그로서는 달리 선택의 여지가 없었다.

그의 목적은 오로지 원수를 갚는 것뿐이다.

중원의 평화나 수많은 생명을 구하는 것 따윈 그가 알 바가 아니다.

다만 친구인 당쾌가 곤란한 지경에 처하게 되는 것이 미안할 뿐이었다.

그렇지만 그것 때문에 원수를 갚을 절호의 기회를 포기할 수는 없었다.

"쾌야, 잠시만 말미를 다오. 그 후에는 네가 하고 싶은 대로 해도 된다. 부탁한다."

이번에는 화무린이 애원에 가까운 부탁을 했다.

당쾌는 착잡하게 대답했다.

"무린아, 그 사실은 내가 사부님께 말씀드리지 않아도 조만간 아시게 될 것 같다. 안읍 제자들이 이상하게 생각하고 있단 말이야."

그럴 것이다.

개방 안읍 분타 제자들이 바보가 아닌 다음에야 풍래장을 감시하고 천녀황 일행을 미행하면서 보고 들은 사실들이 너무도 충격적이고 엄청나기 때문에 그들이 굉장한 인물들이라는 사실을 짐작하고도 남음이 있을 터이다.

더구나 천녀황은 안읍 제자들이 듣는 데서 '천하여, 목을 씻고 기다려라!'고 외치기까지 했었다.

아무리 소방주인 당쾌가 함구하라고 명령했다지만, 중대한 사안을 보고하지 않는다면 추후 안읍 제자들은 중벌을 모면키 어려울 것이다.

그러므로 안읍 제자들이 자신들이 감시하고 있는 자들의 정체를 짐작하게 되거나, 사태의 심각성을 깨닫고 북경의 개방 총타에 보고하는 것은 시간문제라고 생각하는 당쾌였다.

"그리고⋯⋯."

당쾌는 입 안과 목구멍이 바짝 말라서 말을 하다가 멈추어야만 했다.

"사실… 나중에 사부님께 중벌을 받는 것이나 내가 죽는 것 따위는 겁 안 나."

그의 표정이 사뭇 진지해졌다. 아니, 진지하다 못해서 엄숙하기까지 했다.

"오십여 년 전, 천외신계가 삼천쟁을 일으켰을 때 수만 명의 무림인과 무고한 백성들이 무참하게 죽임을 당했어. 희생자들은 구 할 이상이 중원인이었지."

화무린은 당쾌가 지금처럼 진지한 모습을 보이는 것을 처음 보았다.

"중원인치고 가족을 잃지 않은 사람이 거의 없을 정도였어. 대(代)가 끊어졌고, 가문이 무너졌으며, 멸문한 방, 문파는 부지기수였어. 또한 시신조차 수습하지 못해서 무덤 없는 제사를 지내는 사람들이 대부분이었어."

오십 년 전, 삼천쟁의 참화는 화무린도 잘 알고 있었지만 그것은 순전히 남의 일이었다.

그는 일곱 살 때 가문이 멸문을 당한 이후 이날까지 오직 복수만을 목적으로 살았을 뿐 다른 것에는 신경 쓸 겨를이 없었다.

그러나 지금 삼천쟁에 대해서 당쾌에게 다시 듣게 되니 화무린은 전에는 느끼지 못했던 착잡함을 맛보았다. 그것은 이상한 일이었다.

당쾌의 표정과 목소리는 너무도 진지했다.

"그런데 그 당시 삼천쟁을 일으켰던 천외신계가 또다시 발호를 하고 있다. 지금은 오십 년 전의 비극이 또다시 일어나기 직전이야. 아니, 이번의 천외신계는 오십 년 전에 비해서 몇 배나 더 막강해졌다고 하니까, 삼천쟁이 시작되면 그 피해는 상상조차 할 수 없을 거야. 어쩌면… 중원은 그것으로 영원히 끝장이 나버릴 수도 있어. 중원무림뿐만이 아니라 명나라까지도. 그것은 이 대륙 전체가 천외신계의 수중에 떨어지는 것을 뜻하는 거야."

아무 말 없이 듣고만 있던 상명의 몸이 어느덧 가늘게 떨리고 있었다.

삼천쟁이 무엇인지 그녀도 알고 있었다. 중원인치고 삼천쟁을 모르는 사람은 한 명도 없을 것이다. 다만 구체적으로 알지 못할 뿐이었다.

그녀는 삼천쟁이 직면해 있다는 사실을 방금 당쾌의 말을 통해서 알게 되었다. 그리고 무언가 중요한 열쇠를 화무린이 쥐고 있다는 사실을 어렴풋이 느꼈다.

당쾌는 일그러진 얼굴로 비스듬히 허공을 응시하면서 두 주먹을 움켜쥐었다.

"일단 삼천쟁이 시작되면 수십만의 시체와 그들이 흘린 피가 대륙을 뒤덮게 될 거야. 온 천하에 시체 썩는 냄새가 진동하겠지. 내가 정말로 두려워하는 것은 바로 그거야. 사실 나도 무림의 평화니 태평성세 따위에는 큰 관심이 없어. 다만 대체 왜? 무엇 때문에 무고한 사람들이 이유도 모른 채 죽어야만 하는 것인지… 그게 안타깝고 원통한 거야!"

그는 말을 하는 도중에 자신의 말에 취하여 감정이 극도로 격해져서 분노의 눈빛과 거센 콧김을 뿜어내며 화무린을 쳐다보았다.

"무린아! 그걸 막을 수 있는 열쇠가 우리에게 있다! 수십만 명의 생명이 우리 손에 달려 있다는 말이다!"

화무린의 얼굴이 착잡함으로 물들었다. 그는 아무 말도 할 수가 없었다.

쿵!

갑자기 당쾌가 화무린 앞에 무릎을 꿇더니 이마를 바닥에 대며 애원했다.

"무린아! 이렇게 애원한다! 제발… 이 사실을 사부님에게 알리자, 응?"

화무린은 입을 굳게 다문 채 지그시 눈을 감았다.

"알린다고 해서 무림이 천녀황 일행을 죽일 수 있다고 장담할 수는 없어! 그렇지만 하는 데까지는 해봐야 하는 거 아니겠니?"

당쾌의 말을 듣고 나서 화무린에게 그동안 없었던 생명에 대한 자비심이 갑자기 생겨나지는 않았다.

그러나 당쾌의 진심 어린 말은 화무린의 마음을 흔들어놓기에 충분했다.

그렇지만 끝내 화무린이 쌓아 올린 복수심의 높고 튼튼한 담을 허물지는 못했다.

이윽고 화무린은 눈을 뜨고 돌처럼 굳은 표정으로 메마른 입술을 떼었다.

"사흘 후에는 네 마음대로 해라."

"……."

당쾌의 얼굴이 놀라움으로 물들었다.

슥—

화무린은 천천히 몸을 일으켜 우뚝 섰다.

당쾌는 복잡한 표정으로 화무린을 바라보다가 무겁게 고개를 끄덕였다.

"알았다."

상명은 더없이 초조한 표정으로 화무린을 바라보았다.

그녀는 화무린에 대해서 아무것도 모르고 있지만, 이제 그가 원수를 갚기 위해서 자신을 떠나려 한다는 사실은 짐작할 수 있었다.

"무린아……."

"쾌야, 누나에게 자주 들러라."

화무린은 상명의 안타깝고 걱정스런 시선을 애써 피하며 당쾌에게 부탁했다.

"염려 마라. 누님은 내가 조상님 모시듯 할게."

화무린은 상명을 가만히 부드럽게 안았다가 놓아주고 당쾌를 쳐다보았다.

"그리고 한 가지 부탁이 있다."

"무엇이든 말해라."

"나흘 후 중추절에 나 대신 영정하(永定河)의 도연정(陶然亭)으로 가서 의형과 의매를 만나다오."

당쾌는 적잖이 놀란 표정을 지었다.

"너한테 의형과 의매가 있었어?"

"그래."

당쾌는 환하게 웃으면서 염려하지 말라는 듯 주먹으로 제 가슴을 두드렸다.

"하하! 그렇다면 내게도 의형과 의매지! 안 그러냐?"

"물론이지."

"그래. 그들을 만나서 어떻게 하면 되지?"

"급한 일로 이번에는 만나지 못하지만 내년 중추절에는 꼭 만날 것이라고 전해다오. 그리고 의형과 의매를 이곳 상명각으로 모시고 와서 잘 대접해 드려라."

술을 마시게 되는 일이라니까 당쾌는 갑자기 힘이 불끈 생겼다. 조금 전의 입맛을 잃었다느니 하는 말은 벌써 까맣게 잊어버렸다.

"알았어! 최선을 다해 모실 테니 염려하지 마라!"

할 말을 마친 화무린은 성큼성큼 방문 쪽으로 걸어갔다.

"무린아."

화무린이 방문 앞에 당도했을 때 상명이 떨리는 목소리로 그를 불렀다.

화무린이 돌아보자 상명은 부드러운 미소를 지으면서 나직하게 말했다.

"널 위해서 천지신명께 기도하면서 기다리고 있을게."

그녀의 미소는 통곡보다 더 슬프게 보였다.

사실 당쾌는 화무린을 만나면 꼭 물어보고 싶은 말이 있었다.

주자운과 악소에 대한 것이었다.

어째서 그녀들이 화무린이라는 이름을 듣는 순간 한 명은 폭포처럼 눈물을 흘리면서 기뻐하고, 또 한 명은 충격을 받아 혼절까지 했는지 무척 궁금했던 당쾌였다.

하지만 지금은 그런 것을 물어볼 분위기가 아니어서 다음으로 미룰 수밖에 없었다.

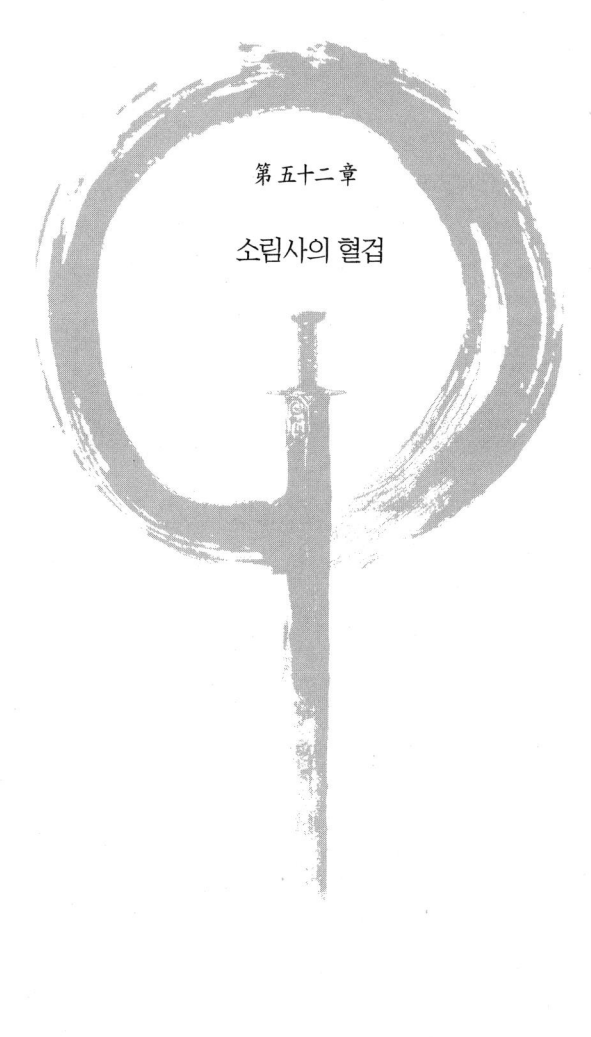

第五十二章

소림사의 혈겁

九重天
구중천

하남 등봉현 숭산 소실봉에 위치한 무림의 태산북두 소림
사는 어둠과 적막 속에 잠겨 있었다.

땡땡땡땡땡—

그때 갑자기 소림사 경내에서 요란하고도 급박한 종소리
가 터져 나와 적막을 산산이 깨뜨렸다.

깊은 밤중에 한두 개도 아닌 여러 개의 종을 한꺼번에 두드
리는 것으로 미루어 소림사에 심상치 않은 일이 벌어진 듯했
다.

가장 넓은 대연무장에는 현재 소림사에 있는 칠백여 제자
들이 모두 대오를 갖춘 채 집결했다. 종이 울리고 나서 채 반

각도 지나지 않은 시간이었다.

소림제자들은 하나같이 검과 창, 봉으로 무장을 한 모습이었으며, 모두의 얼굴에는 극도의 긴장감이 뚜렷하게 떠올라 있었다.

"아미타불……. 모든 제자들은 들어라!"

앞쪽에서 나직하지만 웅혼한 불호가 들려오자 소림제자들의 시선이 일제히 전면 돌계단 위로 향했다.

돌계단 위에는 두 명의 신선 같은 풍모의 노승이 나란히 서 있었고, 그 뒤에는 십여 명의 초로, 중년의 승려들이 길게 늘어서 있었다.

"현재 수천 명의 괴한들이 본 사를 향해 이동해 오고 있다는 보고가 들어왔다."

범종을 울리는 듯한 웅혼한 목소리가 밤하늘을 흔들었다.

두 명의 노승 중 오른쪽에 있는 소림사로의 첫째 무령 대사(無靈大師)가 엄숙한 얼굴로 말을 이었다.

"괴한들의 수는 줄잡아 사천에서 오천에 달한다. 또한 그들의 행색이나 여러 정황으로 미루어 볼 때 천외신계의 고수들이 분명한 것 같다."

무령 대사가 잠시 말을 쉬자 괴괴한 적막이 흘렀다.

그러나 괴한들의 수가 무려 사, 오천에 달하고, 천외신계의 고수들, 즉 천외무적군 휘하의 투번 고수일 것 같다고 해도 소림제자들의 표정에는 변화가 없었다. 물론 술렁거림이나 소요도 없었다.

"천외무적군이 대거 본 사로 몰려오는 이유는 하나뿐일 것이다! 무림의 태산북두인 본 사를 짓밟는 것을 중원침공의 효시로 삼으려는 것일 터!"

천외무적군은 모습을 감추지도 않은 채 몰려오고 있다. 그것은 더 이상 숨을 이유가 없다는 뜻이다.

"아미타불……. 오십 년 전에 본 사는 중원을 침공한 천외신계의 첫 제물이 되었었다. 그리고 불행한 일이지만 오늘 밤에도 그렇게 될 것 같다!"

무령 대사의 목소리에 비장함이 뚝뚝 묻어났다.

오십 년 전, 소림사는 천외신계의 첫 표적이 되어 공격을 받아 구백여 승려들이 죽었으며 백오십여 명만이 겨우 살아남았었다.

생존자 백오십여 명이 지난 오십여 년 동안 피땀 흘려 다시 소림사를 일으켜 겨우 지금에 이르렀는데, 또다시 멸문의 위기에 봉착한 것이다.

"그러나 불가인의 최종 목적은 천하 만민, 중생을 구제하는 일이다! 천외무적군을 한 명 죽이면 중원의 중생 수십 명을 구할 수 있다!"

무령 대사는 이미 죽음을 각오했기에 목소리는 비장했고 의기로웠다.

"제자들이여! 우리의 몸을 살라서 중생을 구원하자!"

운집해 있는 칠백여 소림제자들의 표정도 무령 대사를 닮아가고 있었다.

그들의 얼굴 얼굴에는 결사항전의 표정이 떠올랐고, 지니고 있는 무기를 힘주어 움켜잡았다.

"대나한진(大羅漢陣)과 백팔번진(百八飜陣)을 펼쳐라!"

무령 대사의 외침에 칠백여 소림제자들이 일사불란하게 움직이기 시작했다.

오백여 명이 대연무장을 중심으로 외곽에 도합 여덟 겹으로 에워싸며 대나한진을 형성했고, 백팔 명이 그 안에 백팔번진을 펼쳤다.

무령 대사 뒤쪽에 서 있던 장문인과 소림사로의 적전제자들은 몸을 날려 대나한진과 백팔번진을 지휘하는 위치에 각자 내려섰다.

돌계단 위에는 무령 대사와 소림사로 중 셋째인 무도 대사(無道大師)가 나란히 서 있고, 대연무장과 주변의 정원과 지붕 위 등 곳곳에는 칠백여 소림제자들이 만반의 준비와 각오로 무장한 채 포진해 있었다.

괴괴한 적막이 소림사 전역을 지배했다. 그것은 아까와는 다른 느낌의 적막감이었다.

그렇게 시간이 흘러갔다.

목과 사지육신이 잘려 나가고, 뼈와 살이 튀며, 피의 향기가 소림사 전역을 뒤덮는 그때를 기다리는 질식할 것 같은 시간이었다.

그때 무령 대사와 무도 대사의 표정이 가볍게 변했다.

몇 줄기의 바람이 불어오는 것을 느낀 것이다.

그 바람은 곧 수십 개로 늘어나는가 싶더니 순식간에 수백, 수천으로 불어나면서 소림사를 중심으로 사면팔방에서 불어오기 시작했다.

그것은 악마의 바람, 악마의 숨결이었다.

파아아―

그리고 오래지 않아서 칠백여 소림제자들도 그 소리를 똑똑히 들을 수 있었다.

그것은 천외무적군 제칠투번의 오천여 투번 고수들이 밤을 가르며 달려오는 파공음이었다.

그때 무령 대사와 무도 대사의 시선이 전면 지상에서 사 장 높이로 향했다.

그곳에 언제 나타났는지 한 여자가 우뚝 서 있었다.

처음부터 그곳에 있었던 것처럼, 그녀의 출현을 아무도 발견하지 못했다.

십칠, 팔 세 정도의 소녀였다.

키가 크고 늘씬한 일신에는 핏물 속에서 방금 나온 듯 붉디붉은 혈의를 입었다.

소매 밖으로 드러난 두 손과 목, 그리고 얼굴은 빙기(氷肌)인 양 투명하게 희어서 은은한 광채가 어렸다.

그리고 그녀의 얼굴은 지독히도 아름다웠다.

하지만 보는 이의 심장을 파열시키고 혈맥을 터뜨릴 것 같은 악마의 미모였다.

동방여옥. 아니, 이제는 천녀황의 제자가 된 혈옥녀였다.

두 명의 노승의 시선이 혈옥녀 뒤쪽 십여 장 거리에 있는 높은 담 위로 향했다.

그곳에는 두 명의 인물이 나란히 서 있었다.

그들 중에 남색 장포를 입은 자가 육천군의 넷째인 풍사군이고, 구름과 반달 무늬가 수놓인 옥색 장포를 입은 자가 다섯째인 운월군이었다.

무령, 무도 두 명의 노승은 혈옥녀를 보며 크게 놀라는 표정을 지었다. 그녀를 천녀황이라고 오해한 것이다.

무령 대사가 혈옥녀를 보며 웅혼한 어조로 입을 열었다.

"아미타불……. 천녀황 여시주께서 본 사에는 어인 일로 왕림하셨소이까?"

혈옥녀의 온몸에서는 은은하면서 섬뜩한 혈광이 사방으로 뿜어지고 있었다.

더구나 지상에서 삼 장 높이의 허공에서 마치 땅을 딛고 있는 것처럼 서 있는 그녀의 모습은, 천녀황을 한 번도 본 적이 없는 두 노승이 천녀황이라고 오해하기에 충분했다.

그러자 풍사군이 흐릿한 미소를 지으면서 입을 열었다.

"무령 대사, 그분은 여황 폐하가 아니라 그분의 제자이신 혈옥녀시오."

무령, 무도 대사의 안색이 가볍게 변했다. 천녀황에게 제자가 있다는 말은 금시초문이었다.

하기야, 중원인이 천외신계에 대해서 무엇인들 제대로 아는 것이 있으랴.

풍사군은 무령 대사에게 정중했다. 막 굴러먹은 잡배가 아니기 때문이다.

또한 그는 무령 대사를 정확하게 구분하여 알아보았다.

그만큼 천외무적군 이십육투번 비찰신번의 정보망이 정확하며, 천외신계의 인물들이 그 정보들을 충분히 숙지하고 있다는 뜻이었다.

"우리는 여황 폐하의 명으로 천중인계의 태산북두라고 일컬어지는 소림사를 괴멸시키러 왔소. 당신들에게는 두 가지 선택이 있소. 모두 자결하거나, 우리의 공격을 받아 전멸당하는 것뿐이오."

나직한 목소리지만 그 내용은 실로 광오했다. 소림사를 접수하겠다느니, 수하로 삼겠다는 것이 아니라, 무조건 괴멸시키겠다는 것이었다.

풍사군은 허공에 떠 있는 혈옥녀의 뒷모습을 향해 공손히 허리를 굽혔다.

"혈옥녀시여, 부디 저 두 명의 노승을 죽여주십시오."

그의 말이 채 끝나기도 전에 혈옥녀는 무령, 무도 대사를 향해 비스듬히 쏘아갔다.

두 명의 노승은 움찔 놀랐다. 혈옥녀가 신형을 움직였나 싶은 순간 어느새 자신들의 전면 삼 장여까지 쇄도해 오고 있었기 때문이다.

바짝 긴장한 두 노승은 이미 극한으로 끌어올리고 있던 이갑자를 상회하는 공력으로 소림사의 최고 절학인 반야대신력(般若大神力)을 전개했다.

쿠우웃!

두 노승이 쌍장을 힘껏 뻗어내자 흐릿한 금광과 함께 해일 같은 경력이 뿜어져 나갔다.

평소였다면 그들은 죽을 때까지 이런 식의 합공은 하지 않았을 것이다.

그러나 지금 그들이 상대하고 있는 사람은 천녀황의 제자다. 강호의 예절을 따질 상황이 아니었다.

혈옥녀는 두 노승의 이 장 전면 허공에 멈춰 서더니 왼손을 슬쩍 내밀었다.

휘잉!

한겨울의 메마른 삭풍 같은 가벼운 음향이 흘러나왔다.

그 음향보다 빠르게 핏빛의 흐릿하며 가느다란 광채 한줄기가 쏘아져 나갔다.

부챗살처럼 퍼져서 폭 일 장의 허공을 노도처럼 휩쓰는 반야대신력하고는 비교도 되지 않을 만큼 왜소한 모양이며 위력이었다.

최소한 겉으로 보기에는 그랬다.

그러나 두 노승은 추호도 방심하지 않고 오히려 자신들의 마지막 한 방울의 공력까지 반야대신력에 쏟아 부었다.

다음 순간 세 줄기 경력이 허공에서 격돌했다.

꽈르릉!

"허억!"

"크윽!"

마른하늘의 날벼락 같은 벽력음이 터지는 것과 동시에 묵직한 두 마디 신음성이 흘러나왔다.

무령, 무도 두 명의 노승은 가슴이 빠개지는 듯한 충격을 느끼면서 두 개의 가랑잎처럼 뒤로 훌훌 날려갔다.

그 한 번의 격돌로 그들의 갈비뼈는 완전히 박살이 난 상태였다.

또한 가슴의 충격이 너무 컸기 때문에 미처 느끼지는 못했지만, 그들의 두 팔 역시 부러지고 짓뭉개져서 팔꿈치 아래로는 사라진 상태였다.

그리고 뾰족하게 부러진 어깨뼈가 피투성이 살덩이 밖으로 튀어나와 있었다.

우지끈!

두 노승은 화살처럼 날아가 전각의 벽을 부수며 그 속에 쑤셔 박혔다.

그러나 그게 끝이 아니었다.

숫—

호수 위를 낮게 떠도는 물안개처럼 허공을 미끄러져 허물어진 벽 앞 허공에 당도한 혈옥녀가 아래를 향해 희디흰 한 쌍의 옥수를 뻗자 강력한 흡인공이 뿜어졌다.

우르르—

그러자 돌조각 속에서 무령, 무도 두 노승의 몸이 솟아 나오는가 싶더니 그들의 머리가 자석에 이끌리듯 혈옥녀의 양손아귀에 잡혔다.

직후 혈옥녀는 일말의 망설임이나 감정도 없이 슬쩍 양손에 힘을 주었다.

빠직!

퍼억!

그 순간 무령, 무도 두 노승의 머리가 산산이 조각 나며 박살 나버렸다.

그들은 비명은커녕 신음조차 지르지 못했다.

단지 으깨어진 머리 조각과 뇌수, 핏물이 사방으로 후드득 튀었을 뿐이다.

쿠쿵!

방금 전까지만 해도 소림제자들을 지휘하던 두 노승은 한순간에 머리를 잃은 채 두 개의 고깃덩이가 되어 바닥에 묵직하게 떨어졌다.

혈옥녀는 여전히 허공에 뜬 채 천천히 돌아섰다. 그녀의 두 손에는 한 방울의 피도 묻어 있지 않았다.

스으으—

그녀는 마치 낮게 떠서 재를 넘는 한 조각의 구름처럼 원래 무령, 무도 두 노승이 서 있던 자리로 미끄러져 가더니 허공 일 장 높이에 정지했다.

칠백여 소림제자들은 경악했다.

그들은 무령, 무도 대사가 이처럼 허무하게 단 일 초식 만에 죽을 줄은 상상조차 하지 못했다. 그것도 두 번 다시 떠올리기조차 끔찍한 모습으로.

하지만 그들의 얼굴에서 경악지색이 사라지면서 떠오른 것은 공포가 아닌 하늘을 찌를 듯한 분노였다.

혈옥녀의 두 눈에서 불그스름한 안광이 뿜어졌다.

이어서 그녀의 매혹적인 입술이 살짝 벌어지며 나직하지만 섬뜩한 목소리가 흘러나왔다.

"모두 죽여라."

그 목소리는 칠백여 소림제자와 소림사를 겹겹이 포위하고 있는 천외무적군 제칠투번의 오천여 투번 고수들 귀에 또렷하게 들렸다.

"소림의 제자들이여! 최후의 한 명이 남을 때까지 저 악마들을 무찌르자!"

"절대 물러서지 마라!"

백팔번진을 지휘하는 무령 대사의 제자 공문(空門)과 대나한진을 지휘하는 무도 대사의 제자 공지(空志)가 피를 토하듯이 외쳤다.

그런데 대체 언제 다가와 있었는가.

천외무적군 제칠투번의 일진 천 명이 소림제자들의 외곽 십여 장 가까이 접근해 있다가 일제히 공격을 개시했다.

제칠투번의 이, 삼, 사, 오진은 겹겹이 포위망을 구축한 상태였다.

만약 일진이 패색을 보이면 즉각 이진이 투입될 것이지만, 지금으로서는 아마도 그런 일은 일어나지 않을 것 같았다.

쏴아아—

천외무적군 천 명의 고수가 한꺼번에 움직이는 데에도 숲 사이로 바람이 부는 정도의 소리만이 흘러나왔다. 그들은 천 개의 밤 그림자였다.

혈옥녀가 두 팔을 활짝 벌린 채 소림제자들을 향해 독수리처럼 덮쳐 갔다.

그와 동시에 풍사군과 운월군도 신형을 날렸다.

휘이잉!

소림제자들의 머리 위로 내리꽂히는 혈옥녀의 쌍장에서 조금 전 무령, 무도 두 노승을 상대했던 핏빛 기류가 번쩍거리면서 뿜어졌다.

파멸마공이라고도 불리는 천마혈옥강이었다.

퍼퍼퍼퍼퍽!

두 줄기 혈옥강기(血玉罡氣)는 아래쪽으로 완만한 곡선을 그으며 날아가 한줄기에 대여섯 명씩 도합 십이삼 명의 소림제자들을 죽였다.

죽여도 그냥 죽인 것이 아니라 머리를 박살 내던가 상체를 통째로 으깨어 날려 버렸다.

혈옥녀는 굳이 급소를 겨냥하지도 않았다. 엎드린 듯한 자세로 소림제자들 머리 위를 낮게 비행하면서 그들을 향해 그저 가볍게 쌍장을 발출할 뿐이었다.

그녀가 삼 초식을 발휘했을 때 바닥에는 사오십 명의 소림제자 시체가 즐비했고, 벌써 핏물이 작은 내를 이루며 흐르기 시작했다.

천마혈옥강을 익혔기 때문에 그것을 가르쳐 준 천녀황의 명령에만 따를 뿐 이성이 제어된 혈옥녀에게 자비심이란 존재하지 않았다.

그녀의 쌍장에서 뿜어진 두 줄기 혈옥강기는 칠팔 장 밖까지 쏘아가서 소멸되기 직전까지 그것에 닿거나 스치는 모든 뼈와 살을 부수고 녹여 버렸다.

소림제자들은 죽음도 두려워하지 않고 떼를 지어 혈옥녀에게 덤벼들었다.

그러나 그녀의 이 장 근처에도 이르지 못하고 몸이 터지고 잘려지며 피를 뿌리면서 튕겨져 날아갔다.

그것은 마치 활활 타오르는 불 속으로 뛰어드는 날벌레들 같은 광경이었다.

풍사군은 두 개의 단창(短槍)을, 운월군은 한 자루 먹빛의 구절흑편(九節黑鞭)을 사용했다.

그들은 백팔번진의 한복판으로 거침없이 뛰어들어 단창과 구절흑편을 휘둘렀다.

두 자루의 단창에서 쏟아져 나가는 경기는 폭풍우 같았고, 구절흑편에서 뿜어지는 경기는 하늘을 나는 뱀, 즉 비사(飛蛇) 같았다.

두 사람이 초식을 펼치자 주변의 소림제자들이 공격을 해보지도 못하고 단창과 구절흑편에 적중되어 튕겨 날아가거나 픽픽 쓰러졌다.

두 사람은 낫을 쥔 농부고, 소림제자들은 논에 서 있는 벼 이삭 같은 신세였다.

천 명의 투번 고수 각자는 소림의 일대제자와 비슷한 무공 수준이었다.

소림 일대제자가 무림 소방파의 방주와 맞먹는 수준이라는 사실을 감안한다면, 투번 고수들의 실력을 어렵지 않게 짐작할 수 있을 것이다.

더구나 소림사는 일대제자를 대략 오십 명 정도 보유하고 있었다.

하지만 그나마도 북경 대회합에 참석하러 간 장문인 무아 선사가 절반 이상 데리고 갔다.

대나한진과 백팔번진으로 혈옥녀와 풍사군, 운월군, 그리고 천 명의 천외고수를 막기는 역부족이었다.

그것은 거대한 물줄기를 보자기로 막으려는 것이나 다름이 없었다.

두 개의 진은 싸움이 시작된 지 일각도 버티지 못하고 파훼되고 말았다.

그러나 소림의 일대제자들은 이대와 삼대제자들을 인솔하여 사력을 다해서 싸웠다.

어느덧 싸움이 절정에 이르렀을 즈음, 일대제자들은 혈옥녀와 풍사군, 운월군을 상대하는 것은 이란격석이라는 사실을 깨달았다.

그래서 제자들에게 투번 고수들을 집중적으로 공격하라고 명령을 변경했다.

이 싸움에서 승리하여 소림사를 지키려는 것이 아니라, 투번 고수를 한 명이라도 더 죽여서 천중인계의 한 명의 중생이라도 더 살리려는 갸륵한 심정에서였다.

일대제자들은 일 대 일로 투번 고수를, 이대나 삼대제자들은 여러 명이 투번 고수를 합공하여 죽기 살기로 싸웠다.

생사를 도외시한 사람은 원래 초인적인 능력을 발휘하게 마련이다.

그렇게 소림제자들은 평소 자신의 능력 두 배, 세 배를 발휘하며 악착같이 싸웠다.

약 반 시진이 지나자 대연무장에는 팔백여 구의 시체들이
산더미를 이루었다.

그중에 소림제자들 시체가 칠백여 구에 달했으며, 투번 고
수가 백여 구였다.

소림제자들은 수천 명의 중생을 구한 것이다.

"깔깔깔깔—!"

혈옥녀의 소름 끼치는 광소성이 소실봉 전역을 떨어 울렸
다.

*   *   *

두두두두!

한 필의 준마가 황진을 일으키며 곧게 뻗은 관도 한복판을
질주하고 있다.

마상에 상체를 약간 숙인 자세로 앉은 화무린은 쉴 새 없이
채찍을 휘둘렀다.

그는 북경을 출발하여 잠시도 쉬지 않고 말을 몰아 하루 만
에 무려 사백오십여 리를 달려왔다.

아까부터 말의 입에서 흰 거품이 뿜어지고 있었다. 천리마
가 아닌 이상 사백오십여 리를 쉬지 않고 달려왔으니 극도로
지친 상태가 된 건 당연했다.

히히힝!

아나나 다를까. 어느 순간 달리던 말이 앞발을 꺾으면서 묵직하게 거꾸러졌다.

화무린은 훌쩍 허공으로 신형을 날렸다가 말이 쓰러진 곳사오 장 앞에 가볍게 내려서는가 싶더니 뒤도 돌아보지 않고내처 쏘아갔다.

그의 전력질주는 준마가 전력으로 달리는 것보다 절반 정도 더 빠르다.

하지만 천녀황 일행을 만나기 전까지는 최대한 공력을 아껴야 하기 때문에 말을 이용한 것이다.

그의 계산이 맞는다면 관도를 따라 삼십여 리쯤 계속 가면청원성이 나온다.

화무린이 청원성에 도착했을 때에는 땅거미가 깔리기 시작하는 초저녁이었다.

성문을 통과한 그는 지나가는 행인을 붙잡고 무언가를 묻고 나서 즉시 대로를 따라 얼마쯤 뛰는 듯이 걸었다. 거리에는 행인들이 많았기 때문에 경공을 전개하는 것이 여의치가않았다.

얼마 가지 않아서 사거리가 나오자 화무린은 왼쪽으로 꺾어졌다.

전면의 대로 양쪽으로 웅장한 전각들이 늘어선 거리가 나타났고 비로소 행인들이 보이지 않자 그는 다시 전속력으로 달리기 시작했다.

사백여 장쯤 달렸을 때 거리의 끝에 이르렀고, 전면에 아담한 호수가 나타났으며 오른편에 잡목이 제법 무성한 숲이 펼쳐져 있었다.

화무린은 서슴없이 숲 속으로 스며들었다. 밖은 어둑어둑한데 숲 속은 캄캄했다.

그러나 그 정도 어둠이 장애가 되지는 못했다. 그가 삼백여 장쯤 달리자 나무 사이로 어떤 물체가 보였다.

그것은 오랫동안 방치된 채 버려진 관우를 모시는 관제묘(關帝廟)였는데, 십여 년 전부터 개방이 청원 분타로 사용해 오고 있었다.

개방의 제자들은 하루 종일 뿔뿔이 흩어져서 구걸을 하며 정보를 수집하기 때문에 분타가 굳이 클 필요가 없었다. 게다가 개방은 찢어지게 가난했다. 분타로 버젓한 장원을 구할 만한 형편이 못 되는 것이다.

관제묘 앞에 한 명의 거지가 서서 화무린 쪽을 쳐다보고 있었다.

화무린의 기척을 느끼고 쳐다보는 것이 아니라, 그를 기다리느라 그쪽 방향을 쳐다보고 있는 중에 때마침 달려오고 있는 화무린을 발견했다.

남루한 옷에 때에 찌든 얼굴 때문에 정확한 나이는 알 수 없지만 수염을 보아 중년 거지 같았다.

"화 공자십니까?"

그는 십여 장 거리를 순식간에 좁혀온 화무린을 보고 흠칫 놀라는 표정을 지었다가 조심스럽게 물었다.

"그렇소."

화무린이 가볍게 고개를 끄덕이자 중년 거지는 잠시 그를 살펴보더니 이윽고 품속에서 조심스럽게 하나의 작은 협죽통(狹竹筒)을 꺼내 내밀었다.

"저는 개방 청원 분타주 오죽궁귀(烏竹窮鬼)입니다. 소방주께서 이것을 화 공자께 전해 드리라고 하셨습니다."

화무린은 협죽통을 받아 들었다.

손가락 두 마디 길이에 새끼손가락 굵기였으며 양쪽 구멍이 밀랍으로 봉해졌고, 밀랍에는 소방주의 직인(職印)이 선명하게 찍혀 있었다.

화무린은 지체없이 밀랍의 한쪽을 뜯어내고 돌돌 말린 서찰을 털어냈다.

그들은 하남 언사현 이수 강가의 옥수장에 당도하여 하룻밤을 머문 후 출발, 열하루째에는 연진현(延津縣) 홍학원(紅鶴院)이라는 곳에 묵고 아침에 출발, 동북(東北)향으로 가고 있다. 또한 그녀는 옥수장에서 그들과 헤어져 이군(二君)과 함께 남하했다. 그들과 그녀의 행선지는 아직 모른다. 미시(未時) 서(書).

서찰은 혹시 중간에서 누가 보더라도 내용을 알 수 없도록 적혀 있었다.

서찰에서 말하는 '그들'은 천녀황 일행이며, '그녀'는 혈의녀, '이군'은 육천군 중 두 명을 가리킨다. 인칭을 알고 다시 읽으면 내용이 한눈에 들어온다.

서찰을 읽고 난 화무린의 안색이 딱딱하게 굳어졌다.

손 안에 움켜쥔 서찰에서 희뿌연 연기가 피어나더니 곧 재로 화해 허공으로 흩어졌다.

청원 분타주 오죽궁귀는 화무린이 어린 나이인데도 삼매진화를 일으켜 서찰을 재로 만드는 광경을 보고 크게 놀라더니 긴장된 표정으로 자세를 가다듬었다.

화무린은 어젯밤에 북경을 출발했고, 서찰은 다음날, 그러니까 오늘 낮 미시(오후2시)에 작성하여 비합전서의 발목에 묶여 이곳으로 보내졌다.

서찰에 의하면, 천녀황 일행은 그저께 밤에는 언사현 옥수장에서 묵었고, 어젯밤에는 연진현 홍학원에서 묵었다. 그리고 오늘 아침에 동북쪽으로 출발했다.

언사현에서 연진현까지의 거리는 무려 칠백여 리. 단 하루만에 그 정도 거리를 갈 수 있는 것은 사람이건 말이건 아무것도 없다.

아니, 천녀황 일행은 아침에 출발하여 밤이 되면 이동을 멈추고 잠을 자니까 온전히 하루라고 할 수 없고, 하루의 반만 이동을 한 것이다.

그녀들의 이동은 튼튼한 준마보다 두 배 이상 빠른 것인데, 실로 놀라운 일이었다.

오늘은 팔월 열이틀이다.

천녀황 일행은 어제 연진현 홍학원에서 묵고 아침에 동북쪽으로 출발했다고 한다.

연진현에서 동북쪽으로 팔백여 리 거리에 이곳 청원성이 있고, 사백오십여 리를 더 가면 화무린이 어젯밤에 떠나온 북경이 나온다.

'설마 그녀의 목적지는 북경?'

서찰의 내용을 반추하던 화무린은 가볍게 움찔했다.

천녀황의 목적지가 북경이라면, 그녀의 목표는 북경 대회합이 틀림없다.

'음! 대회합을 공격하려는 것인가?'

그로서는 상상하기 어려운 일이었다. 북경 대회합에는 천하 무림의 내로라하는 방, 문파들과 각 지방을 대표하는 쟁쟁한 무림고수들이 다 모인다.

어중이떠중이 이, 삼류가 아닌, 진짜 무림의 일류고수들만 운집하는 것이다.

그들은 천하 무림의 상위 일 할에 속하며, 그 수는 무려 삼만 명에 육박할 것이라는 게 개방의 예측이다.

당쾌에게 그런 말을 들은 적이 있는 화무린은 방금 전에 했던 생각을 바꾸었다.

천중인계의 정예 고수 삼만.

뱀으로 친다면 머리 부분이다.

거기에는 먹이를 노리는 매서운 눈도 있고, 먹잇감의 위치를 탐지하는 갈라진 혀도 있으며, 그리고 뱀의 가장 무서운 독아(毒牙)가 있다.

바보가 아닌 이상 독사의 머리를 공격하지는 않는다.

'아니다!

문득 화무린은 또다시 생각을 바꿨다.

독사를 잡으려는 것이 아니라 죽이려 한다면 독사의 머리를 자르면 된다.

천녀황은 독사의 머리, 즉 북경 대회합을 공격하여 몰살시키려는 것이 분명하다.

중원의 일류고수가 삼만이라고 해도, 천외무적군이 보유한 투번 고수는 그보다 훨씬 많을 것이다.

천외신계가 북경 대회합을 쓸어버린다면, 천중인계의 전력 삼분의 일을 와해시켰다고 할 수 있다.

그것도 독사의 머리 부분을.

'쓸데없는 생각을!'

잠시 생각에 잠겨 있던 화무린은 고개를 설레설레 가로저었다. 자신이 신경 쓸 일이 아니라는 것을 한 걸음 늦게 깨달은 것이다.

천녀황이 어제 아침에 이곳에서 팔백여 리 떨어진 연진현을 출발했으며, 방향은 동북향, 하루에 칠, 팔백여 리를 이동한다면, 지금쯤 이곳 청원성에 당도했거나 청원성 서남쪽 백여 리 부근에 이르렀을 것이라는 계산이 나온다.

화무린은 마음이 급해졌다.

지금은 초저녁이다. 먼 길을 가는 사람이 이동을 중지하기에는 좀 이른 시간이었다. 그렇다면 천녀황 일행은 아직 이동 중일지도 모른다.

"청원 서남쪽으로 백여 리 쯤 가면 어디요?"

화무린이 묻자 오죽궁귀는 지체없이 대답했다.

"서남남(西南南)에는 안평현(安平縣)이, 서남에는 심택현(深澤縣), 서남북(西南北)에는 무극현(無極縣)이 태자하(太子河) 상류를 끼고 나란히 위치해 있습니다."

화무린의 질문이 쉬지 않고 이어졌다.

"그 세 현끼리의 거리는 어느 정도요?"

"평균 삼사십 리입니다."

청원 서남향 백여 리 일대에 현이 세 개나, 그것도 삼사십 리 간격으로 있다니 애매하기 짝이 없었다.

천녀황 일행이 백여 리를 더 와서 청원성에 당도할 것인지, 아니면 백여 리 전에서 멈출 것인지도 확실하지 않은 상황이라서 설상가상이었다.

"튼튼한 말을 준비해 두었습니다."

오죽궁귀가 깊은 생각에 잠긴 화무린의 표정을 살피면서 조심스럽게 말했다.

화무린은 그 말을 귓등으로 들으면서 생각에 골몰했다.

문득 그는 천녀황 일행이 묵었던 지역들을 떠올려 보았다.

산서성의 안읍 풍래장, 하남성의 언사현 옥수장, 역시 하남의 연진현 홍학원이었다.

'현이다!'

순간 그는 속으로 낮게 외쳤다.

천녀황 일행이 묵었던 장소는 하나같이 '현'이었다. 주변에 낙양이나 개봉 같은 대도(大都)가 있는데도 불구하고 일개 현에 묵었다.

그녀가 묵은 장원들은 천외신계가 오래전부터 안배해 두었을 것이다.

또한 그 장원들이 대도가 아닌 일개 현에 위치한 이유는 비밀을 기하기 위해서일 것이다.

중원무림의 방, 문파들은 거의 대부분 성(城) 단위나 성도(省都)에 밀집해 있다.

그들과 부대끼며 어울리지 않는다면 드러날 위험도 그만큼 적어지는 것이다.

또한 천외신계가 거점으로 사용하는 장원이 위치하고 있는 현들이 대도와 가까이 인접해 있는 이유는 정보 수집의 수

월함 때문일 것이다.

'그렇다면 이곳 청원성은 아니다. 또한 청원성 서남쪽 백여 리의 세 현도 아니다.'

천외신계가 대도 가까이에 근거를 잡는 것을 원칙으로 삼았다면, 청원성에서 백여 리는 너무 멀었다.

풍래장이 있는 안읍은 산서성의 대도 만천(萬泉)과 사십여 리, 언사현은 낙양과 불과 이십여 리, 연진현은 개봉과 삼십여 리밖에 떨어지지 않았다.

"분타주, 청원 서남쪽 삼사십 리 지역에 현이 있소?"

천외신계는 대도보다는 작고 촌락보다는 큰 곳을 근거지로 삼는 것이 분명했다. 물론 인근에 대도가 있어야 한다.

"네, 안국현(安國縣)이 있습니다."

오죽궁귀가 즉시 대답했다.

"하나뿐이오?"

"서남쪽 삼사십 리 지역이라면 안국현 하나뿐입니다. 저룡하(猪龍河) 상류에 위치해 있지요."

'그곳이다!

더 이상 생각할 것도, 그럴 여유도 없었다.

화무린은 재차 물었다.

"혹시 개방제자들과 급히 연락을 취하려고 할 때 사용하는 방법이 있소?"

화무린은 생각하는 것이 있었기 때문에 오죽궁귀에게 그

렇게 물은 것이다.

"이것은 본 방 거지들이 화급을 요할 때 가장 가까이에 있는 제자들을 모으는 홍연화통(紅煙火筒)입니다. 이것을 쏘아 올리면 늦어도 반 시진 이내에 근처에 있는 제자들이 모두 모여들 것입니다."

오죽궁귀는 품속에서 두 개의 붉은빛이 감도는 화통을 꺼내어 공손히 내밀었다.

당쾌가 그에게 따로 보낸 서찰에, 화무린을 친구라고 소개했기 때문에 그의 행동은 당쾌를 직접 대하듯 공손했다.

第五十三章

소군

구중천
九重天

그녀와의 만남은 실로 기적처럼 일어났다.

어떤 예측도 징후도 일체 없었다.

다만 화무린이 어둠을 뚫고 청원에서 안국현으로 향하는 관도를 말을 몰아 전력으로 질주하고 있을 때 그의 고막을 두드리는 낯익은 목소리가 들려왔을 뿐이었다.

"낭군님!"

그것은 전음이었다. 그리고 다급했으며, 기쁜 기색이 역력하게 담겨 있었다.

그 목소리를 듣는 순간 화무린은 발작적으로 말고삐를 힘껏 당기며 급히 뒤돌아보았다.

텅 빈 관도상에 방금 스쳐 지나간 듯한 한 사람이 선 채 이쪽을 바라보고 있었다.

화무린은 전면에만 시선을 고정시킨 채 생각에 잠겨 있었기 때문에 그 사람을 눈여겨보지 않았다. 화무린은 그가 자신을 부른 것이라고 판단했다.

과연 뒤쪽 오륙 장쯤 떨어진 거리에 있는 그 사람은 화무린을 향해 쏜살같이 쏘아오고 있었다.

싱그러운 색의 녹의단삼을 입고, 오른쪽 어깨에는 한 자루 검을 메었으며, 죽립을 깊숙이 눌러써서 얼굴을 알아볼 수 없었지만 화무린은 그가, 아니, 그녀가 누군지 한눈에 알아볼 수 있었다.

"군아!"

화무린은 마상에서 그대로 신형을 날려 죽립인을 향해 마주 쏘아갔다.

와락!

"낭군님!"

"군아!"

두 사람은 서로를 외쳐 부르면서 힘차게 부둥켜안았다.

세상천지에 화무린을 '낭군님'이라고 부를 사람은 단 한 사람뿐이었다.

"어디 보자. 정말 소군이야?"

"꿈은 아니겠지? 정말 내 낭군님이야?"

두 사람은 약속이나 한 듯이 손을 뻗어 서로의 얼굴을 어루만졌다.

틀림없는 화무린이었고 소군이었다.

두 사람은 서로의 모습을 확인했지만, 현실로 받아들이지 못하고 꿈을 꾸는 듯한 표정만 지었다.

"군아, 너로구나……."

화무린은 그 말밖에 하지 못했다. 기쁨과 반가움으로 가슴이 미어지는 것 같았다.

이런 기분은 난생처음이었다.

상명을 다시 만났을 때에도 몹시 기쁘고 반가웠지만, 이것은 그때와는 다른 느낌이었다.

상명을 만났을 때에는 혈육을 상봉한 느낌이었다면, 지금은 잃어버렸던 또 다른 나, 분신(分身)을 찾은 느낌이었다.

소군은 어느새 울고 있었다.

그녀의 크고 아름다운 눈에서 샘물처럼 눈물이 흘러내려 얼굴이 눈물 범벅이었다.

그때였다. 누가 먼저라고 할 것도 없이 두 사람의 입술이 합쳐졌다.

예전에 두 사람은 구중천의 지궁계 화무린의 은신처에서 수도 없이 입맞춤을 했었다.

그러나 지금의 입맞춤은 예전의 그것과는 전혀 다른 의미를 갖고 있었다.

두 사람은 입맞춤을 하다가 죽을 것처럼 미친 듯이 서로의 입술과 혀와 타액을 빨고 삼켜댔다.

그 입맞춤을 통해서 두 사람은 서로의 사랑을 확인했으며, 서로가 얼마나 그리워했는지를 알 수 있었다.

두 사람의 입맞춤은 성스러운 의식이었으며, 또한 교감(交感)이었다.

어두운 밤. 그것도 텅 빈 관도상 한복판에서의 입맞춤은 오랫동안 계속됐다.

만약 누가 지나가더라도 두 사람의 입맞춤을 멈추지는 못할 터이다.

그러면서 두 사람은 서로의 몸을 더듬었다.

예전에는 절반은 장난기가 섞인 애무였지만, 지금은 서로를 힘차게 갈구하는 동작이었다.

손끝에서, 온몸 말초 신경에서 삼 년 세월의 그리움이 잉태시킨 사랑의 향기가 피어올랐다.

소군의 몸은 불덩이처럼 뜨거워졌다.

그리고 화무린의 몸은 정직했다.

예전에도 소군의 나신을 보던가 더듬을 때면 어김없이 발기했던 그다. 그것은 그가 오직 소군만을 여자로 생각한다는 증거였다.

화무린의 손이 소군의 상의 속으로 들어가 풍만한 젖가슴을 움켜잡았다.

그리고 다른 손이 탄력있는 엉덩이를 만졌으며, 소군의 손은 영활한 뱀처럼 화무린의 바지 속으로 스며들어 그의 딱딱해진 음경을 힘껏 움켜잡았다.

일순, 화무린은 음경에 은은한 통증을 느끼는 것과 동시에 퍼뜩 정신을 차렸다.

그는 즉시 소군의 젖가슴과 엉덩이를 놓아주며 입맞춤을 끝내고 흥분을 가라앉히려고 애쓰면서 그녀를 바라보았다.

"아……."

소군이 빨개진 얼굴로 열뜬 탄성을 토해냈다. 달착지근한 입 냄새가 풍겨 나왔다. 왜 멈추었냐는 흐릿한 원망이 그녀의 표정에 묻어 있었다.

휘이이ㅡ

약한 밤바람이 두 사람을 훑고 지나갔다.

그 바람에 화무린은 정신을 조금 더 차리게 됐지만 소군은 흥분이 쉬이 가라앉지 않는 듯했다.

화무린이 손을 뻗어 소군의 죽립을 뒤로 넘기자 변함없이 아름다운 미모가 드러났다.

아니, 그녀는 예전 구중천에 있을 때보다 한층 더 아름답게 변모한 모습이었다.

화무린이 구중천 지궁계에서 소군을 처음 만났을 때 그는 십오 세였고 그녀는 십칠 세였다.

그 당시 화무린은 아직 어린 티를 벗지 못한 소년이었지만,

소군은 성숙한 소녀였다.

그들이 이제 화무린은 십구 세가 되었고, 소군은 이십일 세가 됐다.

십칠 세였을 때의 소군은 북풍한설 속에 피어난 매화처럼 차갑고 청초한 모습이었다. 그런데 지금은 성숙한 여인이 되어 그것에 모란처럼 정열적인 모습까지 갖추었다.

손가락 끝으로 슬쩍 건드리기만 해도 터져 버릴 듯이 무르익은 완숙한 여인이 된 것이다.

화무린의 시선이 소군의 얼굴에서 어깨, 가슴, 허리로 흘러내렸다.

소군은 부끄러움에 얼굴을 사르르 붉혔지만 그의 시선이 싫지는 않은 표정이었다.

오히려 그녀는 입고 있는 헐렁한 경장 차림이 자신의 성숙한 몸매를 가리고 있는 것을 안타까워하면서 가만히 가슴을 내밀고 허리를 비틀면서 엉덩이를 내밀어 몸의 굴곡이 조금이라도 더 잘 보이도록 애썼다.

그녀는 자신이 화무린을 다시 만나기 위해서 그토록 악착같이 살아왔다는 사실을 지금 이 순간 다시 한 번 절감하고 있었다.

화무린이 소군을 살피는 동안 그녀도 조심스럽게 화무린을 살펴보았다.

그녀의 눈이 점점 더 커졌고, 얼굴에는 놀라움과 감탄의 기색이 물결쳤다.

예전에 화무린은 소군에 비해 손가락 한 마디 정도 작은 키였는데 지금은 오히려 한 뼘이나 더 커졌다.

전체적인 체격은 후리후리한 편이었으나 부위별로 보면 딱히 그렇지도 않았다.

딱 벌어진 어깨는 탄탄하고 넓어서 소군의 어깨보다 절반은 더 큰 것 같았다.

잘록한 허리와 쭉 뻗은 긴 하체. 어디 한 군데 흠 잡을 곳 없는 완벽한 몸매였다.

그리고 무엇보다도 화무린의 용모가 소군의 방심을 세차게 흔들었다.

아름다우면서도 강인함이 고루 조화를 이루고 있는 준수한 용모였다.

특히 보는 사람의 영혼마저 빨아들일 듯한 서글서글하고 깊은 눈빛은 가히 압권이었다.

'아아…… 이 사람이 내 낭군이야……!'

소군은 솟구치는 기쁨을 억제할 수가 없었다.

그때 화무린이 팔을 뻗어 소군의 허리를 감으며 가볍게 당기자 그녀는 뼈가 없는 듯 그의 품에 안겨들었다.

아직 식지 않은 화무린의 단단한 그것이 소군의 하체를 지그시 압박했다.

"군아, 어딜 가는 길이었지?"

일부러 애쓰지 않아도 화무린의 목소리는 속삭임으로 흘러나왔다.

"북경."

소군은 그보다 더 달콤하게 속삭였다.

그녀는 화무린의 어깨에 뺨을 기대고 그의 목덜미에 뜨거운 숨결을 뿜어냈다.

"북경?"

화무린이 의아한 표정을 지었다. 은겸은 그녀가 개봉에 있다고 알려줬었다. 그래서 화무린은 천녀황의 일을 매듭짓는 대로 그녀에게 달려갈 생각이었다.

소군의 그윽한 눈길이 화무린의 얼굴을 쓰다듬었다. 그녀의 길고 우아한 속눈썹이 사랑으로 가득 물들었다.

"응. 무림에 나와 있는 모든 나찰들에게 북경으로 모이라는 소집령이 내려졌어. 중추절에 중원무림이 북경에서 대회합을 여는데, 아마 그것 때문인 것 같아."

예전에 구중천에서도 그랬듯이, 소군은 화무린에게 숨기는 것이 없었다.

화무린은 소군의 말을 듣고서야 잊고 있었던 구중천을 떠올렸다.

"아마 낭군님도 곧 소집될 거야."

소군이 뜻밖의 말을 꺼냈다.

"내가 왜?"

"낭군님은 선천고수잖아."

구중천에서 선천자로서의 특권을 누렸으니 선천고수로서 그에 상응하는 대가를 치러야 마땅할 것이다.

화무린의 마음이 다시 급해졌다.

"군아, 너는 북경으로 가. 그리고 틈이 나면 북경 상명각에 가서 내 얘기를 하고 그곳에서 지내도록 해."

화무린이 두 손으로 소군의 어깨를 잡고 당부하듯이 말하자 그녀는 눈을 동그랗게 떴다.

"낭군님은 어디로 가는데? 나도 같이 가면 안 돼?"

화무린과의 만남으로 한껏 기쁜 표정이던 그녀의 얼굴에 애처로움이 가득 떠올랐다.

화무린도 소군과 헤어지기 싫었다.

하지만 같이 가는 것은 위험했다. 게다가 이런 기회는 두 번 다시 오기 힘들 것이다.

화무린은 다시 생각을 가다듬어 보았다.

소군은 북경 대회합에 구중천이 모든 나찰들을 소집했다고 말했다.

그것은 구중천이 북경 대회합에 이미 개입을 했던가 개입하겠다는 뜻이다.

화무린의 추측으로는, 천녀황이 이끄는 천외무적군이 중추절에 북경 대회합을 공격할 것이다.

그렇게 되면 구중천이 천외신계와 치열한 싸움을 벌이게

될 것은 불을 보듯이 뻔한 사실.

바야흐로 삼천쟁의 발발이다.

그 대격전에서 천외신계도, 천중인계도, 구중천도 사활을 걸고 총력을 기울일 것이다.

그런 상황이라면 소군의 안전도 낙관할 수만은 없다.

만나지 못했으면 모르되, 소군을 만난 이 상황에서 그녀를 위험 속으로 가라고 내버려 둘 수가 없었다.

그러나 그녀는 구중천에 매인 몸이다. 아니, 그녀뿐 아니라 화무린도 마찬가지다. 구중천이 부르면 그 역시 하시라도 달려가야만 한다.

소군은 화무린이 뭔가 갈등하는 표정을 짓자 조심스럽게 입을 열었다.

"소집 기한은 열나흘 밤 자정까지야. 이곳에서 북경까지 가는 것은 하루면 너끈하니까 낭군님하고 꼬박 하루는 함께 있을 수 있어."

헤어지기 싫은 것은 소군이 더할 터이다. 그녀는 간절한 표정으로 화무린을 바라보았다.

'하루면 충분하다.'

결국 화무린은 결정을 내렸다.

"가자, 군아."

화무린이 소군의 손을 잡고 말 쪽으로 이끌자 그녀의 만면에 환한 기쁨이 피어났다.

화무린은 소군을 하루 일찍 보내서 쓸데없는 일에 휘말리게 하는 것보다는 자신이 데리고 있는 것이 안전할 것이라고 판단했다.

하지만 그녀와 하루 만이라도 더 같이 있고 싶다는 마음이 더 강했다.

천녀황 일행에게 접근하던가 혹여 싸움이 벌어지더라도 소군은 절대 개입시키지 않을 각오였다.

두두두둑!

두 사람을 태운 말이 지축을 울리면서 다시 힘차게 달려갔다.

화무린 뒤에 앉은 소군은 두 팔로 그의 허리를 꼭 안고 뺨을 등에 묻은 채 눈을 감았다.

화무린과 헤어져 있는 동안 그녀는 많은 고초를 겪었지만, 그를 향한 그리움이 가장 견디기 어려웠었다.

지금 그녀는 그 고통들을 화무린의 따스한 체온으로 다 보상받고 있었다.

화무린은 안국현으로 향하는 마상에서 자신의 신세와 원수들에 대해서 소군에게 간략하게 설명해 주었다.

누구에게도 말하지 않았던 비밀이었지만 소군에게만은 말해주고 싶었다.

소군을 사랑하고 있고, 그녀를 자신의 분신으로 여기기 때문이었다.

화무린의 설명을 듣는 동안 내내 가늘게 몸을 떨면서 소리 없이 흐느껴 울던 소군은 설명이 끝난 후에는 그의 등을 흠뻑 적셔놓고 말았다.

"이제부터는… 나 소군이 낭군님을 지켜줄 테야."

그녀는 화무린의 몸을 더욱 힘껏 끌어안으며 입술을 깨물면서 중얼거렸다.

그것은 자신에게 하는 맹세였다.

초저녁에 청원성을 출발한 화무린은 중간에서 소군을 만나는 바람에 지체하여 두 시진이 지난 해시(亥時:밤 10시) 무렵에야 안국현에 도착했다.

전체적인 규모나 면적이 청원성에 비할 바는 아니지만, 안국현도 몹시 큰 현이었다.

수백 채의 건물들이 즐비한 곳에서 천녀황 일행이 머무는 곳을 찾아내는 것은 결코 쉬운 일이 아니었다.

여태까지의 관례로 볼 때 천녀황 일행은 지금 시간이면 이동을 멈추고 휴식을 취하고 있을 것이다.

마상에 앉은 화무린은 어둠과 적막에 잠긴 안국현 거리를 묵묵히 둘러보았다.

장원을 한 채씩 뒤져서 천녀황 일행을 찾아내는 것은 불가능한 일이다.

필경 천녀황이 묵는 장원에는 날고 기는 절정고수들이 호위를 하고 있을 것이다.

어설프게 기웃거리다간 천녀황은커녕 무쌍신이나 육천군의 코빼기조차 못 보고 위험에 처할 수가 있다.

더구나 지금처럼 텅 빈 대로상에 버젓이 서 있는 것도 위험한 일이었다.

다각다각!

거기에 생각이 미친 화무린은 즉시 말고삐를 당겨 왔던 길을 되돌아 나왔다.

그리고 안국현에서 남쪽으로 십여 리 정도 떨어진 관도 옆에 이르러 숲으로 약간 들어간 곳에 말을 묶어두고 더 안쪽으로 들어갔다.

이어서 하나의 아담한 공터에 이르러 품속에서 오죽궁귀가 준 홍연화통 하나를 꺼내 허공으로 쏘아 올렸다.

파아아―

눈부시게 붉은 가느다란 불기둥 하나가 매캐한 연기를 길게 뿜어내며 허공 십여 장까지 솟구쳤다가 곡선을 그리며 떨어졌다.

화무린은 소군의 손을 잡고 공터에서 십여 장가량 벗어나한 그루 거목 뒤에 몸을 감추었다.

개방제자들이 홍연화통을 보고 달려오더라도 어느 정도 시간이 걸릴 것이라고 여기고 소군과 함께 거목에 등을 기대고 바닥에 나란히 앉았다.

소군은 지금 여러 가지가 몹시 궁금할 것이다. 그런데도 한 마디도 묻지 않는 것은 화무린을 존중하기 때문이다.

"십이 년 전에 부모님을 죽이고 누님을 납치해 갔던 자들이 지금 안국현에 있어."

화무린은 나뭇가지 사이로 밤하늘의 별을 올려다보며 조용히 입을 열었다.

소군은 크게 놀란 얼굴로 화무린을 바라보았다. 그녀의 눈빛이 그들이 누구냐고 묻고 있었다.

"천녀황이야."

"……!"

소군의 두 눈이 더할 수 없을 정도로 커졌고, 얼굴에는 경악지색이 가득 떠올랐다.

화무린은 그녀가 놀라움을 삭일 수 있는 시간을 주려고 잠시 침묵을 지켰다.

과연 그의 침묵은 소군으로 하여금 엄청난 사실을 현실로 받아들이게 하는 데에 주효했다.

"천외신계의 여황 천녀황을 말하는 거야?"

그녀는 한참 만에야 떨리는 목소리로 겨우 물었다.

화무린은 가볍게 고개를 끄덕이고 나서 공터 쪽을 돌아보았다. 아직 아무도 나타나지 않았다.

"맙소사! 천녀황이 안국현에 있는 거야?"

그렇게 다시 묻는 소군은 숨도 쉬지 못하는 것 같았다.

"응."

소군은 정말이냐고 확인하지 않았다. 그만큼 화무린을 신뢰하기 때문이다.

"누구와 함께 있지?"

현재 천녀황은 삼천계 전체에서 가장 유명하고 핵심적인 인물이다. 그녀의 거취와 언행 하나에 천하가 들썩거리고 천지가 요동을 친다. 그러니 소군이 바짝 긴장하는 것도 무리는 아니었다.

"현재로선 무쌍신, 육천군이라는 수하들과 함께 있다는 것 정도만 알고 있어."

천녀황이라는 이름은 이제야 무림의 상층부 정도에 알려졌다고 해도, 무쌍신이나 육천군이라는 이름을 알고 있는 사람은 거의 없는 형편이었다.

구중천의 나찰인 소군도 삼 년여 전에 임무를 띠고 구중천을 떠나기 바로 전날에야 비로소 천외신계에 대한 설명을 들었을 정도였다.

"천녀황이 낭군님의 원수야?"

"부모님을 죽인 자들은 무쌍신과 육천군인데, 필경 천녀황의 명령을 받았을 거야."

"그랬겠지."

구중천에서 천녀황의 행방을 혈안이 되어 찾고 있을 텐데도 소군은 이처럼 중대한 사실을 구중천에 알리겠다고 설레

발을 피우지 않았다.

그녀에게는 그것보다 화무린의 일이 몇 배나 더 소중하기 때문이었다.

구중천은 구나찰을 길렀지만, 화무린은 구나찰을 한 여자 소군으로 만들었다. 그것도 오직 한 남자만을 죽도록 사랑하는 여자로.

"어떻게 할 계획이지?"

소군의 목소리가 차분하게 가라앉았다.

"구체적인 계획은 없어."

"그렇겠지. 그들에 대해서 아는 것이 전무하니까. 더구나 낭군님은 혼자고."

정말 화무린은 천녀황을 찾아내면 어떻게 하겠다는 아무런 계획이 없었다. 이유는 소군이 말한 대로다.

그들에 대해서 아는 것이 없으므로, 또한 홀몸으로 무슨 계획을 세운단 말인가?

"하북에서 경무장을 장악하고 있던 천외무적군 제육투번 지휘부를 전멸시키고 은오검객이란 별호를 얻은 사람이 낭군님 맞지?"

문득 소군은 그동안 궁금하게 여기고 있던 것을 조심스럽게 물었다.

은오검객 화무린이라는 이름은 당금 무림에서 떠오르는 신성(新星) 같은 존재다.

사실, 낙양 인근에서 활동하던 소군은 얼마 전에 경무장과 화무린에 대한 소문을 듣고 뛸 듯이 기뻤었다.

그녀는 소문을 종합해 본 결과 은오검객 화무린이 자신이 알고 있는 화무린이 틀림없다고 확신했다.

그래서 그가 마침내 무사히 구중천을 통과하여 무림에 나오게 된 것을 혼자서 눈물을 흘리면서 기뻐했었다.

"그래."

화무린은 짧게 대답하며 쑥스러운 표정을 지었다.

소군은 그런 그의 모습이 매우 귀엽다고 느꼈다.

"그런데 낭군님은 구중천에서 무슨 무공을 배웠어? 물론 굉장한 것을 배웠겠지만."

"천지조화검."

소군은 처음 듣는 검법이라서 눈을 깜빡거렸다.

화무린이 대수롭지 않은 듯 설명했다.

"오십 년 전 삼천쟁 때 천상성계의 성존이 천녀황을 격패시켰던 검법이라는군."

"아……!"

소군은 소스라치게 놀랐다.

그녀는 구중천의 실제 정체를 알고 있다. 또한 구중천의 천주인 균천제가 성존의 친형이라는 사실도 알고 있다. 그리고 무엇보다도, 천상성계의 절학이 어느 정도 위력인지에 대해서도 알고 있다.

그녀 역시 천상성계의 절학 한 가지를 배웠기 때문이다.

소군은 가만히 화무린을 응시했다.

그가 천지조화검을 배웠다고는 하지만 아직 대성하지는 못했을 것이다.

그래서 그녀는 그런 실력으로는 천녀황의 삼초지적도 될 수가 없다고 단정했다.

더구나 천녀황이 오십 년 전보다 훨씬 고강해졌을 것이라는 사실은 바보라도 짐작할 수 있지 않겠는가?

"낭군님."

소군의 나직한 부름에도 화무린은 입을 굳게 다문 채 밤하늘을 응시하고 있었다. 그녀가 무슨 말을 할 것인지 짐작하기 때문이다.

"너무 무모해요."

화무린에 대해서 누구보다 잘 알고 있는 그녀이기에, 이런 말을 하면 그가 어떤 기분이 될지 잘 알면서도 그렇게 말할 수밖에 없었다.

"나도 안다."

그러나 화무린의 입에서 뜻밖에도 소군이 예상하지 못했던 수긍하는 말이 흘러나왔다.

그는 소군이 알고 있던 과거의 화무린보다 더 진중한 사람으로 변해 있었다.

"그러나……."

그의 목소리가 가늘게 떨렸다.

"원수가 눈앞에 있는데… 나더러 어쩌라는 말이냐?"

그렇게 말하는 그는 얼굴이 심하게 일그러졌으며 분노로 가늘게 몸을 떨었다.

그는 들끓는 감정을 억제하느라 잠시 고개를 숙인 채 어금니를 악다물고 있다가 가라앉은 목소리로 입을 열었다.

"군아, 네가 무엇을 걱정하는지 알고 있다. 무모한 행동은 하지 않으마."

소군은 애원을 했다.

"싸우면 안 돼. 지금은 우선 탐색만 해."

"……."

화무린은 대답하지 않았다.

"천녀황하고는 싸움 자체가 안 된다는 것을 잘 알잖아. 낭군님이 살아 있어야 복수도 할 수 있지 않겠어? 더구나 저들은 천녀황과 무쌍신, 육천군이 모두 함께 모여 있어. 낭군님에겐 기분 나쁜 말일지 모르지만, 지금 낭군님 실력으로는 육천군 중에서 가장 약한 자와 일 대 일로 싸워도 이기지 못할 거야."

어쩌면 그럴는지도 모른다. 아니, 소군의 말이 맞을 것이라고 화무린은 생각했다.

소군이 화무린의 손을 힘주어 잡았다.

"살아 있어야만 해. 죽으면 아무 소용 없어."

그녀는 같은 의미의 말을 다시 반복했다.

"육천군 중에서 두 명은 없어."

소군은 의아한 표정을 지었다.

"어딜 갔는데?"

"이틀 전에 천녀황의 제자인 혈의녀와 함께 낙양 근처 언사현에서 남쪽으로 갔어."

"천녀황에게 제자가 있었어?"

"그래."

"남쪽이라니, 그렇다면……."

소군의 얼굴이 갑자기 해쓱하게 변했다. 이 순간 그녀는 얼마 전에 들었던 놀라운 사실을 떠올렸다.

"천녀황의 제자가 소림사를 괴멸시킨 거야."

화무린은 움찔 놀랐다.

"소림사가 괴멸했어?"

"응, 어젯밤에."

화무린은 뒤통수를 한 대 얻어맞은 것 같은 기분이었다. 자신과 무림이나 천중인계의 안위하고는 아무런 상관도 없다고 여겨왔던 그로서는 뜻밖의 현상이었다. 그러나 분명히 충격은 충격이었다.

"소림사의 괴멸은 아직 무림에는 알려지지 않았어."

소군은 잠시 뜸을 들였다가 심각한 표정으로 말을 이었다.

"마지막 삼천쟁이 끝난 오십 년 전부터 구중천의 아홉 개하늘 중에 하나인 현천(玄天)이 중원 북방 지역의 경계를 맡아왔었어."

화무린으로서는 구중천의 체계와 활동에 대해서 처음 듣는 말이었다.

"북방이란 동쪽 발해만부터 서쪽 신강까지 삼만여 리, 황하를 중심으로 남북 오백여 리를 가리키는 거야."

실로 방대한 지역이다.

"현천에는 현천궁이 있으며, 휘하에 네 개의 전이 있는데, 그중 호명전(沍命殿)이 하남 일대를 맡고 있어. 호명전은 육대(六隊) 오백 명의 고수, 즉 현천고수들로 이루어졌으며, 그들 중 몇 명이 소림사를 경계하고 있다가 이번 일을 목격하고 보고한 거야."

그런 사실을 중원무림에서는 아무도 모르고 있다.

현천고수 몇 명이 소림사 근처에 상주하고 있지만, 그들은 말 그대로 감시, 경계의 임무를 수행하고 있을 뿐이지 천외무적군이 소림사를 공격하면 그들 몇 명만으로는 도움을 주지 못한다. 다만 결과를 호명전주에게 보고할 뿐이다.

"천외신계는 오십 년 전에도 소림사를 가장 먼저 공격해서 괴멸시키는 것으로 침공의 효시로 삼았었는데, 이번에도 똑같은 경로를 밟고 있어. 소림사가 중원무림을 대표하는 문파이기 때문일 거야."

소군의 얼굴은 몹시 심각했다.

"드디어 천외신계가 침공을 개시했어."

슥—

그때 갑자기 화무린이 소군의 입을 막으면서 자신의 품속으로 바짝 끌어안았다.

소군은 직감적으로 누군가 접근하고 있음을 느끼고 긴장하며 숨을 죽였다.

그러면서도 자신이 감지하지 못한 것을 화무린이 감지했다는 사실에 적잖이 놀랐다.

소군의 공력은 구십 년 수준이다. 구중천에 있을 때 칠십 년 수준이었는데, 삼 년여 동안 이십 년이 증진됐으니 괄목성장을 한 것이다.

소군은 구중천에 있을 때 화무린의 공력이 삼십 년 정도 수준이었다는 것을 기억하고 있다.

지난 삼 년여 동안 아무리 증진됐다고 해도 이삼십 년을 넘지는 못했을 터.

그렇기 때문에 그녀는 현재 화무린의 공력이 일 갑자를 넘지는 못할 것이라 짐작하고 있었다.

그래서 방금 전에는 자신이 다른 데에 정신을 팔고 있는 바람에 누군가 접근하는 것을 감지하지 못한 것이라고 결론을 내렸다.

그러나 현재 화무린의 공력은 이 갑자, 백이십 년 수준이었다.

구중천을 떠나오기 전에 백십 년을 약간 상회했었는데, 무림에 나온 이후 불철주야 조화무극심법을 운공하여 이 갑자를 채운 것이다.

조화무극심법으로 축적한 화무린의 공력은 천하의 그 어떤 공력보다 정심했다.

물로 친다면 삼라만상 중에서 가장 깨끗한 물이고, 쇠[鐵]로 치자면 만년한철만큼 강하다.

그러므로 그의 이 갑자 공력은 무림인들의 이 갑자 공력하고는 비교 자체가 어불성설이다.

구중천에서 무공에 입문하여 오늘에 이른 소군의 구십 년 공력도 다른 무림인들의 공력보다 정심하지만 조화무극에는 비할 바가 못 된다.

화무린은 거목 뒤에 웅크린 채 꼼짝도 하지 않았다.

한줄기 미약한 파공음이 관도에서 숲의 공터 쪽으로 이어지고 있었다.

화무린은 그 파공음이 오십여 장 이내에 들어왔을 때에야 비로소 감지했다.

개방제자였다면 십여 리 밖에서 달려와도 파공음을 감지했을 것이다.

그렇다면 지금 다가오는 자는 절정에 이른 고수가 분명하다는 뜻이다.

더구나 홍연화통을 쏘아 올린 지 겨우 일각 남짓 지났을 뿐이다. 지나치게 신속한 반응이다.

다가오는 자는 필경 개방제자가 아니다. 그렇다면 천녀황을 호위하는 고수일 가능성이 크다.

개방제자들이 홍연화통을 본다면 그들이라고 못 보라는 법이 없을 터.

화무린은 그것을 미리 염두에 두고 있었다.

"여기에 가만히 있어."

다가오는 자의 파공음이 공터에 이르러 뚝 멈추었을 때 화무린은 소군에게 전음으로 일러주고 거목 쪽으로 슬쩍 고개를 돌렸다.

한 명의 홍의단삼인이 막 공터 안으로 들어서고 있는 것이 보였다.

그는 여기저기 헤매지도 않고 홍연화통을 쏘아 올린 장소를 한 번에 정확하게 찾아왔다.

홍의단삼인은 공터 한복판에 우뚝 서서 천천히 주위를 둘러보았다.

개방제자가 아니라면 은밀하게 접근해서 대체 누가 화통을 쏘아 올렸는지 조심스럽게 염탐을 할 텐데 그의 행동은 매우 당당했고 거칠 것이 없어 보였다.

홍의단삼인은 대부분의 무림인들이 검을 어깨에 메는 것과는 달리 검을 왼쪽 허리에 차고 있었다.

검이 약간 휘어진 것으로 봐서는 도(刀)의 모양이지만, 도처럼 많이 휘지는 않았으며 폭이 좁은 것으로 미루어 검에 가까웠다.

아마도 그는 찌르기와 베기를 병행하는 특이한 검법을 발휘하는 것 같았다.

문득 홍의단삼인의 왼쪽 가슴에 '구령후(九令后)'라는 세 글자가 수놓아진 것이 화무린의 눈에 띄었다.

하지만 그것이 무엇을 뜻하는지는 알 수 없었다. 아마도 그의 신분을 나타내는 표기인 것 같았다.

화무린은 그가 천외신계의 인물일 것이라고 거의 단정했으며, 그의 복장과 전신에서 뿜어지는 기도로 미루어 경무장에서 봤던 육 번주보다 상급의 인물일 것이라고 짐작했다.

홍의단삼인, 즉 구령후는 그곳에 우뚝 선 채 떠날 생각을 하지 않았다.

그가 그렇게 버티고 있는 한 개방제자들은 모습을 드러내지 않을 것이다.

아니, 어쩌면 개방제자들이 멋모르고 접근하다가 그의 촉수에 걸려들게 될지도 모른다.

그는 겉으로는 그냥 서 있는 것처럼 보였지만 실상은 아니었다. 공력을 끌어올려 주변의 아주 작은 소리까지 감지, 구분하고 있는 중이었다.

그러나 잠시의 시간이 흘렀어도 그는 아무것도 감지하지 못한 것 같았다.

공력이 절정에 이른 고수들은 은둔자가 호흡을 멈춘다고 해도 심장 박동 소리나 신체 내부 장기(臟器)가 움직이는 소리까지 간파해 낼 수 있다.

지금은 화무린이 자신과 소군 주위에 엷은 막(幕)을 쳐서 자신들에게서 나는 소리를 차단한 상태였다.

그러나 그는 모르고 있었다. 소군 역시 공력으로 막을 형성하여 자신과 화무린을 덮고 있다는 사실을.

화무린은 공력을 끌어올려 청력을 극대화하여 기척을 살폈지만 이 일대 오백여 장 이내에는 구령후 외에 아무도 없다는 것을 확인했다.

이대로 있을 수는 없었다. 개방제자들이 당도하기 전에 무슨 조치를 취해야만 했다.

또한 구령후를 제압할 수만 있다면, 그에게서 천녀황에 대한 정보를 알아낼 수도 있을 터이다.

"무슨 일이 있어도 나오지 마."

화무린은 소군에게 그렇게 전음으로 다시 한 번 당부한 후 거목에서 나와 천천히 구령후에게 걸어갔다.

그의 느닷없는 행동은 소군이 미처 반응을 보이기도 전에 일어난 일이었다.

소군은 거목 밖으로 고개를 내밀어 공터를 향해 성큼성큼 걸어가고 있는 화무린의 뒷모습을 보았다.

문득, 소군은 화무린의 허리 옆으로 저만치 공터에 서 있는 구령후의 모습을 발견했다.

구령후는 미동조차 하지 않은 채 화무린을 주시하고 있었다. 하지만 그가 거목 아래쪽으로 고개를 내민 소군을 발견했는지는 알 수 없다.

소군은 급히 거목 뒤로 고개를 감추었다. 자신이 구령후에게 발견된다면 혼자서 이 일을 처리하려고 하는 화무린의 계획을 그르칠 수도 있는 것이다.

第五十四章

구령후(九令后)

구령후는 가볍게 놀란 얼굴로 화무린을 쳐다보고 있었다.

화무린이 너무 가까운 곳에서 불쑥 나타났기 때문이다.

구령후는 갑자기 들려온 낙엽 밟는 소리에 그곳을 쳐다보다가 화무린이 걸어오고 있는 모습을 발견했다.

그가 화무린을 처음 발견했을 때 두 사람의 거리는 칠팔 장에 불과했다.

그것은 화무린이 최소한 십여 장 거리에 숨어 있다가 불쑥 나타났다는 뜻이다.

또한 그가 십여 장이라는 가까운 거리에서도 감쪽같이 이목을 속일 정도로 고수라는 뜻이기도 했다.

그러나 구령후가 가볍게 놀란 시간은 극히 짧았으며 표정이 얼굴에 나타나지도 않았다.

그는 천중인계에 잠입한 지 오 년이 가까워오지만 그동안한 번도 적수다운 적수를 만나지 못했었다.

천중인계의 무림인들을 쓰레기나 벌레보다 못한 존재로여기고 있던 그는 그 사실 때문에 천중인계를 더욱 하찮게 치부하게 되었다.

한 번 박힌 그런 인식은 쉽게 깨어지지 않는 법이다. 그는화무린이 가까운 곳에서 불쑥 나타나는 바람에 잠시 놀라기는 했지만, 그것은 자신이 방심을 하고 있었기 때문이라고 단정했다.

화무린이 이십 세 전후의 방기(芳紀)한 청년인 것을 확인하고는 그런 생각이 한층 짙어졌다.

구령후는 화무린이 최대한 가까이 다가올 때까지 묵묵히지켜보았다.

그의 목적은 화무린이 화통을 발사했는지, 그렇다면 왜 그랬는지를 알아내는 것이다.

그러나 언제든지 손만 뻗으면 죽일 수 있다고 자신하고 있었으므로 서두를 필요가 없었다.

그는 화무린이 일 장 반이나 이 장 이내로 접근한 직후 공격할 것이라고 예측했다.

그 거리는 일류고수쯤 되는 인물들이 가장 선호하는 공격

반경이었다.

그 거리에서의 공격 성공률이 가장 높으면서도, 실패하여 상대의 반격을 받게 될 경우에는 몸을 피할 시간과 거리적 여유를 동시에 충족시켜 주기 때문이다.

그러나 구령후는 그런 보편적인 상식이 이번에는 통하지 않을 것이라고 생각했다.

천중인계의 저 어린 애송이 놈은 공격하자마자 자신에게 제압될 것이므로.

그런데 구령후의 예상이 빗나갔다.

화무린은 거리가 일 장 반으로 좁혀졌는데도 공격을 하지 않았다. 아니, 도리어 몇 걸음 더 걸어와 구령후 앞 일 장 거리에 우뚝 멈춰 섰다.

구령후는 약간 어이가 없다는 듯한 표정으로 화무린을 쳐다보았다.

그는 자신의 얼굴에 어떠한 표정이 떠올랐는지는 별로 신경 쓰지 않았다.

그저 이놈은 뭘 모르는 놈인데 내가 너무 높게 평가한 것이 아닌가? 하고 생각할 뿐이었다.

그러나 구령후는 또다시 놀라야만 했다. 화무린에게서 풍겨지는 예상하지 않았던 당당함 때문이었다.

그의 당당함은 구령후 자신의 그것보다 훨씬 더 자연스럽고 강렬했다.

그래서 그는 방금 전에 화무린에 대해서 생각했던 것을 지워 버릴 수밖에 없었다.

'이놈!'

구령후는 뭔가 알 수 없는 불길한 느낌을 받으면서 조심을 기하지 않은 것을 슬며시 후회했다.

그때 그의 태연자약함을 능가하는 듯한 잔잔한 목소리로 화무린이 입을 열었다.

"너는 천외신계에서 어떤 지위냐?"

오십 세 전후의 초로인으로 보이는 구령후에게 거침없는 반말이었다.

화무린의 안하무인격인 오만한 말투에 구령후는 순간적으로 울컥 화가 치밀어 반 뼘가량 기른 반백의 수염이 가볍게 후르르 떨렸다.

"……."

"보아하니 십삼위 번위막이나 십이위 번주보다는 위의 신분인 것 같군."

구령후의 얼굴에 놀라는 표정이 여실히 떠올랐다.

그는 방금 전에 느꼈던 불길함이 점차 현실로 바뀌어가는 것을 느꼈다.

천중인계의 벌레보다 못한 어린 놈 때문에 그는 얼굴 표정이 수시로 변하고 있었다.

"네가 어떻게 본 계의 계급 체계를 알고 있는 것이냐?"

그는 불신과 적의를 동시에 얼굴에 떠올리며 씹어뱉듯이 뇌까렸다.

화무린의 태연자약함은 도를 넘어서서 마치 눈앞에 아무도 없는 것처럼 행동하고 있었다.

"내가 천외신계 사람도 아닌데 번위막과 번주의 입에서 직접 듣지 않았으면 어떻게 알았겠느냐?"

그 말은 화무린이 번위막과 번주를 직접 만났으며, 그들을 제압했다는 뜻이었다.

화무린이 천외신계 최하위인 투번 고수 한 명을 제압하여 그런 사실들을 실토받았을 수도 있을 것이다.

그러나 구령후가 지금 받고 있는 느낌은 그가 거짓말을 하고 있지 않다는 것이었다.

화무린에게서 풍겨지는 당당한 기도는 그가 군이 거짓말을 할 필요가 없다는 사실을 대변하고 있었다.

구령후는 화무린이 그런 것으로 허풍이나 칠 위인이라고 생각하지 않았다.

구령후는 바보가 아니다. 그 순간 그의 머리를 번개같이 스치고 지나는 것이 있었다.

"이제 보니 너는 하북 경무장에 주둔하고 있던 제육투번 지휘부를 전멸시킨 은오검객이라는 놈이로군."

"다들 그렇게 부르더군."

화무린은 흐릿한 미소를 머금은 채 어깨를 으쓱하면서 양

팔을 벌려 보였다.

자연스러운 동작이라 그것으로서 상의 앞섶이 약간 느슨해지고 품속의 도곤이 약간 위로 추슬러진 것을 구령후는 알아차리지 못했다.

화무린은 이제 곧 개시될 공격의 처음을 귀명비도를 발출하는 것으로 장식할 생각이었다.

두 사람의 거리는 다섯 걸음 정도.

구령후는 화무린의 어깨에서 검이 뽑히는 것에만 온 신경을 집중시키고 있을 것이다.

그러므로 이런 상황에서의 몇 자루 귀명비도는 구령후의 정곡을 찌르게 될 것이고, 운이 좋으면 목숨까지 뺏지는 못하더라도 선기를 잡게 될 터이다.

"이제 네가 누군지 말해야 하지 않겠느냐?"

화무린은 가슴을 활짝 펴면서 윗배의 근육을 위로 슬쩍 밀어 올려 가슴에 차고 있는 도곤의 가장 윗줄 일, 삼, 오, 칠, 네 자루 귀명비도가 도곤에서 약간 뽑히게 만들었다.

그렇게 해두면 귀명비도를 발출하는 순간 한결 더 빠르고 수월하다.

구령후는 처음 이곳에 도착했을 때보다는 긴장하고 있었지만, 그렇다고 자신이 화무린에게 당할 것이라는 생각은 추호도 하지 않았다.

오히려 자신이 은오검객을 잡아서 공을 세우게 되었다는

속단으로 내심 은근히 기뻐했다.

그는 천녀황이 직접 육천군의 막내 잔혼군에게 은오검객을 잡아오라고 명령을 내렸다는 사실을 잘 알고 있었다.

그런 생각을 하니 마치 은오검객을 이미 제압하기라도 한 것 같은 기분이 들어 구령후는 입가에 미소까지 지으며 친절을 베푸는 여유를 부렸다.

"후후! 나는 본 계 십이령후(十二令后)의 아홉째인 구령후다."

그의 왼쪽 가슴에 수놓아진 글자는 그의 신분을 나타내는 것이었다.

화무린의 입가에 방금 구령후가 떠올린 미소보다 더 짙은 미소가 떠올랐다.

"후후후……. 삼위 육천군 정도가 와야 나하고 그럴싸한 싸움을 한판 벌일 텐데, 겨우 십이령후란 말인가?"

어찌 들으면 만용 같기도 한 말이었다.

구령후는 가볍게 움찔 놀랐다.

화무린은 마치 천외신계에 대해서 모르는 것이 없는 것처럼 거침없이 내뱉고 있었다.

화무린이 그렇게 말한 것은 격장지계를 써서 구령후가 천외신계의 서열 몇 위인지 알아내자는 것이고, 운이 좋다면 그의 화를 돋우어서 곧 벌어질 싸움에 영향을 미칠지도 모르므로 나쁠 것은 없었다.

구령후의 미간이 좁아졌고, 안면 근육이 팽팽해졌다. 화를 내고 있다는 증거다.

격장지계가 조금은 먹혀드는 것 같았다.

화무린은 강호에 나와서 천외무적군 육투번과 싸워본 것이 전부일 만큼 경험이 적었다.

그런데도 그는 지금 구령후를 마치 산전수전 다 겪은 능구렁이처럼 다루고 있었다.

그 이유는 한 가지, 화무린이 선천적인 전사(戰士) 체질이기 때문이었다.

"핫핫핫! 너는 본 계 서열 사위인 십이령후를 너무 우습게 여기는구나!"

슉!

다음 순간 구령후는 말이 채 끝나기도 전에 화무린을 향해 곧장 쏘아왔다.

화무린은 귀명비도로 급습을 가하려는 의도를 품고 지금처럼 가깝게 다가갔었다.

그것은 급습을 가하지 못했을 경우에는 도리어 자신이 위험에 처할 수도 있는 위험천만한 행동이었다.

그런데 바로 그 상황이 벌어진 것이다.

화무린은 구령후가 먼저 공격을 할지도 모른다고 미리 조심을 하고는 있었지만 말이 끝나기도 전에 급습을 가할 줄은 예상하지 못했다.

일 장이라는 거리는 덮쳐 오고 자시고 할 것도 없을 만큼 짧은 거리다.

천외신계 서열 사위면 화무린이 상대했던 육 번주보다 무려 여덟 계단이나 높다.

더구나 그 당시의 육 번주는 내상을 치료하는 중이었으므로 제대로 싸웠다고 볼 수도 없었다.

심지어 화무린은 구령후가 쏘아오면서 허리의 검을 뽑는 것을 보지도 못했다.

키이잇!

그런데 그 검이 어느새 허공을 세로로 가르면서 화무린의 이마를 쪼개오고 있었다.

워낙 가까운 거리라서 검기나 검강을 발출할 수도 없는 상황이었다.

화무린의 이마 위 두 자까지 쇄도하고 있는 것은 날이 새파란 진검이었다.

방심이 부른 화였다.

구령후의 입가에 흐릿한 미소가 피어났다.

그와 함께 그의 검이 약간 방향을 틀어 화무린의 어깨를 베어갔다.

오른팔을 자르는 것쯤으로 목숨은 붙여둬야 뭐라도 알아낼 수 있기 때문이다.

그러나 구령후의 회심의 미소는 입가에서 피어나다가 멈

춰져야만 했다.

눈앞에서 무언가 희끗한 것이 번뜩이며 자신의 얼굴을 향해 덮쳐 오는 것을 발견한 것이다.

언제나 그렇듯이, 화무린이 위기에 처하자 품속에 있던 아령이 번개같이 튀어나간 것이다.

아령이 튀어나간 것은 구령후가 반 장 거리로 좁혀든 순간이었다.

잔뜩 벼르고 있다가 튀어나간 아령의 속도는 힘껏 쏘아낸 화살보다 서너 배는 더 빨랐다.

그런데도 불구하고 구령후는 상체를 슬쩍 비틀어 피하면서 화무린의 어깨를 베어가던 검을 거두어 아령을 향해 휘두르기까지 했다.

구령후는 화무린이 예상하고 있던 것보다 더 고강했다. 과연 천외신계의 서열 사위다웠다.

사아—

아령의 머리털이 한 움큼 베어져서 허공에 흩날렸다. 아령은 하마터면 머리가 베어질 뻔했다.

"아령아! 누나에게 가라!"

한 번의 동작으로 화무린을 위기에서 구한 아령은 곧장 소군을 향해 쏘아갔다.

소군은 화무린의 당부도 잊은 채 일어나서 거목 밖으로 고개를 빼고 보고 있다가 쏘아오는 아령을 안았다.

위기에서 벗어난 화무린은 피하지 않고 오히려 구령후에게 바짝 덮쳐 가면서 미리 준비하고 있던 네 자루 귀명비도를 떨쳐 냈다.

쉐애앵!

구령후가 아령의 공격을 피하면서 두 걸음 물러났지만, 화무린이 다시 다가들었으므로 거리는 여전히 일 장을 유지하고 있었다.

구령후는 자신의 상체 급소 네 군데를 향해 쏘아오는 은빛 줄기를 발견하고 움찔했다. 그것이 무엇인지 식별할 여유가 없었다.

스읏―

한순간 그의 몸이 마치 아래쪽에서 불어온 바람을 타고 떠오르는 연처럼 수직으로 솟구쳐 올랐다.

당금 무림에서, 지금과 같은 상황에서 네 자루 귀명비도를 피해낼 만한 인물은 그다지 흔치 않을 것이다.

그런데도 구령후는 별로 어렵지 않게 피했다. 천외신계 십이령후의 실력이 어느 정도인지 가히 짐작할 수 있는 한 장면이었다.

그러나 이 정도에서 실패할 귀명비도였다면 처음부터 발출하지도 않았을 터.

쉐애애액!

네 자루 귀명비도는 각기 다른 파공음을 내며 구령후의 발밑을 스쳐 지나며 부챗살처럼 좍 퍼졌다.

구령후는 허공으로 높이 솟구치지도 않았다.

딱 반 장.

귀명비도를 피하고, 뒤이어 화무린을 공격할 수 있을 만큼의 최적의 높이를 계산하여 떠오른 것이었다.

"이놈!"

그는 떠오르던 중에 무릎이 화무린의 얼굴 높이에 이르는 위치에서 정지한 상태로 일갈을 터뜨리며 벼락같이 검을 그어 내렸다.

하지만 그는 검을 내리긋다가 또다시 중도에서 멈출 수밖에 없었다.

쉐애액!

방금 발밑으로 피했다고 생각한 네 자루 귀명비도가 각각 네 방향에서 무서운 속도로 자신을 향해 쏘아오고 있는 사실을 감지했기 때문이다.

'아……!'

가슴을 졸이면서 그 광경을 보고 있던 소군은 경악과 감탄을 금치 못했다.

그녀가 지금 보고 있는 것은 결코 자신이 화무린에게 가르쳐 주었던 귀명비혼이 아니었다.

그녀가 가르친 것은 단지 귀명비도를 얼마나 빨리 정확하게 발출하느냐는 것이었다.

그러나 지금 전개되고 있는 귀명비혼은 귀명비도 한 자루마다 혼(魂)이 담겨 있지 않은가?

그녀가 준 귀명비도로 전개되고는 있지만, 저것은 신기(神技)였다.

그도 그럴 것이, 화무린이 귀명비혼에 전설적인 검법인 파천혈인검법의 비검술을 접목시켰으니 원래의 위력보다 대여섯 배 이상 절묘해진 상태였다.

"이…… 이런!"

구령후의 얼굴이 낭패함으로 일그러졌다.

첫 번째 공격은 정면에서 뻔히 보고 있었기 때문에 피할 수 있었다고 쳐도, 두 번째는 완전히 방심하고 있다가 허를 찔리고 말았다.

믿어지지 않게도 네 자루 귀명비도는 구령후의 머리 위와 사타구니 아래, 앞과 뒤 네 방향에서 이미 두어 자까지 쇄도하고 있었다.

제아무리 천외신계 서열 사위 십이령후라고 해도 이 상황에서 무사히 빠져나갈 수는 없을 듯했다.

호신막을 일으키기도, 검으로 쳐내기에도 늦었다.

쉬이잇!

결국 절체절명의 순간에 구령후는 피하지 않은 채 화무린을 계속 공격해 가는 간단하고도 효과적인, 그러나 무모한 방법을 사용하기로 결정했다.

그는 네 자루 귀명비도가 화무린에 의해서 줄로 조종되고 있다고 짐작했다.

그러므로 화무린을 공격하면 귀명비도가 자연히 제 기능을 발휘하지 못할 것이라고 판단했다.

결국 공격을 최선의 방어로 선택했다.

그러나 그는 두 가지 사실을 알지 못했다.

과거의 귀명비혼은 천잠사에 의해서 조종되었기 때문에 조종자를 공격하거나 죽이면 귀명비혼이 멈춰질 수밖에 없는 상황이었다.

하지만 지금은 처음부터 귀명비도에 공력을 주입하여 파천혈인검법의 초식으로 발출하기 때문에 따로 조종을 할 필요가 없었다. 화무린의 손을 떠나면 그만인 것이다.

다만 멀리까지 날아간 귀명비도를 회수하기 위해서 천잠사로 만든 줄로 연결하는 것이 평소의 습관이긴 하지만, 화무린은 지금 같은 상황이 벌어질 것을 예견했기 때문에 구태여 줄을 연결하지 않았었다.

구령후가 알지 못한 또 하나의 사실은, 구령후가 귀명비도의 두 번째 공격에 멈칫하는 순간 바로 앞에 있던 화무린이 그 자리에서 꺼지듯이 사라졌다는 사실이었다.

"……."

구령후는 공격해야 할 목표를 잃었으며, 네 자루 귀명비도에 무방비 상태로 노출되었다.

휘리릭!

그러나 그는 위기의 순간에 또 한 번의 기지를 발휘하여 타개책을 만들어냈다.

그는 순간적으로 왼손에 공력을 주입하여 강옥수(鋼玉手)로 만드는 것과 동시에 번개같이 몸을 회전시키면서 귀명비도를 맨손으로 튕겨냈다.

파파팍!

실로 종잇장 한 장 차이로 아슬아슬하게 구령후는 네 자루 귀명비도를 모두 쳐냈다.

화무린이 귀명비도를 발출한 것이 신기라면, 구령후의 방어도 신기에 가까웠다.

구령후는 왼팔 팔꿈치 아래 여기저기가 찌릿찌릿한 것을 느꼈지만 살펴볼 겨를이 없었다.

사실 귀명비도는 만년오금철로 만들었기 때문에 강철이라고 해도 두부처럼 자른다.

만약 귀명비도가 한차례 공격에 실패한 후라서 힘이 어느 정도 소멸되지 않았었다면, 아무리 강옥수라고 해도 구령후의 팔뚝을 뭉텅뭉텅 잘라 버렸을 것이다.

귀명비도의 두 번째 공격이라 힘이 얼마 남아 있지 않은 상태였기 때문에 구령후의 왼팔은 그나마 몇 군데 베어지는 것으로 그쳤을 뿐이다.

그러나 고비를 넘겼다고 해도 위험이 완전히 사라진 것은 아니었다.

감쪽같이 사라진 화무린이 어느 방향에서 공격을 해오느냐는 것이 남은 문제였다.

뻔히 보이는 전면이나 좌우는 아닐 것이다.

머리 위, 아니면 등 뒤다.

구령후는 청력을 극대화시켰으나 아무 소리도 감지되지 않았다. 감지될 정도라면 사라지지도 않았을 터.

역시 보통 놈이 아니다.

후우웃!

구령후는 호신막으로 온몸을 보호하는 것과 동시에 빙글 몸을 반 회전시키면서 오른손의 검으로 천외신계의 절학인 사신검공력(死神劍功力)을 전개했다.

이 검법은 천외신계 서열 오위 이상만이 연마할 수 있는 절학으로 검기를 위주로 하며, 위력적이면서도 잔혹하다는 것이 특징이다.

꽈르르릉!

천지를 진동시키는 뇌성벽력음이 터지면서 이 갑자 반의 공력이 실린 검기의 파도가 전면과 머리 위를 향해 부챗살처럼 뿜어졌다.

과연 구령후의 예측은 정확했다.

화무린은 그의 머리 위에서 의자에 걸터앉은 듯한 자세를 취하고 두 손으로 은오검을 움켜잡은 채 무서운 속도로 하강하고 있었다.

'큭! 어리석은 놈!'

구령후의 입가에 비웃음이 떠올랐다.

일껏 화무린을 뭔가 좀 다른 놈이라고 여기던 마음이 씻은 듯이 사라졌다.

그가 발출한 검기의 수는 정확하게 일흔두 개다. 그것이 전면과 머리 위로 부챗살처럼 퍼져서 뿜어지기 때문에 피할 수 있는 공간은 전무하다.

더구나 사신검공력의 검기 하나하나에는 만 근 바위를 관통하는 가공할 위력이 실려 있으니, 뼈와 살로 이루어진 사람의 몸뚱이 따위야 오죽하겠는가.

콰아아!

그런데……

화무린이 검기의 파도를 그대로 뚫으면서 하강하고 있는 것이 아닌가?

구령후는 자신의 눈을 의심했다.

자신이 발출한 검기의 파도가 화무린의 발아래에 이르러 좌우로 갈라지고 있었다.

그것은 마치 급류를 힘차게 거슬러 오르는 잉어 같은 모습이었다.

'호신강기!'

구령후는 한 가지 사실을 깨닫고 크게 놀라 속으로 낮게 부르짖었다.

사신검공력의 검기는 호신막까지는 뚫지만 호신강기는 어쩌지 못한다.

호신막은 공력으로 몸 주위에 막을 형성하는 것이지만, 호신강기는 말 그대로 공력으로 만들어낸 강기(罡氣)를 특정한 방향으로 뿜어내는 것이다.

몸 전체로 뿜어내면 강기막이 형성되는데, 호신막이 돌로 만든 벽이라면 호신강기막은 철벽이다.

호신강기는 최소한 이 갑자 반 이상의 공력을 지녀야만 펼칠 수가 있다.

그러나 화무린은 예전에도 호신강기를 자유자재로 펼칠 수 있었다. 그것은 바로 그가 익힌 조화무극심법의 탁월함 덕분이었다.

순간 하강하던 화무린이 머리 위로 쳐들었던 은오검을 벼락같이 아래를 향해 그어 내렸다.

고오오!

흐릿한 금빛의 빛 기둥 하나가 위를 올려다보고 있는 구령후의 얼굴을 향해 뇌전처럼 내리꽂혔다.

천지조화검의 삼 초식 무상조화 중에서 무상검탄강(無上劍彈罡)이었다.

이것은 검기가 아닌 검강(劍罡)인 것이다.

순간 구령후의 두 눈이 한껏 부릅떠졌다.

'저것은 설마?!'

그는 대경실색하느라 지금 당장 피하거나 방어를 해야 한다는 사실마저도 잊고 있었다.

금빛의 빛 기둥, 즉 검탄강이 머리 위 석 자까지 쇄도하고 있을 때에야 구령후는 급급히 검을 들어올리며 전력으로 공력을 주입시켰다.

쩌쩌쩡!

검탄강이 가로로 눕혀진 구령후의 검에 작렬했다.

'우웃!'

그 순간 구령후는 손목과 팔이 부러지고 어깨가 뽑히는 듯한 극심한 통증을 느꼈다.

그리고 검을 쥔 손아귀가 갈가리 찢어져 나갔다.

그가 만약 검에 공력을 주입한 상태가 아니었더라면 검은 여지없이 두 동강나 버리고 검탄강이 그의 머리를 산산이 짓이겼을 것이다.

또한 화무린의 공력이 조금만 더 고강했더라도 같은 결과를 초래했을 것이다.

구령후는 비단 검을 쥔 팔이 부러지는 통증을 느꼈을 뿐만 아니라 강력한 충격에 두 발이 정강이까지 땅속에 박혀 버리는 신세가 됐다.

'아아…… 천지조화검이야!'

소군은 자신도 모르는 사이에 거목 밖으로 나와 서서 그 광경을 보며 감탄을 금치 못했다.

일격을 가한 화무린이 공중제비를 한 바퀴 돌면서 구령후의 앞쪽으로 하강하며 재차 무상검탄강을 전개, 그의 목을 오른쪽에서 왼쪽으로 베어갔다.

고오오!

은오검에서 형성된 금빛 기둥은 반월처럼 휘어지며 구령후의 목을 향해 폭발하듯이 뿜어졌다.

구령후는 두 발이 정강이까지 땅속에 박혀 있는 상태라서 순간적으로 피할 재간이 없는 터라 급급히 다시 검에 공력을 주입하여 막았다.

쩌껑!

그러나 구령후의 검도 이번만큼은 견뎌내지 못했다. 검이 절반으로 부러지면서 그의 몸은 거센 반탄력에 의해 왼쪽으로 화살처럼 튕겨져 날아갔다.

부러진 검이 검탄강의 대부분을 흡수하지 않았더라면 그는 튕겨져 날아가는 대신 목이 잘렸을 것이지만, 내장이 크게 진탕되어 가벼운 내상을 입는 정도로 그쳤다.

구령후는 날아가며 공력을 극한으로 끌어올렸다. 그는 사태의 심각함을 뼈저리게 절감했다.

이렇게 수세에 몰리다가는 여차하는 순간 불귀의 객이 될 수도 있다는 위기감이 엄습했다.

그는 튕겨져 날아가는 여세를 빌어 경공을 극한으로 발휘하여 두 배 이상 빠른 속도로 멀어져 갔다.

이른바 도주였다. 그로서는 태어나서 처음 도주라는 것을 실행하고 있었다.

일단 지금의 위기를 벗어난 후 다시 싸울 생각이긴 하지만, 어쨌든 도주는 도주였다.

그러나 수치심을 느낄 겨를도 없었다. 죽음의 공포라는 것을 생전 처음 느끼고 있는 판국에 그런 것을 느낄 새가 어디 있겠는가.

그는 자신이 도주하려고 마음만 먹으면 충분히 이곳을 벗어날 수 있을 것이라 여겼다.

그런데 그나마도 뜻대로 되지 않았다. 그는 오늘 제대로 임자를 만난 것이다.

'헛!'

구령후는 자신이 달아나고 있는 속도보다 더 빠른 속도로 화무린이 일직선을 그으며 쏘아오고 있는 것을 발견하고는 귀신을 본 것 같은 표정을 지었다.

경공에서만큼은 화무린이 구령후보다 한 수 위였다.

사실 화무린이 소군에게 배운 쾌풍운은 구중천의 모든 사람들이 다 배운 천상성계의 경공이었다.

비록 쾌풍운이 천상성계 최고의 경공이라고는 할 수 없지만, 무림에서 내로라하는 경공하고는 비교조차 할 수 없을 만큼 절륜했다.

그런데 화무린은 그 쾌풍운에 천지조화검의 사초식에 들어 있는 변화 중 검기비공(劍氣飛功)과 오초식 변화 중에서 어검비행술(馭劍飛行術)의 변화를 접목시켰다.

화무린은 순식간에 구령후의 코앞까지 이르러 검을 떨쳤다.

쿠오오!

그의 은오검에서 세 마리 은빛 까마귀와 세 마리 은빛 용(龍)이 쏟아져 나갔다.

그것들은 마치 살아 있는 듯 포효하면서 여섯 방위에서 허공을 갈랐다.

예전에는 경무장주의 독문검법인 항룡유운검법이었으나 화무린에 의해서 재창조되어 오룡검법(烏龍劍法)이라는 이름으로 새로 탄생한 검법이다.

그것이 화무린에 의해서 은오검으로 펼쳐지니 훨씬 더 위력적이었다.

구령후는 느닷없이 세 마리 은빛 까마귀와 세 마리 은빛 용이 뒤섞인 채 자신을 향해 쇄도하자 그렇지 않아도 혼란스러운 판국에 머리가 다 어지러울 지경이 되었다.

그리고 결정적으로 거리가 너무 가까웠다. 하지만 이대로 포기한다면 천외신계 서열 사위 십이령후라고 불릴 자격이 없을 것이다.

그는 급박한 순간에도 절반뿐인 검을 맹렬하게 휘둘러 검막을 형성하는 한편 화무린을 향해 왼손을 뻗어냈다.

쐐애애!

순간 그의 검지와 중지에서 두 줄기 핏빛 지풍이 뿜어져 화무린의 목과 미간을 향해 쏘아갔다.

쉐앵!

찰나 화무린은 한 소리 기이한 파공음만을 남긴 채 쏘아가던 중에 몸이 뚝 정지했다.

그러나 다음 순간 다리가 먼저 위로 떠오르면서 빙글 구령후의 머리 위로 한 바퀴 회전하며 날아 넘었다.

그야말로 쾌풍운의 진수가 펼쳐지고 있었다.

구령후는 면전에 있던 화무린이 순식간에 사라지는 대신 두 줄기 은빛 광채가 자신의 양 가슴을 향해 쏘아져 오는 것을 발견하고 움찔했다.

화무린이 구령후의 머리 위로 날아 넘기 전에 두 자루 귀명비도를 발출한 것이었다.

그는 현재 자신이 지니고 있는 모든 실력을 유감없이 발휘하고 있었다.

구령후는 지금 이 순간 한꺼번에 두 가지 위험에 봉착하고 말았다.

이미 반 장 앞에 쇄도하고 있는 두 자루 귀명비도와 자신의 머리 위로 날아서 넘고 있는 화무린이 그것이었다.

화무린을 경계하자니 두 자루 귀명비도에 목과 미간이 뚫

리고 말 것이고, 귀명비도를 튕겨내자니 화무린에게 자신의
등 뒤를 고스란히 내줄 수밖에 없는 절박한 상황이었다.

한꺼번에 두 가지 위험을 해소할 수는 없었다.

숨이 끊어지지도 않은 상태에서 구령후는 이 싸움에서 이
미 패했음을 절감했다.

그렇다고 두 눈 뻔히 뜨고서 두 자루 귀명비도에 목과 미간
을 뚫릴 수는 없었다.

째쟁!

구령후는 처참한 심정으로 두 자루 귀명비도를 쳐내는 것
과 거의 동시에 목 뒤와 등, 허리 아홉 군데 혈도가 뜨끔거리
면서 제압되는 것을 느꼈다.

그의 뒤에서 내려서고 있는 화무린이 번개같이 혈도를 제
압한 것이다.

척!

화무린은 은오검을 어깨에 꽂으면서 뻣뻣하게 굳은 채 서
있는 그의 앞쪽으로 천천히 걸어왔다.

화무린은 구중천에서 금비라 은겸에게 배운 특수한 점혈
수법을 구령후에게 사용했다.

그러므로 구령후는 화무린이 해혈해 주지 않는 한 죽을 때
까지 나무토막처럼 있어야 할 것이다.

"으음! 너는 천상성계의 천성족이로군."

구령후는 자신의 앞에 우뚝 서 있는 화무린을 일그러진 표

정으로 쏘아보며 씹어뱉듯이 중얼거렸다.

그는 화무린이 전개한 천지조화검을 알아보고 그가 천성족이라고 판단한 것이다.

화무린은 자신이 천성족이다, 아니다라는 쓸데없는 문제를 갖고 구령후와 왈가왈부 따지고 싶은 생각이 없어서 대답하지 않았다.

"너의 상전은 안국현 어디에 머물고 있느냐?"

그는 곧장 본론으로 들어가 조용히 물었다. 하지만 구령후가 순순히 대답할 것이라고는 생각하지 않았다.

'상전'이라는 말이 천녀황을 가리킨다는 것을 구령후가 알아듣지 못할 리가 없다.

구령후는 가볍게 움찔 놀랐다. 천녀황이 안국현에 있는 것까지 알고 있다니, 그는 화무린이 도대체 얼마나 더 알고 있는지 궁금했다.

화무린은 지금 당장은 구령후에게서 아무것도 알아낼 수 없을 것이라 여겼다.

포기는 빠를수록 좋은 법. 그는 뒷짐을 지며 조용히 소군을 불렀다.

"군아, 이리 와라."

화무린의 신출귀몰함에 넋을 잃고 있던 소군은 퍼뜩 정신을 차리고 한달음에 그의 곁으로 달려왔다. 그녀의 어깨에는 아령이 앉아 있었다.

"이자를 네가 맡아라."

"알았어."

대답하는 소군의 목소리는 높이 날며 우짖는 종달새처럼 명랑했다.

원래도 그녀에게 화무린이라는 존재는 더없이 훌륭하고 멋진 사내였는데, 지금은 눈이 부셔서 그를 똑바로 쳐다볼 수도 없을 정도였다.

구령후를 처리하라는 화무린의 말은 그를 구중천에 넘기라는 뜻이었다.

"은 숙부에게 인계하는 것이 좋겠군."

소군은 깜짝 놀라서 눈을 동그랗게 떴다.

"사부님?"

"응."

소군은 적잖이 놀라면서도 기쁜 표정을 감추지 못하며 화무린을 바라보았다.

'은 숙부'란 금비라 은겸을 가리킨다. 화무린이 은겸을 '은 숙부'라고 부르는 것은 두 사람이 그만큼 친밀한 관계가 됐다는 뜻이었다.

소군은 화무린이 마치 한 가족이나 된 것처럼 기뻤다. 그녀는 강호에서 그를 다시 만나고 나서 여태까지 있었던 일들이 꿈만 같았다.

"넌 여기에 얌전히 있어."

소군은 구령후의 몸 앞쪽에도 점혈수법을 가해 만전을 기한 후 땅에 꿇어앉으며 짐짓 엄하게 호통을 쳤다.

막강한 천외신계 서열 사위인 십이령후 중에 구령후가 찬밥 신세가 되는 순간이었다.

그때 화무린은 공터의 한쪽 방향을 천천히 둘러보며 나직이 입을 열었다.

"당도해 있는 개방제자들은 이리 나오시오."

그는 홍연화통을 발견한 개방제자들 수십 명이 사방에서 달려와 공터 근처에 모여서 여태까지 벌어진 광경을 몰래 숨어서 구경하고 있었다는 사실을 알고 있었다.

공터 근처는 조용했다.

그러나 화무린은 십수 명의 심장이 한꺼번에 쿵쾅거리는 소리를 똑똑히 듣고 있었다.

第五十五章

용장봉선(龍將鳳扇)

구중천
九重天

잠시 후 공터 주위에 숨어 있던 개방제자들이 하나둘씩 조심스럽게 화무린 쪽으로 걸어나왔다.

모두 십육 명이었다. 개방 안국 분타 소속 십사 명과 또 다른 두 명이었다.

그들은 혼자, 혹은 두세 명씩 짝을 지어서 왔으며, 숲에 숨어 있느라 서로의 존재를 모르고 있었는데, 결국 안국 분타 제자들 절반이 이곳에 모인 셈이 돼버렸다.

모두의 시선이 화무린에게 집중됐다.

그들 각자의 얼굴에는 조금 전에 끝난 싸움을 관전하고 있을 때의 경악하던 표정이 아직까지도 가셔지지 않은 채 떠올라 있었다.

그들은 조금 전에 신들의 싸움을 보았다. 태어나서 지금껏 한 번도 본 적이 없었으며, 죽을 때까지도 그런 싸움은 보지 못할 것이다.

그리고 그들은 제압된 구령후가 화무린에게 '천성족' 이라고 하는 말을 들었다.

그 후 그들은 화무린이 천외신계의 서열 사위 십이령후를 제압한 것은 당연한 결과라고 여겼다.

왜냐하면 그는 천상성계의 천성족이므로. 천중인계에서 천성족이라는 말은 '신' 의 또 다른 호칭이다.

천성족이라는 말을 들어서가 아니라, 개방 거지들의 눈에 과연 화무린은 여간 범상해 보이지 않았다.

몸에서 은은한 광채가 뿜어지는 것 같았고, 금방이라도 하늘로 훨훨 날아가 버릴 것만 같았다. 사람들은 천성족은 날아다닌다고 생각한다.

화무린은 개방제자들이 자신을 천성족으로 오해하고 있다는 사실을 짐작했지만 지금은 그것을 해명하고 있을 만큼 한가하지 않았다.

이윽고 그는 개방제자들을 천천히 둘러보면서 나직이 입을 열었다.

"내가 홍연화통으로 신호를 보냈소."

개방제자들은 당연히 그랬을 것이라 생각하고 있었다.

"이곳에 안국 분타 제자가 아닌 개방제자가 있소?"

그러자 안국 분타 십사 명의 개방제자들 시선이 일제히 낯선 두 명의 거지에게 집중됐다.

그들 두 명은 십사 명에게서 약간 떨어진 곳에 서 있었는데, 몹시 초췌한 몰골이었다.

화무린은 그들 두 명에게 가까이 오라는 손짓을 해 보이면서 물었다.

"당신들은 개방 연진 분타 제자들이오?"

그의 말에 두 명은 깜짝 놀라는 표정이었다.

"그… 렇습니다. 그걸 어떻게 아셨습니까?"

두 명은 중년의 삼결(三結)제자와 이십대 중반의 이결(二結)제자였는데, 그중 삼결제자가 놀라는 얼굴로 꽉 잠긴 목소리를 내뱉었다.

화무린은 엷은 미소를 지었다.

"당신들이 지금 하고 있는 일이 애초에 내가 부탁한 일인데 어찌 모르겠소?"

그러자 그곳에 있는 모든 개방제자들이 크게 놀라는 표정을 지었다.

화무린은 고개를 끄덕였다.

"나는 당쾌의 친구요. 내가 그에게 안읍 풍래장에 있는 사람들을 미행, 감시해 달라고 부탁했었소."

연진 분타 두 제자와 안국 분타 제자들이 화무린에게 일제히 공손하게 허리를 굽혔다.

"공자를 뵈옵니다."

당쾌는 개방의 소방주다. 그의 친구라면 그를 대하듯 예를 갖추어야만 한다.

게다가 이곳에 있는 개방제자들은 화무린을 천성족이라 여기고 있으므로 예의는 구대문파 장문인을 대하는 것보다 더 공손했다.

개방 연진 분타의 제자들이 이곳 안국현에 있는 데에는 그럴 만한 까닭이 있었다.

처음 천녀황 일행이 산서성 안읍 풍래장을 출발했을 때, 그때까지 풍래장을 감시하고 있던 개방 안읍 분타의 분타주와 제자 세 명이 십여 리쯤 뒤에서 미행을 했었다.

안읍 분타 분타주는 천녀황 일행이 너무 빨라서 놓칠 것에 대비하여 한 가지 방도를 세웠었다.

주변의 개방 분타와 연계, 협조하는 것이었다.

안읍 분타주는 풍래장을 출발한 천녀황 일행이 동남쪽으로 방향을 잡는 것을 보고 동남향 삼백 리에서 오백여 리 이내에 있는 신안현(新安縣). 선양현(宣陽縣), 낙령현(落寧縣) 등 다섯 개 분타에 천녀황 일행의 행색과 특징을 글과 그림으로 기록한 서찰을 담은 전서구를 띄웠다.

그 후 천녀황 일행을 발견한 개방 분타는 신안 분타였으며, 시간은 해가 지기 전인 신시(申時:오후 4시) 무렵이었다. 천녀황 일행은 아침 진시(辰時:오전 8시)에 출발하여 네 시진 만에 오백여 리나 이동한 것이었다.

더구나 천녀황 일행의 이동 속도는 너무 빨라서 신안 분타 제자들이 도저히 추적할 수가 없었다.

또한 천녀황 일행은 편한 관도를 버려두고 거친 숲이나 산길만 골라서 이동했기 때문에 추적이 더욱 어려웠다.

그러나 다행스러운 점은 개방제자들이 추적술에 뛰어나며, 천하 곳곳에 거미줄 같은 감시망, 즉 지부와 분타를 보유하고 있다는 사실이었다.

천녀황 일행은 동쪽으로 이동하고 있었다.

신안 분타는 즉시 이삼백여 리 일대에 있는 낙양, 언사, 등봉(登封) 등 여섯 개 분타에 전서구를 띄웠다.

두 시진 반 후 천녀황 일행을 다시 발견한 것은 언사 분타의 제자들이었다.

그들은 천녀황 일행이 이수 강변의 옥수장으로 들어간 것을 확인했다.

언사 분타주는 최초의 추적자이며 그때까지도 동쪽으로 이동하고 있던 안읍 분타주에게 그 사실을 전서구로 알렸다.

안읍 분타주는 천녀황 일행이 하루에 칠백 내지 팔백여 리를 이동한다는 사실과 절대 십여 리 이내로 접근하지 말아야 한다는 것, 이 일은 소방주의 명령이라는 것, 추적을 용이하게 하는 방법 등 몇 가지 알아둬야 할 중요한 사항들과 추적을 언사 분타에 인계한다는 내용을 서찰에 적어 전서구를 언사 분타로 보냈다.

언사 분타는 안읍 분타주가 보낸 서찰의 내용을 몇 번이고 읽어서 충분히 숙지한 후, 안읍 분타주보다 더 철저한 계획을 세우기에 이르렀다.

천녀황 일행이 동쪽으로 이동한다는 전제와 언사현에서 방향을 바꿀 수도 있다는 두 가지 가정을 세우고, 인근 이백여 리 일대에 산재해 있는 개방 분타들에게 협조를 요청하는 전서구를 일제히 보냈다.

또한 천녀황 일행이 일단 이동을 개시하게 되면 개방제자들의 능력으로는 도저히 그들을 미행할 수 없을 것이며, 또한 발각의 위험도 있으므로 미행을 최대 오십 리 단위로 쪼개어 나누었다.

즉, 미행하던 개방제자가 오십 리쯤 미행하다가 천녀황 일행의 이동하고 있는 방향 오십 리에서 백 리 이내에 있는 다른 분타에 연락을 취한다.

그럼 그때부터는 그곳에서 인계를 받아 기다리고 있다가 다시 미행을 진행하고, 그들이 오십 리를 미행하다가 또 천녀황 앞쪽에 대기하고 있는 또 다른 개방제자들에게 연락하여 인계하는 방법을 채택했다.

미행과 감시, 탐지에 능수능란한 개방제자들에게도 천녀황을 추적하는 일은 매우 어려웠지만, 그래도 그들은 지금껏 잘해오고 있는 중이다.

천녀황 일행은 그날 밤에는 연진현 홍학원에 여장을 풀었으며, 그때부터는 연진 분타가 인계를 받아서 감시, 미행을 계속했다.

다음날 천녀황 일행이 연진현을 출발할 때 연진 분타 제자들이 추적을 시작했으며, 연진현과 안국현 중간 지점에서 안국 분타 제자들이 인계받았다.

화무린은 개방제자들이 그런 치밀한 방법으로 미행을 했다는 사실까지는 모르고 있었다.

다만 개방 분타들끼리 서로 연계, 협조했을 것이라고 막연하게 짐작 정도를 했을 뿐이었다.

"그녀들은 어디에 있소?"

화무린은 연진 분타의 삼결제자에게 물었다.

삼결제자는 안국 분타 제자들 중에서 사십여 세 정도로 보이는 삼결제자를 쳐다보았다.

삼결제자면 부분타주다. 안국 분타 부분타주는 화무린을 보며 죄스런 표정을 지었다.

"오는 도중에는 분명히 두 명의 여자가 있는 것을 확인했었는데…… 중간에서 놓치고 말았습니다. 이곳에 도착한 것은 네 명의 남자뿐이었습니다."

화무린은 약간 어이없는 표정을 지었다.

'천녀황과 그녀의 측근이라는 옥의녀가 중간에서 다른 곳

으로 샌 것이 분명하군.'

화무린은 검미를 찌푸린 채 생각에 잠겼다.

'도대체 어디로 간 것인가? 그녀들이 목적하는 방향은 동쪽이 아니었단 말인가? 그렇다면 천녀황은 북경 대회합을 공격하려는 것이 아니었나?'

천녀황과 옥의녀, 즉 천신녀가 사라졌다는 말에 화무린은 머리가 복잡해졌다.

"그리고……."

안국 분타 부분타주가 조심스럽게 말문을 열었다.

"이 일을 북경 총타에 보고했습니다. 일이 너무 커져서 그럴 수밖에 없었던 것을 이해해 주십시오."

당쾌한테는 사흘 후에 사부 철심협개에게 보고하라고 했는데, 이틀 앞당겨 알려지게 되었다.

철심협개가 당쾌를 닦달하면 그는 천녀황에 대한 것들을, 그리고 그것이 화무린의 부탁이었다는 사실을 털어놓을 수밖에 없을 것이다.

부분타주가 심각한 얼굴로 말을 이었다.

"추적하는 과정에서 혈의를 입은 소녀와 두 인물이 언사현 옥수장에서 본진과 헤어져서 남쪽으로 향하여 언사 분타 제자들이 그들을 추적했었습니다. 이후 혈의소녀 일행이 등봉현으로 진입했기 때문에 등봉 분타 제자들이 인계받아 계속 추적을 했습니다. 그리고…… 그날 밤에 등봉 분타의 제자들은 혈의소녀 일행과 수천 명의 괴인물들이 숭산으로 몰려 올라가는 광경을 목격했습니다."

혈의소녀는 혈의녀, 즉 천녀황의 제자인 동방여옥 혈옥녀이고, 그녀와 함께 행동한 두 사람은 육천군의 풍사군과 운월군, 수천 명의 괴인물들은 천외무적군 제칠투번의 투번 고수들이었다.

그들은 보란 듯이 이동을 했기 때문에 등봉 분타 제자들이 굳이 숨어서 추적을 할 필요가 없었다.

"세 시진쯤 지나서 그들이 숭산에서 내려온 후에 등봉 분타 제자들이 올라가 보니까 소림사의 칠백여 승려가 참혹하게 떼죽음을 당해 있었다고 합니다."

그것이 소림사의 괴멸이었다.

그런 상황이었으니 등봉 분타 제자들이 소림사의 괴멸을 개방 총타에 보고할 수밖에 없었을 테고, 그 소식을 접한 다른 분타의 제자들 역시 여태까지의 과정을 부랴부랴 총타에 보고해야만 했을 것이다.

"그 이후에 개방 총타에서 하달된 명령이 있소?"

"일단 현 상황을 고수하라는 명령뿐이었습니다."

화무린의 물음에 부분타주는 가라앉은 목소리로 공손히 대답했다.

그 보고 때문에 개방 총타는 아마도 발칵 뒤집혔을 것이다.

그리고 철심협개는 북경 대회합에 참석하려고 총타에 와

있는 여러 무림명숙들과 함께 그 일을 놓고 숙의를 거듭하고 있을 터이다.

그 무렵 꿇어앉아 있는 구령후는 소군의 어깨에 앉아 있는 아령을 힐끗거리고 있었다.

그는 아령 때문에 화무린을 제압하지 못했으며, 아령이 아니었으면 화무린은 오른팔을 잃은 채 지금쯤 상황이 역전되어 있을 것이라고 여겼다.

그의 생각이 전혀 틀린 것은 아니었다. 위기의 순간에 화무린의 품속에서 아령이 튀어나오지 않았더라면 화무린은 팔이 잘라졌을 수도 있었다. 아니, 그렇지 않다고 해도 매우 힘겨운 싸움이 됐을 것은 분명했다.

또한 구령후는 천녀황 일행이 산서 안읍 풍래장에서부터 개방의 감시와 미행을 당하고 있었다는 사실을 알고 놀라다 못해서 어이가 없었다.

그때 화무린이 안국 분타 부분타주에게 요구했다.

"그들이 있는 곳으로 안내해 주겠소?"

"따라오십시오."

소군이 막 걸음을 옮기려는 부분타주에게 부탁했다.

"이자를 잠시 동안 가둬둘 만한 장소가 없을까요?"

자신이 화무린과 함께 행동하려면 구령후가 거추장스럽기 때문이다.

개방제자들의 시선이 무릎을 꿇고 있는 구령후에게 일제

히 집중됐다.

"이자는 누굽니까?"

부분타주가 여태껏 궁금하게 여기고 있던 것을 조심스레 물었다.

그는 구령후의 절세적인 무공 실력을 직접 목격했으므로 굉장한 인물일 것이라 짐작은 하고 있었다.

소군은 대답 대신 화무린을 쳐다보았다.

화무린은 잠깐 곤란한 표정을 지었다. 십이령후의 신분이 무림에 밝혀지면 한바탕 난리가 벌어질 것이기 때문이고, 화무린 자신에게도 이로울 것이 없을 듯했다.

하지만 개방제자들이 없었다면 화무린은 여기까지 올 수도 없었을 것이다. 그러므로 그들에겐 이 정도를 알 만한 충분한 자격이 있었다.

또한 천외신계는 소림사를 괴멸시킴으로써 천중인계 침공을 이미 만천하에 선포한 것이나 다름이 없다.

현재는 무림의 지도층에 있는 인물들만 알고 있지만 천하의 모든 사람들이 알게 되는 것은 시간문제였다.

더구나 이곳에 있는 개방제자들은 이미 이 일에 깊숙이 개입되어 있다.

화무린은 구령후를 굽어보며 조용히 말문을 열었다.

"그는 천외신계 서열 사위인 십이령후 중에 구령후요."

그러자 잠시 무거운 정적이 흘렀다. 개방제자들은 화무린과 구령후를 번갈아 쳐다보면서 점점 얼굴이 경악으로 물들어갔다.

너무도 놀라운 사실이라서 그 사실을 받아들이는 데에 어느 정도 시간이 필요했다.

이 상황에서 화무린이 거짓말을 할 리는 없다. 또한 거짓말을 할 사람도 아니다.

그리고 무엇보다 중요한 것은, 구령후의 무시무시한 무공을 자신들의 눈으로 직접 목격했다는 사실이다.

그가 보여준 실력은 화무린의 말을 뒷받침하고도 남음이 있었다.

개방제자들은 구령후를 마치 괴물 보듯이 조심스럽게 힐끔거리면서 두려운 표정을 지었다.

천외신계의 최하위 투번 고수와 마주쳐도 간이 오그라들 판국이거늘, 서열 사위 십이령후를 지척에서 보고 있으니 그러는 것도 무리가 아니었다.

화무린은 구령후를 보면서 소군에게 나직이 말했다.

"이자에게서 알아낼 것들이 몇 가지 있는데 여간해서는 입을 열지 않을 것 같군. 나중에 은 숙부에게 잘 말씀드려."

"우리 쪽에는 전문가들이 많아. 그들 앞에서는 아무리 십이령후라고 해도 실토하지 않고는 못 배길걸?"

소군이 싸늘한 눈빛을 흘리며 구령후를 쏘아보았다.

그때 안국 분타 부분타주가 조심스럽게 말했다.

"저… 좀 지저분하지만 이자에게서 뭔가 알아내고 싶으시면 방법이 전혀 없는 것은 아닙니다."

*　　　*　　　*

상명각에서 화무린에게 보낼 서찰을 작성하고 있던 당쾌는 사부 철심협개의 급한 부름을 받고 부랴부랴 총타로 달려 들어 왔다.

그는 혹시 자신과 화무린이 꾸미고 있는 일이 탄로가 난 것이 아닌가, 하고 초조한 마음이었지만 그럴 리가 없다고 애써 스스로를 위로했다.

개방 총타는 여타 분타들과는 달리 제법 번듯한 한 채의 장원의 모양새를 갖추고 있었다.

그러나 일반 소문파 정도에도 미치지 못할 만큼 규모가 작은 편이었다.

당쾌는 사부 철심협개의 집무실이 아닌 대회의실로 사용하고 있는 내전으로 오라는 부름을 받았다.

내전의 문을 열고 들어선 당쾌는 무겁게 가라앉아 있는 실내의 분위기와 그곳에 있는 사람들을 발견하는 순간 무언가 일이 잘못됐음을 직감했다.

내전 한복판에 있는 긴 탁자에는 이십여 명의 인물이 둘러 앉아 있었다.

상석에는 나란히 두 사람이 앉아 있었는데, 지상의 사람이 아닌 것 같아 보이는 선남선녀였다.

남자는 산뜻한 청삼을 입고 어깨에는 한 자루 고색창연한 붉은색의 검을 멘 삼십대 중반의 장한이었다.

그리고 여자는 이십대 초반의 나이에 고결함과 청순함을 고루 갖춘 절세미녀로서, 일신에는 은은한 비단금의와 긴 치마를 입었고, 손에는 하나의 눈처럼 흰 백옥적(白玉笛)을 쥐고 있었다.

그들은 바로 구중천주 균천제의 좌우호법인 용장(龍將)과 봉선(鳳扇)이었다.

오른쪽에 앉은 용장의 바로 앞쪽에는 소림사 장문인 무아선사가, 봉선 앞에는 철심협개가 옆모습을 보인 자세로 앉아 있었다.

무아 선사는 구파일방과 오대세가를 대표하는 소림 장문인으로서, 철심협개는 주최자의 자격으로 용장봉선의 좌우에 앉은 것이다.

그리고 그 아래쪽으로는 구파일방의 장문인과 오대세가의 가주들이 일정한 순서 없이 둘러앉았다.

당금 무림의 최고 배분이랄 수 있는 인물들이 실내에 다 모여 있는 것이었다.

원래 무림인들은 구중천의 실체에 대해서 거의 아무것도 모르고 있었다.

그저 돈을 받고 원하는 무공을 가르쳐 주는 신기루 같은 곳 정도로만 여겼었다.

아니, 솔직히 말하면 구파일방이나 오대세가를 비롯한 정파나 뜻있는 인물들은 무공을 매매하고, 그러기 위해서 사람을 제멋대로 죽이는 구중천 같은 곳을 천하의 해악쯤으로 여기기까지 했던 것이 사실이다.

그러나 반년쯤 전에 개방 방주 철심협개 앞으로 당도한 한 통의 밀서가 구중천에 대한 여태까지의 모든 의구심과 우려를 한꺼번에 불식시켜 버렸다.

그 밀서에는 천외신계의 재침공이 임박했다는 경고와 천중인계가 어떻게 대처해야 하는지에 대한 대략적인 계획, 그리고 구중천은 천상성계가 준비한 방패라는 사실들이 자세히 적혀 있었다.

물론 그런 내용만 담겨 있었다면 철심협개는 밀서를 믿지 않았을 것이다.

밀서의 말미에 하나의 금빛 인장(印章)이 찍혀 있었는데, 다름 아닌 천령새(天靈璽)였다.

천령새는 천상성계 성제(聖帝)의 옥새로서, 오십 년 전, 천외신계의 침공 때 천상성계에서 천중인계로 보내진 밀서의 말미에 찍혀 있었다.

그 당시에 밀서는 소림사로 보내졌으며, 아직도 소림사 장경각에 보관되어 있다.

전란(戰亂)이 종지부를 찍고 천중인계에 다시 평화가 찾아온 후, 구파일방과 오대세가, 무림 각파, 그리고 수많은 사람들이 소림사에 찾아가 밀서를 직접 보았었다.

물론 그 당시 개방 방주의 제자였던 청년 철심협개도 그 사람들 중에 한 명이었다.

천령새는 모방이 절대 불가할 정도로 정밀했다. 또한 인주 대신 쓰인 것은 금색 바탕에 오색영롱한 것이어서 아무도 흉내 낼 수 없었다.

철심협개가 받은 밀서에도 바로 그 천령새가 찍혀 있었으니 어찌 밀서의 내용을 믿지 않을 수 있겠는가.

그리고 반년이 지난 지금, 용장봉선이 구중천, 아니, 천상 성계의 대리인으로서 이 자리에 앉아 있는 것이었다.

실내의 분위기는 몹시 무거웠고 용장봉선을 제외한 모든 사람들의 표정은 어두웠다.

당쾌는 찔리는 것이 있어서 오금이 저렸지만, 방문 안쪽에서 무림의 명숙들을 향해 큰절을 올렸다.

"개방의 천덕꾸러기 당쾌가 대명 쟁쟁하신 장문인, 가주들께 인사드립니다!"

그가 엎드려 있는 머리 위로 고요한 침묵이 흘렀다.

당쾌가 이렇게 많은 무림명숙들 앞에서 예를 갖추는 것은 처음 있는 일이었다.

그렇지만 지금과 같은 경우에 의례히 무림명숙들은 한마

디씩 덕담을 하게 마련이다. 그런데 어찌 된 일인지 다들 입을 굳게 다물고 있었다.

당쾌는 우려하고 있던 일, 즉 천녀황을 감시하고 있던 일이 발각됐다는 사실을 직감했다.

순간 철심협개의 추상같은 호령이 터졌다.

"네놈이 천덕꾸러기인 줄은 아느냐?"

호통이 얼마나 큰지 지붕의 기왓장이 들썩거렸다.

"사… 부님……."

당쾌는 눈앞이 캄캄해졌고 입 안에서 단내가 날 정도로 겁에 질렸다.

이제 꼼짝없이 도마 위에 올려놓은 한 덩이 고기 같은[俎上肉] 신세가 되고 만 그였다.

"감히 네놈이 그처럼 중차대한 일을 혼자 비밀로 꾸몄다는 말이더냐?"

철심협개는 얼마나 분노하였는지 눈에서 불꽃이 뿜어졌고 꼬질꼬질한 수염이 마구 떨렸다.

"그, 그런 것이 아닙니다, 사부님……."

당쾌는 사색이 되어 벌벌 떨었다. 그는 사부가 이처럼 화를 내는 것을 처음 보았다.

그때 봉선이 백옥적을 쥔 손을 들어 보이면서 조용히 입을 열었다.

"방주님, 꾸짖는 것은 자초지종을 듣고 난 후에 해도 늦지 않을 거예요."

"하오나……."

철심협개는 봉선에게 공손히 고개를 숙였다. 그의 얼굴에는 자신의 제자가 저지른 대죄에 대한 죄스러움이 역력히 떠올라 있었다.

"방주님, 결례가 안 된다면 제자 분을 잠시 저에게 맡겨주시겠어요?"

봉선은 명령을 할 수도 있는 입장이면서도 정중하게 예의를 갖추었다.

용장과 봉선은 어제 이곳에 도착하여 철심협개와 무아 선사를 비롯한 무림명숙들이 있는 자리에서 몇 가지 중대한 사실들을 밝혔었다.

그중에서 가장 놀라운 사실은, 구중천주인 균천제가 천상 성계 성제의 큰아들로서 성왕(聖王)이며, 과거 삼천쟁 당시 천녀황을 물리쳤던 성존이 성제의 둘째 아들이라는 것이었다.

그리고 지금 이곳에 있는 용장봉선은 천성족이며 구중천주의 좌우호법이라는 사실도 알게 되었다.

"그러시지요, 봉선님."

철심협개는 황망히 일어나 고개를 숙여 보인 후 당쾌에게 호통을 쳤다.

"당장 이리 기어오지 못하고 뭘 꾸물거리는 것이냐?"

"네… 넵!"

당쾌는 화들짝 놀라서 두 손과 두 무릎으로 봉선을 향해 부리나케 기어갔다.

그런데 갑자기 그는 자신의 몸이 바닥에서 약간 떠오르면서 펴지는 것을 느끼고 깜짝 놀랐다.

경황 중에 그런 황당한 일이 벌어지자 영문도 모른 채 계속 기어가려고 기를 썼지만 몸은 점점 더 떠올랐고 또 펴지고 있었다.

'이게 도대체……'

당쾌는 어리둥절한 얼굴로 고개를 들고 쳐다보다가 봉선이 자신을 향해서 백옥적으로 가리키고 있는 것을 발견하고서야 그녀가 공력을 일으켜 자신을 일으키고 있다는 사실을 깨달았다.

그는 봉선이 누군지 전혀 모른다. 상석에 앉아 있는 데다가 사부인 철심협개가 극히 공손한 것으로 미루어 굉장한 신분일 것이라고 짐작만 할 뿐이다.

다만 그녀는 자신 앞에서 다른 사람이 기는 것을 싫어하는 박애한 심성을 가졌을 것이라고 짐작했다.

하지만 그녀가 누구든 간에 당쾌에게 가장 높은 사람은 사부 철심협개다. 그가 기어오라고 했으니 기어가지 않으면 경을 칠 것이 분명했다.

그래서 당쾌는 공력을 극한으로 끌어올려 다시 몸을 굽히면서 바닥에 엎드리려고 사력을 다했다.

그렇지만 굽혀지기는커녕 오히려 온몸 뼈마디에서 우두둑! 하는 소리가 터지는 것과 동시에 몸이 서서히 펴지더니 한순간 벌떡 일어선 자세가 되고 말았다.

그때 당쾌는 자신을 가리키고 있는 봉선의 백옥적 끝이 가볍게 까딱이는 것을 보았다.

스읏!

"어엇?"

순간 당쾌는 두 발이 바닥에서 반 자쯤 떠 있고 몸이 꼿꼿하게 펴진 자세에서 마치 얼음 위를 미끄러지듯이 빠르게 봉선에게 끌려갔다.

이른바 접인신공이라는 신기한 수법인데, 당쾌는 그런 수법을 처음 보았으며, 자신이 직접 체험하게 될 줄은 더더욱 몰랐었다.

"자! 이제 왜 그런 일을 했는지 설명해 보세요."

봉선 옆에 멈춰진 당쾌의 두 발이 스르르 바닥에 닿을 때 그녀가 부드럽게 미소 지으면서 말했다.

듣는 사람의 가슴이 상쾌해지면서 기분이 좋아지는 곱고 맑은 음성이었다.

정신을 수습한 당쾌는 모든 것을 포기하고 자신이 왜 산서 안읍의 풍래장을 감시했었는지, 그곳에서 무슨 일이 벌어졌으며, 그들이 누구인지에 대해서 하나도 빼놓지 않고 모두 설명할 수밖에 없었다.

그러나 끝까지 화무린의 이름을 밝히지 않았다.

그의 긴 설명이 끝나고 나자 아무도 입을 여는 사람이 없었다.

철심협개는 안읍, 언사, 연진, 안곡, 등봉 분타주로부터 그동안 있었던 엄청난 일들을 오늘 아침에야 비로소 보고를 받았었다.

그는 즉시 당쾌를 불러들이는 한편 이미 개방 총타에 와 있던 용장봉선과 구파일방의 장문인, 오대세가 가주들을 불러모아 보고받은 내용을 자세히 설명했다.

보고된 내용 중에서 가장 충격적인 것은, 개방제자들이 감시하던 무리 중 일부가 언사현에서 갈라져 나와 남행하여 소림사를 괴멸시켰다는 사실이었다.

나머지 내용들은 단편적인 것들이라서 그들이 무엇을 하는지, 대체 누군지 전혀 알 수가 없었다.

다만 그 무리 중 일부가 소림사를 괴멸시켰다는 사실 때문에 그들이 천외신계 천외무적군의 지휘부가 아닌가 하고 막연하게 추측만 할 뿐이었다.

모두들 갑론을박 구구한 추측만 하고 있을 때 당쾌가 그 일의 전말을 자세히 설명하자 모두 엄청난 충격에 빠진 채 할 말을 잃고 만 것이었다.

용장봉선도 적잖이 놀라서 입을 다문 채 방금 들은 내용들을 머릿속으로 정리하고 있었다.

"탕!

"너 이놈! 그럼 네놈이 여태까지 천녀황을 감시하고 있었
다는 말이더냐?"

갑자기 철심협개가 손바닥으로 탁자를 세게 내려치며 쩌
렁한 호통을 쳤다.

그의 별호 중에 '철심' 이 있는 것은 그가 웬만한 일로는 감
정을 드러내지 않기 때문에 얻은 것인데, 그는 오늘 걸핏하면
소리를 지르고 있었다.

"그… 렇습니다, 사부님."

"이…… 이놈! 그처럼 중대한 일을……."

철심협개는 수염을 떨며 허공에 대고 주먹을 흔들었다.

그때 봉선이 가볍게 손을 저어 조용히 하라는 시늉을 하고
나서 당쾌에게 물었다.

"그러니까 하북 경무장을 장악하고 있던 천외무적군 제육
투번의 번주가 천녀황과 그녀의 측근들이 산서 안읍 풍래장
에 있다고 실토했다는 것이로군요."

"그렇습니다."

당쾌는 공손히 허리를 굽혔다.

"그런데 당신은 사부에게 모든 것을 다 보고했으면서도 그
사실만은 보고하지 않았었군요."

당쾌는 또 허리를 굽혔다.

"죄송합니다."

봉선은 조금도 흥분하지 않은 목소리로 말을 이었다.

"당신은 왜 그 사실만 보고하지 않았는지에 대해서는 아직 말하지 않았어요."

어찌 보면 그것은 당쾌가 설명한 엄청난 내용에 비해서는 별로 중요하지 않을 것 같은 부분이었다.

당쾌는 입을 굳게 다물었다.

당장 목에 칼이 꽂힌다고 해도 화무린 때문에 그랬다고는 말하지 않을 각오였다.

단순하고 우직한 그는 그런 것이 사나이의 우정이고 의리라고 생각했다.

그는 친구 화무린을 위해서라면 어떤 고통이라도 견뎌낼 수 있었다.

봉선의 입가에 부드러운 미소가 떠올랐다.

그 미소를 보면서 당쾌는 왠지 불안한 마음이 들었다.

"은오검객이 그러라고 시키던가요?"

과연 그녀의 입에서 흘러나온 말은 당쾌의 정곡을 찔러 얼굴 가득 극도의 당황이 떠오르게 만들었다.

"아, 아닙니다! 절대 그가 시킨 것이 아닙니다! 정말입니다! 믿어주십시오!"

그는 화들짝 놀라 결사적으로 두 손을 휘저었다. 너무 당황해서 자신이 너무 격렬하게 부정하고 있다는 사실을 미처 깨닫지 못했다.

그는 평소에 자신의 속마음과 얼굴 표정을 마음먹은 대로 꾸밀 수 있다고 자신했지만 지금은 전혀 그렇지 못했다.

그래서 실내에 있던 사람들은 그의 강한 부정을 보고 시인으로 받아들였다.

은오검객 혹은 탈명사신이라고도 불리는 화무린이 경무장에서 천외무적군 제육투번 지휘부를 전멸시킨 후에 경무장 사람들의 간청에 못 이겨 경무장주가 된 일은 강호에서도 이제 유명한 일화가 됐다.

그러므로 물론 이 방 안에 있는 사람들도 은오검객이 누군지 잘 알고 있었다.

결국 은오검객이 육투번주에게 천녀황이 있는 장소를 실토받은 후 당쾌에게 그녀를 감시해 달라고 부탁했다는 결론에 도달했다.

그때였다. 모두를 적잖이 놀라게, 또는 어리둥절하게 만드는 말이 봉선의 입에서 흘러나왔다.

"지금 무린은 어디에 있죠?"

그녀는 화무린을 마치 가족처럼 부르는 말투를 썼다. 그것이 모두를 놀라게 했다. 은오검객의 이름이 화무린이란 것은 잘 알려진 사실이었다.

"무린을 아십니까?"

당쾌가 크게 놀란 얼굴로 물었다.

봉선의 입가에 온화한 미소가 피어올랐다.

"무린은 우리 구중천 사람이에요."

그러자 실내 거의 모든 사람의 입에서 나직한 탄성이 동시에 흘러나왔다.

삼십사오 년 전에 구중천이 생긴 이래로 많은 사람들이 구중천에 들어갔었다. 하지만 무림 전체로 볼 때 그 수는 소수에 불과했다.

그리고 그 소수 중에서도 극소수의 사람들만이 끝까지 살아남아서 들어갔을 때보다 몇 배 더 고강한 고수로 변모하여 무림으로 돌아왔었다.

당쾌는 똑바로 봉선을 직시했다.

그녀가 자신을 회유하기 위해서 거짓말을 하는 것이 아닌가를 알아내기 위해서였다.

물론 봉선이 거짓말을 할 리가 없다는 것을 알고 있지만, 우정을 지키자면 무슨 수를 써서라도 그것을 확인할 필요가 있었다.

당쾌는 자신이 지나치게 부인하는 바람에 화무린이 개입됐다는 사실을 거의 시인해 버렸다는 것을 아직 깨닫지 못하고 있었다.

"그렇다면 무린이 구중천에서 무공을 배우고 나왔다는 뜻입니까?"

봉선이 가볍게 고개를 가로저었다.

"본 천은 단지 무공을 배우고 나간 사람들을 구중천 사람이라고 말하지는 않아요. 다시 말하자면, 무린은 구중천의 가족이에요."

그렇다고 그가 선천자였으며, 그 대가로 선천고수가 됐다는 사실까지 일일이 설명할 필요는 없었다.

그래도 당쾌는 만족하지 않았다. 뭔가 께름칙했다. 이대로 무너질 수는 없었다.

"부탁합니다. 제가 이해할 수 있도록 무린에 대해서 더 자세히 설명해 보십시오."

철심협개를 비롯한 모두는 침묵함으로써 당쾌의 무례를 묵인했다.

그들도 그것이 궁금했기 때문이다.

봉선은 양손을 들어올리며 가볍게 웃었다.

"호호호! 그럼 어떻게 할까요? 그의 용모에 대해서 설명해 볼까요?"

화무린이 어떻게 생겼는지에 대해서는 자세히 알려진 바가 없다.

다만 그를 직접 본 사람들이 그의 나이와 용모 따위에 대해서 소문을 낸 정도였다.

봉선은 화무린의 키와 용모, 특징, 버릇 등에 대해서 간략하게, 그러나 마치 오랫동안 잘 알고 있었던 사람처럼 설명했다.

화무린은 구중천에서 최초로 천상성계의 절학인 천지조화검을 가르친 사람이다.

그래서 봉선은 화무린이 천지조화검을 배운 지난 삼 년 동안 균천제의 명령으로 유심히 지켜봤었기 때문에 그에 대해서는 누구보다 잘 알고 있었다.

"아……! 틀림없는 무린입니다."

당쾌는 탄성을 터뜨리며 기쁜 표정을 지었다.

그와 중인은 이제 은오검객 화무린이 구중천의 가족이라는 사실을 믿는 표정이었다.

얘기가 이쯤에 이르자, 중인은 은오검객이 경무장의 천외무적군 제육투번을 공격한 것과 당쾌를 시켜서 천녀황 일행을 감시하라고 한 것까지도 어쩌면 구중천의 지시였는지도 모른다는 생각을 하게 되었다.

실내에 있는 사람들 중에서 한 사람이 뚫어지게 봉선을 주시하고 있었다.

그 사람은 바로 악소였다.

그녀는 오대세가 중 하나인 악가의 대표로서 부친 대신 이곳에 앉아 있었다.

"그의 가문은 어디죠?"

악소의 나직하지만 냉정하고도 또렷한 목소리가 실내를 가만히 흔들었다.

중인은 그녀의 느닷없는 물음에 적이 놀란 얼굴로 그녀를 주시했다.

봉선은 자신을 뚫어지게 주시하고 있는 당돌한 아가씨를 보며 미소를 지었다.

"내게 물었나요?"

"그래요. 그에 대해서 잘 안다면 그의 가문에 대해서도 잘 알고 있을 것이라고 믿어요."

봉선은 백옥적으로 손바닥을 가볍게 두드렸다. 입가에 고졸한 미소가 피어났다.

"그것까지는 모르겠군요."

그때 철심협개가 두 손으로 탁자를 가볍게 누르듯이 치면서 나직이 외쳤다.

"이제 그만!"

그는 당쾌와 악소를 보며 가볍게 꾸짖었다.

"너희는 봉선님께서 거짓말을 하신다고 생각하는 게냐? 설마 그럴 필요가 있다 생각하느냐?"

"네."

"그래요."

당쾌와 악소가 동시에 대답했다.

그렇게 대답할 줄은 예상하지 못했던 철심협개는 어이없는 표정을 지었다.

"무엇 때문이지?"

당쾌는 악소를 쳐다보았다. 말주변이 없는 자신보다는 그녀가 설명하기를 원했다.

"소녀의 생각으로는, 화무린 그 사람은 무쌍신과 육천군이라는 자들에게 복수를 하려는 것 같아요. 그래서 이번 일이 시작됐던 거예요."

악소는 일어나서 또박또박 말을 이었다.

"오래전에 그의 가문은 한밤중에 강도를 당해서 몰살했다고 알려졌어요. 그러나 이제 보니까 그것은 사실이 아닌 것 같아요. 그의 행동을 보면 그는 무언가 진실을 알고 있는 것이 분명해요."

당쾌에게서 화무린이라는 이름을 듣기 전까지 악소는 그의 모습과 목소리가 무척 친근하다고 느끼면서도 그가 누군지는 끝내 기억해 내지 못했었다.

그러나 그 후에 당쾌의 입을 통해서 화무린의 이름을 듣고 너무나 큰 충격을 받아 그 자리에서 혼절을 했었다.

낯이 익다고 여기던 그가 화무린이었다는 사실도 놀라웠지만, 자신이 그를 기억하지 못하고 있다는 사실이 더 놀라웠고 충격적이었던 것이다.

그녀가 깨어났을 때 옆을 지키고 있던 당쾌가 왜 그랬느냐고 염려스럽게 물었지만 입을 굳게 다문 채 한마디도 하지 않았던 그녀였다.

그녀는 경무장에서 화무린이 천외무적군 제육투번을 상대할 때 가장 가까이에서 지켜보았었다.

그 당시의 화무린은 무쌍신과 육천군의 행방을 알아내려고 기를 쓰고 있었다.

그것을 알아내기 위해서라면 무슨 짓이라도 서슴지 않을 사람처럼 보였다.

악소는 화무린의 이름을 알고 난 후 그가 무쌍신과 육천군을 찾아내려는 것이 가문의 멸문과 깊은 관계가 있을 것이라고 짐작하게 되었다.

"저는 그가 순전히 자신의 개인적인 원한 때문에 천외무적군 제육투번 지휘부를 공격했다고 생각해요. 구중천의 지시를 따른 것이 아니라는 것이죠."

악소는 봉선을 똑바로 주시하며 말을 이었다.

"또한 저는 그가 구중천 사람이라는 당신의 주장을 믿고 싶지 않아요."

그녀는 지그시 입술을 깨물었다. 그녀는 방금 구중천 천주의 좌호법인 봉선에게 감히 '당신'이라고 했다.

그렇지만 아무도 그녀를 꾸짖지 않았다. 그녀의 행동이 정당해서가 아니라, 그녀에게 무언가 깊은 사연이 있을 것이라고 짐작했기 때문이다.

"그가 알아낸 사실들은 순전히 그의 몫이에요. 그러므로 그가 알아낸 사실들을 우리가 마음대로 사용하기 전에 그가 자신의 복수를 마칠 수 있을 때까지 기다려 주는 것이 도리가 아닐까요?"

그녀의 본심은 그것이었다.

여태 미소로 일관하던 봉선이 나직이 한숨을 토해냈다. 그녀는 비로소 악소의 마음을 조금쯤 안 것 같았다.

"악 낭자의 말이 맞는다고 해도, 무린에겐 아직 그럴 만한 능력이 없어요. 우리가 도와야만 해요."

악소는 물러서지 않았다.

"그러려면 그가 구중천의 가족이라는 당신의 주장을 제게 이해시켜 보세요."

봉선은 곤란하다는 표정을 지었다.

"어떻게 하면 되죠?"

봉선은 팔십 세가 훨씬 넘었지만 이제 갓 십팔 세가 된 악소에게 꼬박꼬박 존대를 했다.

악소는 잠시 생각을 하다가 무언가 생각난 듯 총명하게 눈을 빛냈다.

"구중천이 그에게 무공을 가르쳤나요?"

"그래요."

"그렇다면 그가 사용하는 검법의 이름을 말해보세요."

몇 달 전, 화무린은 경무장에서 천외무적군 제육투번의 번위막이라는 인물과 싸운 적이 있었다.

그 당시 그가 사용하는 검법을 번위막이 한눈에 알아보고 '천지조화검'이라고 말하는 것을 화무린 뒤에 서 있던 악소는 똑똑히 들었었다.

봉선은 조용히 대답했다.

"무린은 파천혈인강 중에 파천혈인검법과 천지조화검을 배웠어요."

악소의 얼굴에 적이 놀라는 표정이 떠올랐다.

중인은 은오검객이 무림사를 통틀어 누구보다 고강했던 전설의 최고수 혈객의 파천혈인검법을 사용한다는 사실은 이미 알고 있었다.

그러나 그가 천지조화검을 사용했다는 말은 듣지 못했으며, 천지조화검이라는 말조차 금시초문이었다.

악소는 봉선의 말을 믿을 수밖에 없었다. 화무린이 천지조화검을 사용한다는 사실은 당쾌도 모르는 일이었다.

악소는 말문이 막혔다. 봉선이 천지조화검까지 알고 있을 줄은 몰랐다.

그래서 악소는 봉선의 말대로 화무린이 구중천 사람일지도 모른다고 생각하게 되었다.

봉선이 다시 미소를 되찾았다.

"그래도 믿지 못하겠다면, 이곳에 무린의 의형이 계시니까 그에게 물어보세요."

악소를 비롯한 중인의 시선이 봉선이 시선을 던지 한 사람에게 집중됐다.

그 사람은 거구에 당당한 체격을 지녔으며 오십대 초반쯤 되는 나이에 일견하기에도 위풍당당한 외모였다.

그는 이번 모임에 처음으로 모습을 드러낸 인물이었다.

중인은 그가 일 년 전에 화산파의 새로운 장문인이 된 정격신도(霆擊神刀)라고 소개를 받았었다.

그는 구중천 지궁계에서 극적으로 화무린과 주자운을 만나서 그들과 결의남매를 맺었던 단궁천이었다.

현재 그의 나이는 육십일 세지만, 공력이 노화순청의 경지에 이르러 오십대 초반으로 보였다. 물론 주안술 따윈 쓰지 않았다.

그는 이곳에 있는 사람들 중에서 용장봉선을 제외하면 가장 고강할 것이다.

단궁천은 좌중을 둘러보며 가볍게 고개를 끄덕였다.

"그렇소. 나는 무린의 의형이니 궁금한 것이 있으면 내게 물어보시오."

모두들 적이 놀란 표정으로 단궁천을 주시했다.

화무린과 단궁천은 서로 나이 차이도 많을 뿐 아니라, 화산파 장문인과 구중천의 가족이라는 화무린과는 전혀 판이한 신분이었다.

그 외에도 두 사람은 어울리는 것보다 어울리지 않는 부분이 더 많은 듯한데 어떻게 결의형제가 될 수 있었는지 궁금한 일이었다.

그중에서도 당쾌는 일어선 채 얼굴에 놀랍고도 반가운 표정을 가득 떠올린 모습이었다.

당쾌는 단궁천을 보며 조심스럽게 물었다.

"의매도 한 명 있지요?"

단궁천은 가볍게 놀라는 표정을 지었다가 곧 빙그레 미소 지으며 고개를 끄덕였다.

"무린이 말해준 모양이로군. 그렇네. 우리 결의남매는 모두 세 명이지."

"매년 중추절에 세 사람이 어디에서 만나기로 했다는데, 말씀해 주실 수 있습니까?"

당쾌가 넌지시 물었다.

그가 진짜 화무린의 의형인지 확인하려는 의도가 다분히 깔려 있는 질문이었다.

단궁천은 어두운 표정을 지었다.

"북경 영정하(永定河)의 도연정(陶然亭)일세. 그런데 올해는 무린을 만나지 못할 것 같군."

"마, 맞습니다! 무린의 의형이 분명하군요!"

당쾌는 펄쩍 뛰듯이 기뻐했다.

"어제저녁 무렵에 무린은 북경을 떠나기 전에 제게 부탁을 했습니다. 중추절에 자기 대신 영정하 도연정에 나가서 의형과 의매를 만나달라고 말입니다."

"그랬었군."

단궁천의 만면에 진한 아쉬움이 깔렸다.

"지난 삼 년여 동안 무린을 만나게 될 중추절만 고대했었는데 너무 아쉽군."

일이 이쯤 되자 중인은 은오검객 화무린이 대체 어떤 사람인지 몹시 궁금했다.

봉선은 화무린이 구중천의 가족이라고 말하고, 단궁천은 의제라고 하는가 하면, 개방 방주의 제자 당쾌와 오대세가 악가장의 소가주 악소는 화무린을 위해서라면 목숨이라도 내놓을 것처럼 설쳐 대고 있지 않은가.

그때 당쾌가 갑자기 단궁천 옆으로 달려가서 그에게 넙죽 허리를 굽혔다.

"소제 당쾌가 형님을 뵙습니다!"

단궁천은 어이없는 표정을 지었다.

"내가 왜 자네 형인가?"

당쾌는 넉살 좋게 씨익 웃었다.

"헤헷! 저와 무린은 친구니까 형을 나눠 갖는 것은 당연한 것 아닙니까?"

"나눠 갖는다고? 내가 물건인가?"

단궁천은 어이없는 표정을 지었다.

"소녀 악소, 대가께 인사드려요."

그런데 이번에는 악소가 당쾌 옆에 서서 단궁천에게 공손히 허리를 굽혔다.

단궁천은 껄껄 웃었다.

"헛헛헛! 악가장의 예쁜 소가주는 어째서 나를 대가라고 부르시오?"

그들 덕분에 아까의 무겁게 가라앉은 분위기는 잠시 걷혀진 듯했다.

모두들 흥미있고 궁금한 표정으로 단궁천과 당쾌, 악소를 지켜보았다.

단궁천의 물음에 악소는 잠시 머뭇거리다가 결심한 듯 입을 열었다.

"소녀는 한때 화무린의 정혼녀였어요."

갑자기 실내에 찬물이 끼얹어진 듯한 정적이 감돌았다.

모두들 악소의 얼굴에 시선을 고정시킨 채 놀라는 표정을 지었다.

어떻게 화무린과 악소가 정혼한 사이인지 이해하기 힘들다는 표정이었다.

"소녀는 지금도 그것이 유효하다고 생각하지만… 그는 아닌 것 같아요."

당쾌는 그제야 비로소 악소가 화무린의 이름을 듣는 순간 혼절했던 이유를 알 수 있었다.

그러나 그녀가 어떻게 해서 화무린과 정혼한 사이인지는 여전히 알 수 없었다.

"그런데… 어째서 무린을 알아보지 못했던 것이오?"

그것이 궁금했다. 정혼녀가 어찌 정혼자를 알아보지 못할 수 있겠는가.

악소의 얼굴이 어두워졌다.

"제가 가가를 마지막으로 본 것은 겨우 여섯 살 때였어요. 우리 가족은 가가네 집에 두어 달에 한 번씩 놀러 갔었는데… 그해 가을 우리 가족이 다녀온 보름 뒤에 가가네 가문이 멸문했어요."

악소는 그때의 기억이 났는지 가늘게 몸을 떨었는데, 두 눈에 눈물이 가득했다.

"아버님께선 소식을 접한 즉시 본 가의 고수들을 이끌고 달려가셨었어요. 하지만… 가가네 가문은 이미 잿더미가 되어 있었어요. 형체를 알아볼 수 없을 정도로 불에 탄 수십 구의 시체들만 여기저기 흩어져 있었고……."

단궁천이 그토록 알고 싶어했지만 화무린에게서도 듣지 못했던 그의 가문에 대한 이야기를 어린 시절의 정혼녀였던 악소의 입을 통해서 듣고 있었다.

악소는 기어코 울기 시작했다. 흐느끼기는 했지만 말을 알아듣지 못할 정도는 아니었다.

"우리가 다시 만났을 때… 가가는 저를 한눈에 알아본 것이 분명해요. 그런데 저는… 그를 끝내 알아보지 못했어요……. 얼마 전에 쌍쾌 가가가 그의 이름을 말해주지 않았다면… 저는 죽을 때까지 그를 알아보지 못했을 거예요. 어떻게… 그럴 수가 있죠? 아무리 오랜 세월이 흘렀다고 해도… 그는 저를 한눈에 알아봤는데… 저는… 그러지 못했어요……. 그를… 한때

친오빠처럼 따르던 그를 조금도 알아보지 못했어요……."

그녀는 끝내 그 자리에 주저앉아서 두 손으로 얼굴을 가리며 오열했다.

"으흐흑! 가가는 그것 때문에 저를 쌀쌀맞게 대했던 것 같아요……! 가문이 멸문했을 당시에 가가가 왜 우리 집에 찾아오지 않았는지 원망스러워요……!"

그녀는 화무린의 이름을 듣고 혼절한 이후 몹시 상심하여 음식을 거의 입에 대지 않았으며 불면증에까지 시달렸었다. 그래서 그녀의 얼굴은 매우 수척하고 까칠해진 상태라 본래의 아름다운 모습을 많이 잃고 있었다.

당쾌는 씁쓸한 표정을 지었다.

"무린이 왜 그랬었는지 이제야 알 것 같군."

"무… 슨 말이죠?"

악소는 눈물 범벅이 된 얼굴로 울음을 그치려고 애쓰면서 당쾌를 올려다보았다.

당쾌의 표정은 꽤나 심각했다.

"악 소저가 투번 고수의 장력에 적중되어 큰 내상을 입은 채 사경을 헤맸던 일을 기억하오?"

"물론이에요! 그가 소녀를 치료해서 살렸잖아요! 어떻게 그것을 잊을 수가 있겠어요?"

그때 그녀는 깨어나자마자 화무린의 뺨을 때렸었다. 그는 추궁과혈수법을 시전하고 있었는데, 그녀는 자신을 유린하는 것으로 오해했었다.

"사실 그때 무린은 악 소저를 치료하지 않겠다고 완강하게 버텼었소. 너무 지나쳐서 이상할 정도였소."

새로운 사실에 악소는 충격을 받은 듯했다. 그녀의 몸이 바르르 떨렸다.

"그 후에는 악 소저에게 자신의 이름을 절대 밝히지 말라고 내게 부탁… 아니, 강요했었소."

"왜… 그랬을까요? 그는 소녀를 미워하는 것이었나요?"

"그게… 이건 순전히 내 추측이지만……."

당쾌는 악소의 눈치를 살피면서 말끝을 흐렸다.

용기가 없어서가 아니라 이제부터 자신이 하게 될 말 때문에 그녀가 충격을 받지 않을까 염려스러웠기 때문이다.

그러나 화무린을 위해서라도 이 얘기만은 꼭 해줘야 할 것 같았다. 그는 결국 배에 불끈 힘을 주고 다시 이었다.

"아마… 무린은 어렸을 때에… 갈 곳이 없어서 떠돌다가 악가장에 찾아갔던 적이 있는 것 같소."

충분히 가능한 일이었다. 아니, 그는 분명히 악가장에 찾아갔을 것이다.

그곳에는 그의 부친 화운락의 막역한 벗인 낙성검협 악군성이 있었고, 누이동생처럼 지내던 어린 정혼녀 악소가 있기 때문이다.

순간 악소의 얼굴과 몸이 딱딱하게 경직됐다. 뭔가 송곳처럼 뾰족하고 긴 물체가 정수리로 쑤시고 들어와 뇌 속에 깊숙이 꽂히는 것 같았다.

당쾌의 말이 이어졌다.

"그 당시에 무린은 천애고아가 되었으니 필경 행색이 형편없는 거지꼴이었을 테고… 그 모습으로 악가장의 전문을 두드렸다면 십중팔구 무사나 하인들에게 죽지 않을 만큼 두들겨 맞지 않았을까 하는 것이 내 생각이오. 내가 거지라서 잘아는데… 그런 꼬락서니로 문을 두드리면 열이면 열 다 두들겨 맞는다오."

그의 설명은 마치 눈으로 본 것 같았다.

"……."

악소의 정수리에 꽂혔던 송곳이 창처럼 커지면서 더 아래로 깊숙이 내리꽂히며 심장과 간과 오장육부를 모조리 꿰뚫는 것 같았다.

아니, 그녀는 바닥에 주저앉은 상태에서 온몸이, 그리고 정신이 완전히 해체되는 기분을 맛보았다.

"그랬었어……. 그래서……."

당쾌의 말이 맞았다.

그래서 화무린은 악소에게 그토록 냉담했던 것이다. 그렇게밖에는 이해할 수가 없었다.

그때 단궁천이 당쾌에게 물었다.

"그런데, 무린의 가문은 어딘가?"

"소제는 모릅니다."

당쾌는 머리를 긁적이면서 악소를 굽어보면서 그녀가 대답하기를 기다렸다.

악소는 정신이 나간 듯한 얼굴로 중얼거렸다.

"가가네 가문은 북경 천화장(天華莊)이었어요. 부친의 존함은 화운락이라고 하며, 당대 최고의 대성학(大聖學)으로 추앙받으셨지요."

그녀의 말에 모두의 얼굴에 극도의 놀라움이 떠올랐다.

이들 중에서 북경의 천화장을, 그리고 화운락 대성학을 모르는 사람은 한 명도 없다. 그는 학문적으로 그만큼 유명한 사람이었다.

특히 철심협개는 생전의 화운락을 몇 차례 직접 만나기까지 했었다.

그러나 정작 용장과 봉선보다 더 놀란 사람은 아무도 없었다.

두 사람은 자신도 모르게 자리에서 일어나 있었다. 아니, 악소에게 다가오고 있었다.

"방금 뭐라고 했소?"

오죽하면 여태껏 한마디도 하지 않던 용장이 와락 악소의 어깨를 거칠게 움켜잡으면서 다그쳐 물었다.

"무슨……."

"화무린이 북경 천화장 화운락 대성학의 아들이라고 했소?"

"그… 래요. 그게 왜……."

"정말이오? 틀림없소?"

용장이 그녀의 어깨를 거칠게 흔들었다. 두 눈에서 이글거리는 안광이 뿜어져서 악소는 너무 놀라 하마터면 비명을 지를 뻔했다.

"아아… 정말이에요."

이번에는 봉선이 당쾌에게 급히 물었다.

고결하고 차분하던 그녀의 두 눈에서도 강한 안광이 뿜어지고 있었다.

"그는, 화무린은 지금 어디에 있죠?"

"안국현에 있을 겁니다."

"그곳에 무쌍신과 육천군이 있나요?"

"네. 그리고…… 천녀황도 있을 겁니다."

삼천쟁이 끝난 후 오십여 년 동안 용장과 봉선은 구중천주 균천제의 친동생이며 천상성계 성제의 둘째 아들인 동방운을 찾으려고 온 천하를 발이 부르트도록 헤맸었다.

그리고 그 결과 동방운이 북경 천화장에서 대성학 화운락이라는 이름으로 일가를 이루고 살았었다는 사실을 알게 되었다.

그러나 그때는 이미 천화장은 천외신계에 의해서 무참하게 괴멸된 후였다.

천외신계가 성존 동방운의 혈족을 살려두었을 리가 없다

고 생각하면서도 균천제는 포기하지 않았었다.

그래서 구중천의 거의 모든 인력을 총동원하여 성존 동방운의 흔적을, 혹시 살아남았을지도 모르는 그의 혈육을 찾도록 지시했었다.

그런데 화무린이 그 동방운의 친아들인 바로 그 화무린이었다니……

第五十六章

잠입

구중천
九重天

　개방 안국 분타는 현 내 저잣거리의 허름한 주루 뒤채를 사용하고 있었다.

　그곳, 어느 방바닥에 구령후가 흐트러진 자세로 길게 늘어져 있었다.

　안국 분타 부분타주가 말한 지저분한 방법이란, 하오배나 사파의 무리들이 흔히 사용하는 미혼산(迷魂散)과 해백분(解魄紛)을 절반씩 섞어서 만든 약을 복용시키는 것이었다.

　미혼산이나 해백분을 따로 사용할 경우에는 그저 정신을 잃던가 게거품을 토해내면서 오장육부를 모조리 게워내려고 버둥거릴 뿐이다.

그렇지만 그 둘을 적절히 배합하여 사용하면 묻는 것은 물론이고 묻지 않는 것까지도 모조리 실토해 내는 놀라운 위력을 발휘한다.

그렇게 해서 화무린은 구령후로부터 몇 가지 사실을 알아냈다.

천녀황과 무쌍신의 혈도신과 그의 제자 용비가 구중천을 급습하기 위해서 떠났다는 것.

과거 사 년 전에 혈도신이 자신의 제자 용비를 구중천으로 보내 그곳의 위치 등 여러 가지를 알아냈으며, 천지조화검을 배웠다는 것.

천녀황 일행이 이곳으로 오는 도중, 하남에서 천녀황의 여제자인 혈옥녀가 육천군의 두 명과 한 개 투번을 이끌고 소림사를 공격하러 떠났다는 것.

지금 안국현의 승룡장(乘龍莊)이라는 곳에는 무쌍신 중에 한 명인 흑멸신과 육천군 중에 한 명인 셋째 적혈군(赤血君)만이 있다는 것.

그리고 너무도 충격적인 사실이 있었다. 그것은 화무린이 전혀 기대하지 않았던 것이다.

가문의 비밀.

비록 반쪽뿐인 외가(外家)의 내력이지만, 구령후가 그 사실을 실토했을 때 화무린은 기절할 정도로 경악했다.

어머니.

죽은 줄로만 알고 꿈에서조차 그리워했던 그 어머니가 며칠 전까지만 해도 살아 계셨다는 사실이었다.

더구나 그 어머니가 천녀황의 친동생이며, 천신녀의 친언니라고 했다.

그리고 납치됐던 누나 화여옥이 천녀황의 제자, 즉 혈옥녀가 되어 며칠 전에 자신을 낳아준 친어머니를 죽였다는 것.

중조산 혈주봉 중턱에 무릎을 꿇고 있었던 백발의 여인은 어머니였으며, 그녀를 죽인 혈의녀가 바로 화무린의 친누나인 화여옥이었다는 것이다.

당쾌의 말을 들었을 때 설마설마 하면서 그럴 리가 없다고 끝끝내 믿지 않으려고 했었는데 그것이 사실로 드러났다.

심지가 제압된 상태인 구령후가 무슨 꼼수를 부리려고 거짓말을 할 리가 없다.

그 말을 들은 지 현재 반 시진이나 지났건만 화무린은 의자에 앉아 고개를 숙인 채 꼼짝도 하지 않았고, 아무 말도 하지 않고 있었다.

구령후의 실토를 들은 사람은 화무린과 소군 둘뿐이었다.

결과적으로 개방제자들을 내보낸 것은 잘한 일이었다. 그러지 않았다면 그들의 입을 통해서 화무린의 신세 내력이 삽시간에 퍼져 나갔을 것이다.

소군은 화무린이 왜 충격을 받은 모습으로 반 시진 동안이나 저런 자세로 말이 없는 것인지 이해할 수가 없었다.

그녀도 구령후의 주절거림 같은 실토를 하나도 빼놓지 않고 들었다.

그러나 화무린 가문의 내력을 알지 못하기 때문에 그것이 얼마나 그에게 충격적인지 알지 못했다.

"낭군님."

이윽고 소군은 오랜 침묵을 깨고 화무린의 옆으로 다가가 그의 뒷머리를 부드럽게 쓰다듬으면서 조심스럽게 불렀다.

화무린이 천천히 고개를 들고 소군을 바라보았다.

절망의 나락에 떨어져 있는 암울한 눈빛이었다. 소군은 화무린의 그런 눈빛을 한 번도 본 적이 없었다.

소군은 온화한, 아니, 화무린 자신보다 더 그를 사랑하는 눈빛으로 그를 바라보았다.

"나는 낭군님에 대해서 모든 것을 알고 싶어."

소군의 눈빛이 화무린을 따뜻하게 만들었다.

그리고 이상하게도 끝없이 깊고 어두운 바닥에 가라앉아 있던 마음이 점차 위로 떠오르는 듯한 느낌이 들었다.

그것은 마치 심장에서 뜨거운 샘물이 솟아나는 듯한 느낌이었다.

화무린은 앉은 자세에서 소군의 허리를 안고 그녀의 풍만한 젖가슴에 얼굴을 묻고 나직이 중얼거렸다.

"혈의녀, 아니, 혈옥녀가 내 친누나야."

순간 소군의 얼굴에 해연히 놀라움이 떠올랐다. 그러나 몸은 떨지 않았으며, 부드럽게 화무린의 뒷머리를 쓰다듬는 것을 멈추지도 않았다.

화무린의 중얼거림이 이어졌다. 그것은 자신의 죄를 고백하는 의식 같았다.

"누나가 어머니를 죽였대……."

소군의 얼굴에 경악이 떠올랐다. 그녀는 중조산 혈주봉 중턱에서 혈옥녀에게 죽은 백발여인이 화무린의 어머니였다는 사실을 깨달았다.

"그리고……."

화무린이 소군의 가슴에 얼굴을 더 깊이 묻었다.

"어머니가…… 천녀황의 친동생이었대……."

소군은 더 이상 놀라지 않았다.

놀라움보다는 그런 엄청난 사실을 가슴에 안고 있는 화무린이 너무도 가엾다는 생각이 들었다.

사람들은 아주 특수한 상황에서는 자신이 부모의 얼굴도 모르는 천애고아였으면 좋겠다는 생각을 종종 하는데, 소군은 화무린의 지금 심정이 그럴 것이라고 생각했다.

소군은 그때 갑자기 화무린의 몸이 딱딱하게 경직되는 것을 느꼈다.

그녀가 화무린의 얼굴을 자신의 가슴에서 떼어낸 후 바라보니 얼굴이 차돌처럼 단단하게 굳어 있었다.

그는 눈도 깜빡이지 않고 한곳을 쏘아보고 있었다.

소군은 그가 주시하는 곳을 쳐다보았다.

그곳에는 구령후가 바닥에 널브러진 채 입에서 게거품을 흘리면서 뭐라고 주절거리고 있었다. 마지막 약효가 그를 괴롭히고 있는 중이었다.

"군아, 소검 있어?"

화무린은 구령후에게 시선을 떼지 않은 채 중얼거리듯이 차갑게 물었다.

"응. 그건 왜?"

"줘봐."

화무린은 이유를 말하지 않고 손을 내밀었다.

소군이 의아한 표정으로 품속에서 예리한 소검 한 자루를 꺼내자 화무린은 뺏듯이 손에 쥐고는 빠르게 구령후에게 달려들었다.

이어서 그는 구령후의 머리맡에 무릎을 꿇고 앉아 웅크린 채 무언가를 하고 있었는데, 몸이 가리고 있어서 소군 쪽에서는 보이지 않았다.

소군은 그가 너무 분노해서 구령후를 잔인한 방법으로 죽이려 한다고 추측했다.

그러나 가까이 다가간 그녀는 깜짝 놀라고 말았다.

화무린은 구령후를 죽이려는 것이 아니었다.

다만 소검으로 그의 얼굴 가죽, 즉 인피(人皮)를 차근차근 벗겨내고 있었다.

그다지 숙달된 솜씨는 아니지만, 그는 조심스럽게 정성을 다해서 손을 움직였다.

왼손으로 얼굴 가죽을 잡고 오른손으로 가죽을 얼굴에서 분리해 냈다.

화무린의 두 손과 방바닥은 온통 피투성이였고, 두 눈에도 은은하게 핏발이 곤두서 있었다.

그때까지도 소군은 화무린이 필요에 의해서 구령후의 얼굴 가죽을 벗겨낸다고는 생각하지 않았고, 그저 천외신계에 대한 앙갚음 정도로만 여겼다.

그녀는 화무린이 저렇게 해서 분이 약간이라도 풀린다면 좋겠다고 생각했다.

잠시 후 화무린이 일어섰는데 그의 손에는 구령후의 얇은 인피가 쥐어져 있었다.

소군은 구령후를 굽어보았다. 그의 얼굴은 시뻘건 고깃덩이로 변해 있었다.

웬만한 강심장이 아니고는 쳐다볼 수 없을 정도로 끔찍한 몰골이어서 그녀는 눈살을 찌푸렸다.

화무린은 말 한마디 없이 소검을 소군에게 건네주고 인피를 쥔 채 방문 밖으로 나갔다.

그때까지도 소군은 화무린이 구령후의 얼굴 가죽으로 무엇을 하려는 것인지 짐작조차 하지 못했다.

소군이 서둘러 따라 나가 보니 화무린이 부분타주에게 인피를 보이면서 묻고 있었다.

"인피면구를 만들 줄 아시오?"

"전문가는 아니지만 웬만큼은 할 줄 압니다."

부분타주는 화무린이 쥐고 있는 인피를 보면서 놀란 얼굴로 대답했다.

화무린은 즉시 부분타주에게 인피를 건네주었다.

"그럼 이것으로 만들어주시오, 반 시진 이내에."

부분타주는 인피를 받아 쥐고는 이리저리 살피면서 난감한 표정을 지었다.

"그건 곤란합니다. 제대로 된 인피면구를 만들려면 아무리 빨라도 보름은 걸립니다."

"밤중에, 그것도 단 한 번만 사용할 것이오. 얼핏 봐서 구령후처럼 보이기만 하면 되오."

"그래도……."

부분타주는 선뜻 대답하지 못했다.

화무린은 부분타주의 어깨에 손을 얹고 조용히 말했다.

"만약 반 시진 후까지도 내가 쓰고 갈 인피면구가 만들어지지 않는다면, 나는 그냥 이 얼굴로 승룡장에 쳐들어갈 생각이오."

"……."

소군은 그제야 구령후의 얼굴 가죽의 용도를 깨닫고 가슴이 서늘해지는 것을 느꼈다.

마당에 서서 밤하늘을 바라보고 있는 화무린은 일각이 지나도록 아무 말이 없었다.

그 옆에 나란히 서 있는 소군도 그의 얼굴을 쳐다볼 뿐 말을 걸지 않았다.

지금 그의 심정이 어떨지 백분의 일쯤은 짐작할 수 있기 때문이었다.

문득 화무린이 조용한 어조로 입을 열었다.

"내가 너무 잔인한 것 같아?"

소군은 고개를 가로저었다.

"아니."

"칠신위라(漆身爲癩)라고 했어."

풀이하자면, 원수를 갚기 위해서 자신의 몸에 옻칠을 하고 문둥병자로 변장을 한다는 뜻이었다.

그는 원수를 갚으려고 구령후의 얼굴 가죽을 벗긴 것이다.

"대협."

그때 뒤에서 부분타주의 목소리가 들렸다.

돌아보니 부분타주가 손에 인피면구를 쥔 채 공손한 자세로 서 있었다.

그는 방금 화무린을 대협이라고 불렀다. 화무린이 누군지 뒤늦게 생각났기 때문이다.

화무린은 자신이 개방 소방주 당쾌의 친구라고 소개했다.

괴팍하기 짝이 없는 성격의 당쾌에게 친구가 없다는 사실은 별로 비밀스러운 일도 아니었다.

그런 당쾌에게 친구가 생겼다고 했다.

그리고 그 소문은 순식간에 개방 전 제자의 입에서 입으로 퍼져 나갔다.

왜냐하면 새로 생긴 당쾌의 친구가 경무장에서 천외무적군 제육투번 지휘부를 박살 낸 저 유명한 은오검객이기 때문이었다.

부분타주는 화무린이 은오검객이라고 확신했다.

게다가 그는 천외신계 서열 사위 십이령후 중 구령후를 제압했다.

그 정도 실력자라면, 나이를 불문하고 충분히 '대협'이라는 소리를 들을 만했다.

"딱 한 번, 그것도 밤중에 사용할 인피면구라면 반 시진 동안 손질할 필요도 없습니다."

부분타주는 인피면구를 두 손으로 내밀었다. 얼핏 보기에도 아까와는 많이 달라져 있었다.

"인피 안쪽의 불필요한 근피(根皮)와 중피(中皮)를 떼어낸 표피(表皮)에 몇 가지 약초 액을 적신 후 반 각 동안 담금질을 했습니다."

화무린이 인피를 만져 보니까 종잇장 서너 개를 붙여놓은 것만큼 얇았으며, 인피라기보다는 얇은 비단 천을 만지는 듯한 감촉이 들었다.

"지금 착용하시겠습니까? 그러시다면 제가 용액을 발라서 씌워 드리겠습니다."

화무린은 인피면구에 대해서는 아무것도 모른다. 그저 무작정 구령후의 얼굴을 벗겨서 뒤집어쓰고 승룡장에 들어가겠다고만 생각했을 뿐이었다.

개방제자들은 때에 따라서 자주 변장을 해야 하기 때문에 분타에 인피면구를 만드는 도구나 용액 정도는 상시 비치되어 있었다.

"부탁하오."

화무린이 가볍게 고개를 끄덕이자 부분타주는 앞장서서 방으로 들어갔다.

"들어오십시오."

잠시 후, 실내에는 구령후가 어깨를 활짝 편 당당한 자세로 서 있었다.

구령후의 인피를 얼굴에 쓰고 그의 옷까지 벗겨서 입은 화무린이었다.

하지만 그는 구령후의 휘어진 검 대신에 자신의 은오검을 허리에 차고 있었다.

일각 동안 급히 만든 인피면구지만 가까이에서 자세히 봐도 가짜라는 것을 금세 알아내기가 어려웠다.

더구나 지금은 밤이고, 구령후 같은 인물들은 얼굴에 표정을 잘 드러내지 않으므로 실수만 하지 않는다면 큰 문제는 일어나지 않을 듯했다.

부분타주는 조심스럽게 화무린에게 마지막 충고를 했다.

"될 수 있는 한 말씀을 삼가시고 동이 트기 전에는 돌아오십시오."

소군은 화무린을 따라가지 못했다.

구령후의 인피를 쓴 화무린은 갑자기 쏜살같이 담장 밖 허공으로 날아올랐다.

그의 뒤에 서 있던 소군은 전력을 다해 뒤쫓았지만 결국 삼백여 장도 가지 못해서 놓치고 말았다.

"낭군님!"

한밤중에 지붕 위에서 애타게 소리쳐 불렀지만 공허한 메아리만 멀어질 뿐이었다.

그때 어둠 속에서 화무린의 전음이 들려왔다.

"군아, 너는 안국 분타에 돌아가서 기다리고 있어. 그게 날 돕는 거야."

소군은 지붕 위에 혼자 서서 어떻게 할 것인지를 잠시 생각해 보았다.

그녀는 화무린의 무공이 자신보다 훨씬 높다는 사실을 인정했다.

그러나 이곳 승룡장에 있다는 흑멸신과 적혈군은 천외신계 서열 이위와 삼위의 초절정고수들이다.

화무린이 천외신계 서열 사위 십이령후의 구령후를 제압하기는 했지만 아령이 없었으면 어려운 일이었을 것이라고 소군은 판단했다.

소군은 냉정해지려고 무진 애를 썼다.

그녀는 화무린이 승룡장으로 갔다는 것을 안다. 승룡장이라면 그녀도 찾아갈 수 있다.

하지만 그녀가 그곳에 간다고 해도 화무린에게 아무런 도움이 되어주지 못할 것이다.

아니, 오히려 자신이 위험에 처하게 되면 짐이 될 테고, 어쩌면 돌이킬 수 없는 상황을 낳게 되는지도 모른다.

보통의 상황에서는 이쪽 편이 많을수록 힘이 되지만, 지금은 그 반대였다.

그때 화무린이 사라졌던 방향에서 하나의 흐릿하며 작은 백영이 쏘아왔다.

백영은 소군에게 부딪칠 듯이 쏘아져 와서 품에 안겼다. 아령이었다.

아령은 소군의 품에 안겨 자신을 쓰다듬는 그녀의 손을 핥으며 가릉거렸다.

화무린에게 아령이 있으면 위급한 상황에 도움이 될 것이다. 그런데도 그는 아령을 소군에게 보냈다.

그것이 소군 자신을 보호하려는 화무린의 마음이라는 것을 깨닫고 그녀는 가슴이 찡하게 아려왔다.

'안 되겠어! 도움을 요청해야겠어!'

소군은 퍼뜩 정신을 차리고 즉시 방금 전에 나왔던 개방 안국 분타로 되돌아갔다.

그녀의 머릿속에는 화무린을 도울 방법들이 수없이 떠올랐다가 지워지기를 반복했다.

천녀황이 구중천을 급습하기 위해서 출발했다는 것은 엄청난 사실이었다.

하지만 소군에게 있어서 화무린의 안위보다 더 중요한 일은 없었다.

안국 분타 마당에 우뚝 선 그녀는 손가락 길이의 가느다랗고 붉은색의 물체를 입에 대고 힘껏 불었다.

휘이이—

그러자 바람 소리 같기도 하면서 그 속에 새의 영롱하고 맑은 울음소리 같은 것이 담겨 있는 기묘한 음향이 밤하늘로 멀리 퍼져 나갔다.

그것은 누군가에게 보내는 신호였다.

그런데 자세히 듣지 않으면 누가 들어도 아무런 의심도 하지 않을 만큼 평범한 소리였다.

신호를 보내고 나서 소군은 그 자리에서 꼼짝도 하지 않고 서 있었다.

사분의 일각가량 흘렀을 때 안국 분타 지붕 사방에서 미약한 바람 소리가 들려왔다.

휘익! 휙!

다음 순간 사방의 허공에서 네 줄기 인영이 하강하여 소군 앞에 소리없이 내려섰다.

그들은 단 한 번 내려섰을 뿐이고, 굳이 대오를 맞추지도 않았는데 소군 면전에 나란히 한쪽 무릎을 꿇고 예를 취하는 자세였다.

"구대주(九隊主)를 뵈옵니다."

소군은 구중천에서 구나찰로 불렸지만, 사실 그녀의 지위는 창천제 휘하 창천이십일대(蒼天二十一隊) 중에 창천구대주(蒼天九隊主)였다.

그녀는 지난 삼 년 반 동안 네 명의 수하를 거느리고 강호에서 활동을 했었다.

그들 네 명의 수하는 구중천에서는 야차로 불렸으며, 그 당시에도 소군의 수하였다. 그리고 지금은 '창천고수(蒼天高手)'로 불리고 있다.

소군은 네 명의 창천고수를 굽어보며 나직이 명령했다.

"너희는 지금부터 나와 함께 한 사람을 주시한다. 그가 죽을 위기에 처하지 않는 한 모습을 드러내지 말 것이며, 절대 그의 모습을 놓쳐서는 안 된다."

화무린 자신은 잘 모르고 있지만, 그의 쾌풍운은 가히 일절(一絕)의 경지에 이르러 있었다.

제아무리 극강한 무공을 지니고 있어도 움직임이 빠르지 못하면 실전에서 상대에게 당할 수밖에 없다는 사실을 그는 구중천 팔대지옥 시절에 절실히 깨달았었다.

그래서 그는 그때부터 유달리 경공과 보법에 전력을 기울였다.

금비라와 천지조화검을 연마하는 과정에서 처음 이 년 동안은 비검(比劍)을 하기만 하면 화무린이 은겸에게 여지없이 패했었다.

결국 원인은 단 한 가지였다.

화무린의 경공과 보법이 은겸에 비해서 현격한 차이가 있었기 때문이다.

움직임이라는 점에서 경공과 보법은 거의 경계가 없다고 할 수 있다.

천지조화검을 처음 배우기 시작할 무렵에 은겸의 공력은 이 갑자 수준이었으며, 화무린은 구십 년을 약간 밑도는 수준이었다.

화무린이 익힌 천지조화검과 조화무극심법은 원래 하나의 뿌리에서 나왔다.

둘 다 같은 천상성계의 무공이라는 것이다.

그렇기 때문에 천지조화검은 조화무극으로 전개할 때 가장 탁월한 능력을 발휘하게 된다.

그래서 천지조화검을 연마할 때 화무린은 불과 사십 년의 공력만으로도 은겸이 팔십 년 공력으로 펼치는 검법을 어렵지 않게 상대할 수가 있었다.

그 이유는, 천지조화검을 전개할 때만큼은 조화무극으로 생성된 공력이 일반적인 공력의 곱절에 해당하는 위력을 발휘하기 때문이다.

문제는 신법으로 통칭되는 경공과 보법이었다.

천지조화검은 화무린이 은겸보다 더 빨리 깨우치고 터득해서 더 높은 경지에 도달해 있었다.

하지만 신법이 은겸의 절반에도 미치지 못하기 때문에 비검만 하면 번번이 패하는 것이 당연했다.

화무린은 소군에게 쾌풍운과 잠영보를 배웠다. 소군은 은겸의 제자니까 은겸 역시 쾌풍운과 잠영보를 사용했다.

화무린과 은겸이 같은 신법을 사용하는 데다, 은겸을 처음 만났을 당시의 화무린은 쾌풍운과 잠영보를 겨우 몇 달 정도 연마했지만 은겸은 적어도 삼십 년 가까이 연마했으며, 또한 공력에도 큰 차이가 있었다.

결국 화무린은 신법의 열세를 극복하기 위해서 불철주야 노력할 수밖에 없었다.

그것으로도 모자라서 쾌풍운과 잠영보에 검법인 파천혈인 검법의 비검술과 어검술까지 접목시키는 어이없는 시도를 했는데, 결국 그것이 성공을 거두었다.

그 덕분에 그는 구중천에서 천지조화검을 연마했던 마지

막 일 년 동안 한 번도 은겸에게 패한 적이 없었다.

은겸은 놀라워하면서 패배를 시인했고, 그것을 '신법의 승리'라고 표현했었다.

지금 화무린은 전력으로 쾌풍운을 전개하여 안국현 현 내 대로를 쏘아가고 있었다.

만약 누가 보더라도 그의 실체를 확인할 수도, 추격할 수도 없을 만큼 빠른 속도였다.

어느덧 화무린은 승룡장에 당도했다.

그는 너무 분노하여 심장이 폭발할 지경이었지만, 승룡장 전문을 부수고 들이닥칠 만큼 이성을 잃은 상태도, 장원 주변에서 얼쩡거리다가 누군가의 눈에 띌 만큼 바보도 아니었다.

분노는 극에 달했지만, 기이하게도 정신 역시 얼음보다 더 차가워져 있었다.

'적혈군이 첫 번째다.'

화무린은 일단 먼발치에서 승룡장을 확인한 후, 전문을 오십여 장쯤 남겨둔 거리에서 옆 골목으로 빨려들면서 속으로 중얼거렸다.

승룡장 안에는 무쌍신의 흑멸신과 육천군의 셋째인 적혈군이 있다.

두 명 다 원수지만 성공 가능성이 조금이라도 더 높은 적혈군을 첫 번째 제물로 삼은 것이다.

화무린이 쏘아 올린 홍연화통을 십이령후가 보고 달려왔

다면, 그는 장원 외부에 있었다는 뜻이다.

무쌍신이나 육천군, 십이령후 정도 되는 인물들이라면 호위 따위는 필요하지 않으리라.

그저 심부름이나 허드레 치다꺼리를 할 수하 정도는 몇 명 필요할 것이다.

어쨌든 상관없는 일이다.

지금 화무린은 구령후의 모습이니까.

그는 승룡장을 반 바퀴쯤 돈 후 추호의 기척도 없이 가볍게 뒷담을 넘어 들어갔다.

시간은 자정이 훌쩍 넘어 있었다.

화무린이 내려선 곳은 담과 전각의 폭이 채 이 장도 되지 않는 장원 내의 골목이었다.

그는 그곳에 잠시 서서 공력을 끌어올려 장원 내에 있는 사람들을 감지해 보았다.

장원 규모에 비해서 감지된 사람의 수는 예상 밖으로 매우 적었다.

도합 이십삼 명.

그중에서 십오 명이 여자였고, 남자는 여덟 명. 다섯 명이 일류 정도의 무공을 지녔다.

화무린은 그 다섯 명이 흑멸신과 적혈군의 치다꺼리를 하는 투번 고수일 것이라고 짐작했다.

나머지 십팔 명은 하인이나 하녀 등속일 터이다. 그들에게서는 무공을 배운 흔적이 감지되지 않았다.

물론 흑멸신이나 적혈군, 그 외에 얼마나 더 있을지 모르는 절정고수들은 감지되지 않았다. 당연한 결과다.

화무린은 천천히 전각 앞쪽으로 걸어나갔다.

승룡장에는 작은 건물까지 아홉 채의 전각이 있었는데, 그 가운데에서 어느 곳에 적혈군이 있는지 알아내려면 조금 위험하기는 해도 천외신계 인물 중에서 누군가와 마주치는 방법을 실행할 수밖에 없었다.

전각 모퉁이를 돌아 나가자 과연 입구 앞쪽에 검을 멘 한 명의 경장고수가 우뚝 서 있었다.

화무린은 모퉁이를 돌아 나오기 전에 그자가 그곳에 있는 기척을 감지했었다.

제딴에는 무림인처럼 경장 차림을 하고 있지만, 화무린은 그가 천외무적군의 최하위 투번 고수라는 것을 단번에 간파할 수 있었다.

여러 차례 투번 고수들을 상대해 봤기 때문에 그들의 특이한 자세나 몸가짐이라든지, 제 얼굴이 아닌 것처럼 딱딱하게 굳어 있는 얼굴 표정만 봐도 무림인과 구분하는 것은 그리 어렵지 않았다.

더구나 놈들에게서는 냄새가 풍겼다.

코로 맡아지는 냄새가 아닌 분위기로 느껴지는 냄새.

구역질나는 원수 집단의 족속들 냄새 말이다.

화무린은 마치 산책이라도 나온 듯 일부러 작은 발자국 소리를 내면서 천천히 투번 고수에게 걸어갔다.

투번 고수는 화무린이 모퉁이에서 불쑥 나타나자 가볍게 놀라는 듯하더니 즉시 깊숙이 허리를 굽혔다.

화무린은 구령후의 얼굴을 뒤집어썼을 뿐만 아니라 그의 옷까지 입고 있었으므로 이런 한밤중에 보면 영락없는 구령후였다.

화무린은 투번 고수에게 계속 걸어가면서 가볍게 고개를 끄덕여 보였다.

몇 걸음 걷는 짧은 동안에 그의 머릿속은 수많은 생각들이 명멸했다.

투번 고수를 제압한 후 으슥한 곳으로 끌고 가서 적혈군이 어느 전각에 있는지 족칠 것인가?

하지만 그것은 곤란했다.

흑멸신과 적혈군 정도라면 수백 장 밖에서 바늘 떨어지는 소리까지 감지해 낼 것이다.

그렇다고 태연을 가장한 채 투번 고수에게 적혈군이 어디에 있는지 묻는 것도 여의치 않았다.

십이령후가 적혈군이 어디에 있는지 모른다는 것은 말이 되지 않는 일이다.

화무린이 투번 고수 앞에 이르렀을 때,

"으헛헛헛헛!"

"오호호홋!'

어디선가 커다란 웃음소리가 들려왔다. 매우 기분이 좋은 듯한 웃음소리였다.

화무린이 멈춰 서 웃음소리가 터져 나온 전각 쪽을 쳐다보 자 투번 고수가 허리를 굽혔다.

"흑멸신께선 아직 주연 중이십니다."

그는 구령후가 그 사실을 궁금하게 여길 것이라고 생각한 모양이었다.

흑멸신이 있는 전각 안에서는 세 여자의 기척만 감지될 뿐 이지 그는 감지되지 않았다.

그는 여자들과 희희낙락 술을 마시고 있으면서도 자신을 드러내지 않고 있었다.

철저한 인간이었다. 어쨌든 이로써 흑멸신의 거처는 확인 이 된 셈이다.

이제는 적혈군이다.

화무린은 지금 말로써 무언가를 물어볼 처지가 아니었다. 겉모습은 그런대로 구령후로 변장했지만 목소리까지 변조할 수는 없는 노릇이었다.

문득 화무린은 대수롭지 않은 동작으로 투번 고수에게 손 가락 두 개를 펼쳐 보이면서 슬쩍 턱을 치켜들었다. 그가 그 뜻을 알아차릴 만큼 똑똑하기를 바라면서.

화무린의 손가락을 쳐다보는 투번 고수의 얼굴에 역력한

존경심이 떠올랐다.

화무린의 그와 같은 행동은 친밀감을 나타내는 것인데, 투번 고수는 하늘 같은 구령후가 자신에게 호감을 보인 것으로 해석한 것이다.

투번 고수는 흑멸신의 거처 반대편의 어느 전각을 쳐다보며 더욱 공손히 아뢰었다.

"저녁 식사 이후 두문불출이십니다."

그는 '둘째 우두머리'를 뜻하는 화무린의 손동작을 제대로 간파한 듯했다.

화무린은 고개를 끄덕이고는 투번 고수 앞을 지나 계속 천천히 걸어갔다.

투번 고수가 눈으로 화무린의 뒷모습을 좇았다. 누가 보더라도 잠이 오지 않아서 산책이라도 하는 모습이었다.

그의 걸음은 둘째 우두머리, 즉 적혈군이 있는 전각으로 향하고 있었다.

십오류 장의 거리가 화무린에게는 수백 리 거리처럼 멀게 느껴졌다.

그의 전면에 다른 전각들하고는 뚝 떨어진 채 아담한 정원을 끼고 있는 한 채의 전각이 있었고, 그 입구에 투번 고수가 지키고 서 있는 모습이 보였다.

그가 화무린을 쳐다보았다.

화무린이 방금 전에 지나쳐 온 전각 입구의 투번 고수도 그의 뒷모습을 쳐다보고 있었다.

화무린은 기척을 감추려고도 하지 않고 느릿하게 걸어갔다. 전각 안의 적혈군이 자신의 기척을 감지해도 상관이 없다는 생각이었다.

전각 입구에 다다르자 투번 고수가 깊숙이 허리를 접었다.

화무린은 투번 고수 앞을 지나쳐 태연하게 전각 안으로 들어갔다.

전각 안에 깊숙이 들어선 그는 빠르게 실내를 쓸어보았다.

이 건물은 숙소 전용으로 일층이었다.

이런 경우 손님은 왼쪽에 정원이 보이는 내실에 묵는 것이 상식이다.

화무린은 규칙적인 걸음으로 내실을 향해 걸어가면서 공력을 극한으로 끌어올렸다.

내실에 적혈군이 있다면 당연히 화무린의 발자국 소리를 들을 것이다.

그자가 주의 깊은 성격이라면 발자국 소리만 듣고도 상대가 누군지, 또는 무공의 고하를 감지할 수 있을 것이다. 화무린은 그자가 섬세한 성격이 아니기를 기대했다.

이윽고 그는 내실 방문 앞에 멈춰 굳게 닫혀 있는 방문을 뚫어지게 쏘아보았다.

화무린은 만약 적혈군과 정정당당하게 일 대 일로 싸울 경우 자신은 상대가 되지 않을 것이라고 예견했다.

어쨌든 그는 정정당당하게 싸우는 것을 포기하고 편법을 선택했다.

즉, 상대가 방심을 하도록 유도한 후 허점을 보이는 순간 급습하는 것이었다.

이 싸움은, 아니, 이 급습은 절대 길게 끌어서는 안 된다.

말 그대로 급습이다.

아니, 급격(急擊)이라고 해야 옳았다.

또한 이 초식을 넘겨서도 안 된다.

단 일 초식에 숨통을 끊거나 저항할 수 없는 상태로 만들어 놓아야만 한다.

그러기 위해서 화무린은 자신이 할 수 있는 최상의 공격을 쏟아낼 것이다.

이미 화살은 시위를 떠났다.

구령후가 적혈군과 친분이 있는지, 그가 적혈군을 방문할 때는 어떻게 하는지 추호도 알지 못하는 상황이다.

삼 할의 술수.

삼 할의 실력.

그리고 나머지 사 할은 운에 맡겨야 한다.

척!

화무린은 그냥 방문을 열고 안으로 들어갔다.

세상일이란 종종 상식적인 것보다 비상식적인 일이 더 많을 경우가 있다.

지금은 그중에서도 최악이었다.

실내는 넓었다. 그러나 적혈군을 찾으려고 두리번거릴 필요는 없었다.

화무린은 방 안으로 들어서자마자 정면에 놓여 있는 하나의 둥근 석대 위에 한 인물이 가부좌의 자세로 앉아 눈을 감고 있는 것을 발견할 수 있었다.

화무린은 그가 적혈군이라는 것을 한눈에 알아보았다.

혈의장포를 입고 시뻘건 머리카락이 장발로 늘어졌으며, 앞에 놓인 한 자루 도 역시 핏빛 혈도(血刀)였다.

그가 적혈군이 아니면 대체 누구겠는가.

화무린은 등 뒤로 방문을 닫은 채 그 자리에 굳어버렸다.

그와 적혈군과의 거리는 일 장 반 남짓.

급습을 가하기에는 최적의 거리였다. 그러나 정면이라는 것이 좋지 않았다.

적혈군이 화무린보다 강하다면, 아니, 그는 분명히 화무린보다 강할 것이다.

그렇다면 화무린이 급습을 가했을 경우 충분히 바로 앞의 혈도를 뽑아서 방어할 수 있을 것이다.

적혈군은 운공을 하고 있는 자세였다.

그가 정말 운공을 하고 있다면 화무린에겐 이보다 더 좋은 기회는 없을 것이다.

그러나 만약 그저 눈을 감은 채 명상을 하고 있는 것이라면 급습은 실패할지도 모른다.

망설일 여유가 없었다. 우물쭈물하다가 급습할 시기를 놓치게 되어, 가짜 구령후라는 사실이 드러난다면 더 큰 위험에 처하게 될 터이다.

화무린은 적혈군이 보든 말든 그를 향해 최대한 정중히 허리를 굽혀 인사하는 체하면서 자연스럽게 앞으로 한 걸음 걸어나갔다.

그는 허리를 펴면서 다시 한 걸음 더 걸어나가며 공격할 것이라 결심했다.

스으―

이윽고 허리를 펴면서 한 걸음 내디디며 오른손으로 왼쪽 허리에 차고 있는 은오검을 움켜잡았다.

구령후 흉내를 내느라 은오검을 허리에 찬 것이 왠지 어색하게 느껴졌다.

이제 거리는 일 장으로 좁혀졌다.

화무린은 극한으로 끌어올린 공력을 모조리 오른손으로 집중시키면서 천지조화검 삼초식 천지무상의 무상검탄강 구결을 외웠다.

이 정도 짧은 거리에서는 검기나 검강을 발출하기도 어려울뿐더러 발출할 필요도 없다.

단지 가장 빠르고 위력적인 일검이면 된다.

무상검탄강은 검으로 펼칠 수 있는 가장 극강한 위력, 즉 검강을 발휘한다.

그렇지만 지금 화무린은 검강을 은오검에 담았다.

은오검은 신비할 정도로 강한 검인데, 그 검에 검강을 주입시켰으니 그 강력함이야 오죽하겠는가.

적혈군의 몸이 설사 금강불괴라 하더라도 은오검 앞에서는 무력하게 뚫리고 말 터이다.

웅웅웅…….

순간 예기치 않은 일이 벌어졌다.

화무린이 왼쪽 허리에 차고 있는 은오검을 오른손으로 잡은 채 극한의 공력으로 무상검탄강을 일으키는 바람에 은오검이 나직한 검명(劍鳴)을 흘려내고 만 것이다. 은오검에 대해서 잘 모르고 있던 것이 불찰이었다.

"음. 자네로군. 무슨 일…….”

그 소리에 적혈군이 번쩍 눈을 뜨고 화무린을 쳐다보면서 그를 구령후로 오인하고 막 입을 열어 말하다가, 그의 오른손이 허리의 검을 뽑는 것을 발견하곤 움찔 핏빛의 눈썹이 꺾인 것이다.

촌각을 백으로 쪼갠 찰나지간.

촤악!

화무린은 발끝으로 힘껏 바닥을 박차면서 앞으로 쏘아가는 것과 동시에 그대로 검을 뽑아 곧장 찔러갔다.

목표는 적혈군의 목 한복판.

후우웅!

무상검탄강이 주입된 은오검이 허공을 가르면서 용의 울음소리를 터뜨렸다.

또한 은오검의 검첨에서는 눈부신 금광과 은광이 뒤섞여 일렁이고 있었다.

절체절명의 순간에 적혈군이 제아무리 고강하다고 해도 앞에 놓인 도로 방어하려 든다면, 도를 뽑기도 전에 숨통이 끊어지고 말 것이다.

그렇다고 피할 수도 없는 상황이었다.

방심하다가 허를 찔렸으며, 거리가 너무 가까웠고, 찔러오는 검의 속도가 몹시 빠르면서도 검끝이 살아 있었다.

찰나지간에 이삼 장 거리를 벗어나 검의 사정권을 완전히 벗어나지 못한다면 아예 움직이지 않는 편이 좋다.

초절정의 고수라면 이런 위급한 상황에서 오직 한 가지 방법을 생각해 낼 것이다.

양패구상(兩敗俱傷).

둘 다 중상을 입거나 죽는 것뿐이다.

그리고 적혈군은 그 방법을 택했다.

초절정의 고수라는 의미 속에는, 구태여 무기를 잡지 않아도 온몸이 무기에 버금가는 위력을 발휘한다는 뜻도 포함되어 있다.

번쩍!

은오검의 검끝이 적혈군의 목 두 자 거리에 이르렀을 때 적혈군의 오른손이 활짝 펼쳐져서 전면으로 뻗는 것과 동시에 눈부신 혈광이 섬광처럼 뿜어졌다.

그 때문에 화무린은 찰나지간에 눈앞이 뿌옇게 되면서 아무것도 보이지 않았다.

그것은 맨 눈으로 태양을 봤을 때 잠시 동안 아무것도 보이지 않는 것과 같은 현상이었다.

창졸간에 발출한 장력이었지만 산악을 허물어뜨릴 만한 위력을 지니고 있었다.

더구나 섬광이 번쩍이는 순간 살이 익을 듯한 열기가 확 뿜어졌다.

극양지기로 발출된 장력인 것이다.

적혈군은 거래를 제시했다. 네가 물러나면 나도 물러나겠다는 뜻이다.

화무린은 당연히 거부했다.

적혈군은 그의 원한이 얼마나 크고 깊은지, 또 얼마나 자신을 죽이고 싶어하는지를 알지 못했다.

찌걱!

은오검이 적혈군을 찌르기 직전에 기이한 음향이 터졌다. 그가 순간적으로 일으킨 호신강기를 은오검이 찢으면서 꿰뚫는 소리였다.

푹!

뻑!

다음 순간 두 개의 각기 다른 음향이 동시에 터졌다.

은오검의 검끝은 원래 겨냥했던 대로 정확하게 적혈군의 목 한복판을 찔렀다.

그러나 세 치 깊이밖에 박히지 못했다. 검끝이 목을 찌르는 순간 적혈군이 발출한 장력이 화무린의 가슴에 정통으로 작렬했기 때문이다.

그러나 화무린은 몸이 뒤로 튕겨 날아가는 순간 손목을 슬쩍 비트는 것을 잊지 않았다.

그 바람에 적혈군의 목 속으로 세 치쯤 꽂혔던 검이 수평으로 목을 오른쪽으로 베면서 빠져나왔다.

쿵!

화무린은 화살처럼 뒤로 삼 장쯤 날아가 등을 벽에 모질게 부딪쳤다.

그러나 어금니를 악물고 신음을 흘리지 않았다.

가슴이 조각난 것처럼 고통스러웠으며, 온몸에서 믿을 수 없을 만큼 빠른 속도로 힘이 빠져나갔다.

그는 순간적으로 예전에 악소가 투번 고수에게 적중됐던 장력에 자신이 당했다는 사실을 깨달았다.

그러나 이것은 일개 투번 고수의 그것과는 비교도 할 수 없을 만큼 강력한 위력이었다.

그것보다는 최소한 열 배 이상 강했다. 졸지에 급습을 당한

적혈군이 찰나적으로 절반의 공력만으로 장력을 발출했음에
도 불구하고 말이다.

화무린은 갈비뼈는 물론 박살 났고, 내장도 으스러졌다고
스스로를 진단했다.

그는 주저앉지 않으려고 안간힘을 쓰면서 적혈군을 쏘아
보다가 움찔 놀랐다.

적혈군이 느릿하게 석대에서 바닥으로 내려서고 있는 것
을 발견했기 때문이다.

그의 목은 오른쪽 절반이 뭉텅 베어져 그곳에서 샘물처럼
피가 흘러나왔지만 끄떡도 하지 않았다.

온몸에 피 칠을 한 것 같은 적혈군이 목에서 피를 철철 흘
리며 두 눈에서는 시뻘건 안광을 줄기줄기 뿜어내는 모습이
오히려 섬뜩함을 자아냈다.

'제길! 치명상을 입히지 못했어……!'

간신히 버티고 서 있던 화무린은 마지막 남았던 한 가닥의
힘마저 사라져 버리는 것을 느꼈다.

상대에게는 치명상을 입히지 못한 대신 화무린 자신은 치
명상을 입고 말았다.

과연 천외신계 서열 삼위의 벽은 이토록 높은 것인가. 회의
가 밀려들었다.

화무린의 입에서 꾸역꾸역 진득한 핏물이 새어 나와 턱을
타고 줄줄 흘렀다.

스릉!

그때 적혈군이 서두르지 않는 동작으로 혈도를 뽑더니 천천히 화무린에게 걸어왔다.

저벅저벅—

발자국 소리까지 내면서.

화무린은 빠져나가는 공력의 속도만큼 절망이 엄습하는 것을 느꼈다.

일곱 살 때 가문이 멸문을 당한 뒤 천하를 떠돌면서 당했던 온갖 고통과 수모들, 그리고 구중천에서 겪었던 수많은 일들이 주마등처럼 뇌리를 훑으면서 스쳐 갔다.

뼈를 깎고 살을 저미는 고통과 노력으로 무공을 연마했건만, 원수들 중에서 가장 약한 육천군의 한 명조차 죽이지 못하는 실력이었다.

"빌어먹을……!"

욕이 저절로 나왔다.

이토록 허망한 것을, 기를 쓰고 버둥거렸던 지난 세월이 후회스럽기까지 했다.

적혈군은 이미 일 장 앞까지 다가들고 있었다. 그가 화무린에게 다가와서 그저 한차례 도를 휘두르기만 하면 모든 것이 끝날 것이다.

저항을 하고 싶어도 화무린에게는 한 움큼의 공력도 남아 있지 않았다.

화무린의 눈빛이 암울하게 가라앉았다. 또한 그의 시선은
이리저리 부유하고 있었다.

적혈군을 보는 것 같지도 않았으며 어디에 초점을 맞추지
도 않았다.

문득, 화무린의 시선이 적혈군의 목으로 향했다. 대체 얼마
나 얕은 상처기에 저렇게 끄떡없는 것인지 확인이나 해보자
는 심정이었다.

순간 화무린의 눈이 약간 커지며 동공이 흔들렸다. 적혈군
의 상처는 그가 생각했던 것보다 깊었다.

검끝이 목 한복판에 세 치 깊이로 꽂혔다가 오른쪽을 수평
으로 베면서 나왔다.

즉, 목의 앞쪽 절반이 잘려 나갔다는 것이며 또한 동맥이
잘렸다는 뜻이기도 했다.

적혈군이 고개를 오른쪽으로 약간만이라도 잘못 젖히다가
는 상처 부위가 쩌억 아가리를 벌리면서 목이 떨어져 나갈 수
도 있는 상황이었다.

동맥이 잘리면 스물을 세기도 전에 몸속의 피 절반 이상이
빠져나가고 만다.

이런 상황에서 적혈군 정도의 고수라면 즉시 운기를 하여
공력으로 잘라진 동맥 부위를 폐혈시킬 수 있겠지만, 불행하
게도 그에게는 지금 그럴 만한 여유가 없었다.

화무린의 시선이 적혈군의 목에서 아래로 향했다. 목에서

흐른 피가 어깨와 상체를 흠뻑 적시면서 작은 시냇물처럼 아래로 흐르고 있었다.

그래서 적혈군이 걸어온 길은 온통 핏물로 흥건했다.

'실패한 게 아니다!'

화무린은 정신이 번쩍 들었다.

그는 적혈군이 자신보다 더 심각한 치명상을 입었다는 것을 그제야 깨달았다.

다만 적혈군은 경험과 인내심이 풍부할 뿐이었다. 그래서 적을 죽이고 나서야 자신의 상처를 치료할 수 있다는 지금의 현실을 냉철하게 파악하고 있는 것이다.

스르르…… 털썩!

갑자기 화무린은 등을 벽에 기댄 채 힘없이 무너지다가 바닥에 주저앉았다.

하지만 그러는 와중에 오른손의 은오검을 힘껏 움켜잡았다. 순간적으로 계책 하나가 떠오른 것이다.

주저앉은 채 아예 고개까지 푹 숙였다. 마치 중상을 입어서 삶을 포기한 듯한 모습이었다.

그러나 사실 그는 그 자세로 단운기(短運氣:짧은 운공)를 시도하고 있었다.

단 한 차례 실수 없이 검을 휘두를 수 있을 만큼의 공력만 모여주면 된다.

적혈군이 화무린 자신보다 더 심한 중상을 입었다고 해도,

지금 이 상태에서 마주쳐 나가서 싸우는 것은 승산이 없을지도 모른다.

그러므로 자신은 도저히 싸울 힘이 없는 것처럼 보이면서 상대를 최대한 가까이 유인하여 단숨에 끝장을 내버려야만 한다.

그것이 화무린이 방금 떠올린 계책이었다.

한 번 비겁했는데 두 번이라고 못하겠는가?

복수를 위해서라면 이보다 더한 짓도 할 수 있는 그였다.

저벅저벅…… 뚝!

이윽고 적혈군의 걸음이 고개를 숙이고 있는 화무린의 두 걸음 앞에서 멈췄다.

적혈군은 방심을 하다가 허를 찔리더니 마지막 순간까지 방심을 하고 있었다.

아니, 사실 그 역시 지금은 더없이 절박한 순간이었다.

죽이지 못하면 자신이 죽어야 하는 것이다.

행운인지 불행인지, 화무린에게는 지금 단 한 번 검을 휘두를 공력밖에 남아 있지 않았다.

그는 여전히 고개를 숙인 채 두 눈에 잔뜩 힘을 주고 적혈군의 발을 뚫어지게 주시했다.

그때 적혈군의 왼발 엄지 쪽이 안쪽으로 슬쩍 비틀어지면서 발뒤꿈치가 바닥에서 약간 떨어졌다.

왼발이 그런 자세를 취한다는 것은 오른손의 도를 머리 위로 치켜들었다는 뜻이다.

그가 혈도를 내리긋기만 하면 화무린은 꼼짝없이 당하고 말 것이다.

휙!

순간 화무린은 젖 먹던 힘을 다해 등 뒤의 벽을 박차면서 적혈군의 하체 오른쪽으로 쏘아갔다.

아니, 쏘아가는 것과 동시에 쳐다보지도 않고 위쪽을 향해 맹렬히 은오검을 휘둘렀다.

팍!

묵직한 것을 자르는 느낌이 정확하게 검신 중간쯤에 느껴지면서 화무린의 오른팔로 전해졌다.

다음 순간 그는 바닥으로 하강하는 여세를 빌어 사력을 다해서 옆으로 데굴데굴 굴렀다.

혹시 섣불리 베었다면 적혈군이 반격을 할지도 모른다. 그것에 대비하기 위해서였다.

그러나 화무린의 몸은 적혈군으로부터 채 일 장도 벗어나지 못한 곳에서 정지했다.

만약 적혈군이 반격을 한다면 꼼짝없이 당하고 말 가까운 거리였다.

화무린은 고개를 들고 적혈군을 쳐다보았다.

적혈군은 방금 전에 화무린이 주저앉아 있던 벽을 향해 우뚝 서서 혈도를 머리 위로 치켜든 채 물끄러미 벽을 쳐다보며 미동조차 하지 않았다.

그리고 여전히 목에서 피를 흘릴 뿐 다른 곳은 아무렇지도 않은 것처럼 보였다.

그렇다면 방금 전에 은오검을 통해서 팔로 전해졌던 묵직한 느낌은 뭐란 말인가?

설마 벽이라도 베었다는 건가?

화무린은 다시 한 번 낙담했다.

그때 적혈군이 화무린을 쳐다보려는 듯 느릿하게 고개를 돌렸다.

아니, 고개를 돌리면서 화무린을 향해 혈도를 휘둘러 왔다.

화무린은 이제야말로 끝이라고 생각했다. 그는 손가락 하나 까딱할 힘조차 남아 있지 않았다.

드극!

그런데 이상한 소리가 들렸다.

그러더니 적혈군이 혈도를 휘두르면서 온몸으로 화무린을 향해 덮쳐 왔다.

움찔 화무린은 죽을힘을 다해서 옆으로 몸을 굴리려고 했으나 몸이 말을 듣지 않았다. 돌덩이 같았다. 그저 고개만 약간 돌아갔을 뿐이다.

쾅!

"욱!"

그 순간 혈도와 적혈군이 한꺼번에 화무린을 찍어 눌렀다.

일장에 적중당한 화무린의 가슴은 박살 난 상태였는데, 그 위에 적혈군의 육중한 몸이 찍어 누르자 상체가 완전히 해체돼 버리는 느낌이었다.

적혈군의 묵직한 몸이 화무린의 가슴 위에 얹힌 채 꼼짝도 하지 않았다.

화무린은 방금 전의 충격으로 정신이 혼미해졌다.

아무 생각도 들지 않았고, 할 수도 없었다. 고통도 느껴지지 않았다.

그저 몸이 물속에서 둥둥 떠다니는 것 같았고, 귀가 먹먹하여 아무 소리도 들리지 않았다.

죽은 것도 아니고 살아 있지도 않은 반생반사(半生半死)의 상태 같았다.

얼마나 시간이 지났을까.

화무린은 차츰 고통을 느끼기 시작했다. 고통을 느낀다는 것은 아직 죽지 않았다는 뜻이다.

이어서 그는 묵직한 중압감을 느끼면서 옆으로 돌렸던 얼굴을 힘겹게 똑바로 했다.

"......"

순간 싸늘한 감촉이 뺨에 닿았다.

적혈군의 무기인 혈도의 도신이었다.

혈도의 칼날이 겨우 반책수(半磔手:약 반 뼘) 옆 바닥에 깊숙이 꽂혀 있었던 것이다.

만약 마지막 순간에 화무린이 고개를 옆으로 돌리지 못했더라면, 그의 얼굴이 혈도에 의해 세로로 쪼개졌을 것이다.

사실 그는 혈도를 피하려고 고개를 돌린 것이 아니라 자신을 향해 덮쳐 오는 적혈군을 피하려고 한 것인데, 겨우 고개만 까딱 돌렸던 것이 목숨을 구하게 되었다.

화무린은 적혈군이 다음 행동을 취하기 전에 그의 몸 아래에서 빠져나가야 한다고 생각했다.

아니, 그보다는 그를 공격하는 것이 급선무다.

그러나 아무리 용을 써도 오른손에 쥐어져 있는 은오검은 바닥에 붙어버렸는지 꿈쩍도 하지 않았다. 검을 들어올릴 힘조차 남아 있지 않은 것이었다.

그런데 화무린은 자신을 짓누르고 있는 적혈군이 꿈짝도 하지 않고 있다는 사실을 그제야 깨달았다.

문득 그는 자신의 목 부위가 뜨뜻한 것을 느꼈다. 그것은 한 마리 뱀이 목으로 기어가는 듯한 느낌이었다.

그는 고개를 조금 더 똑바로 세우려다가 움찔했다.

자신의 입술이 적혈군의 턱에 닿은 것이었다. 화무린의 입술은 그의 거친 붉은 수염 속에 파묻혀 버렸다.

화무린의 얼굴과 적혈군의 얼굴이 마주 보는 자세로 거의 맞붙어 있는 상태가 된 것이다.

적혈군의 부릅뜬 두 눈이 화무린의 눈앞에 있었다. 그 눈은 분노와 불신으로 물들어 있었다.

화무린의 머리는 마구 헝클어진 공황 상태였다가 잠시 후에야 정신을 수습했다.

그제야 그는 적혈군이 숨을 쉬고 있지 않다는 사실을 깨달을 수 있었다.

두 사람의 입과 코가 거의 맞붙다시피 되어 있는 상태였기 때문에 그가 호흡을 하는지의 여부를 확인하는 것은 어려운 일이 아니었다.

'죽었다!'

화무린은 작게 희열하며 속으로 중얼거렸다.

눈동자를 아래로 굴렸다. 적혈군의 목에서 피가 솟아 나와 아래로 뚝뚝 떨어지는 것이 겨우 보였다.

화무린의 목에 뜨뜻한 것이 스멀거리던 느낌은 적혈군의 피가 떨어져서 흐르는 느낌이었다.

그러나 적혈군이 결정적으로 무엇 때문에 죽었는지는 알 수가 없었다.

화무린은 적혈군의 일장에 가슴이 으깨어진 상태인데 그가 위에서 짓누르고 있으므로 고통이 가중되어 숨조차 제대로 쉴 수 없었다.

하지만 적혈군을 밀어낼 힘이 없었다.

"헉헉헉……."

순간 자신도 모르게 화무린의 입술 사이로 거친 숨소리가 새어 나왔다.

그런 상황에서도 그는 움찔 놀라 급히 입을 다물면서 숨을 멈추었다.

만약 전각 입구를 지키고 있는 투번 고수가 방금 전의 숨소리나 여태까지 이 방 안에서 흘러 나간 어떤 소리라도 듣고 수상쩍게 여겨서 달려들어 온다면 화무린은 이 자세 그대로 죽은 목숨이었다.

그는 우선 운공을 해보기로 했다. 이런 자세와 상태에서 운공이 될는지는 자신할 수 없지만, 그것만이 이 난관을 극복할 유일한 방법이었다.

운공을 해서 한 움큼이든 두 움큼이든 될 수 있는 한 많은 공력을 모아야만 했고, 또한 자신이 얼마나 다쳤는지 알아내야만 했다.

그렇게 시간이 흘러갔다.

다행스러운 것은, 일각가량의 시간이 흘렀는데도 투번 고수가 실내에 들어오지 않았다는 사실이었다.

술을 마시고 있는 흑멸신이 이 방에서 일어난 약간의 소요를 들었을 수도 있다.

그러나 세 여자와 함께 있으며, 그녀들이 수다스럽고 요염하게 떠들어댄다면 그 소리에 파묻혀서 아무것도 듣지 못할 수도 있다.

어느 쪽이든 가능성은 있다. 원래 모든 일이 그렇고, 인생이 그러하니까.

다행히 공력이 모아졌다. 아니, 정확하게 설명하자면 자신의 몸 위에 있는 적혈군을 밀어낼 만큼의 미미한 힘이 생겼다는 것이다.

털썩!

"음!"

죽을힘을 다해서 적혈군의 몸을 바닥으로 밀어낸 후 일어나 앉는데 얼마나 힘이 들었는지 자신도 모르게 입에서 신음 소리가 새어 나왔다.

가까스로 앉은 화무린은 자신의 눈앞에 펼쳐진 광경 때문에 적이 놀라고 말았다.

빠져나오느라 밀어낸 적혈군은 분명히 그의 옆에 여전히 오른손에 혈도를 움켜쥔 채 누워 있는 상태였다.

그런데 희한하게도 또 다른 적혈군이 아까의 벽 앞에 우뚝 서 있었다.

화무린의 시선이 서 있는 적혈군의 하체에서 위쪽 허리로 향했다.

허리 위의 상체가 없었다. 그 상체는 화무린 옆에 나란히 누워 있었다.

즉, 적혈군의 허리가 잘 드는 칼로 자른 두부처럼 매끄럽게 잘려져 있는 것이었다.

적혈군의 하체는 도를 들어올리던 자세 그대로였다. 왼쪽 발뒤꿈치가 바닥에서 살짝 들려 있었다.

서 있는 하체의 잘려 나간 허리 부위에서는 꾸역꾸역 피가 넘쳐흘렀다.

결국 적혈군은 죽은 것이다.

조금 전 화무린이 몸을 날리면서 쳐다보지도 않은 채 적혈군을 향해 휘둘렀던 은오검이 그의 허리를 뭉텅 베어버렸으며, 적혈군은 바닥에 쓰러져 있는 화무린을 공격하려다가 상체와 하체가 분리되면서 그중 상체가 화무린을 덮쳐 왔던 것이다.

마침내 화무린이 해내고야 말았다.

꼼수를 썼든, 비열한 방법을 썼든 개의치 않았다. 그에게는 오직 여러 원수 중에 한 놈을 죽였다는 사실만이 중요할 뿐이었다.

화무린은 은오검을 오른손에 움켜쥔 채 그 자리에 가부좌를 틀고 앉아 운공조식을 시작했다.

第五十七章

암살

九重天

구중천

금비라 은겸은 주루에서 간단한 요기를 하고 있었다.

식사가 아니라 그저 요기였다.

번거롭게 음식을 주문하고, 그것이 만들어져서 나올 때까지 기다릴 여유가 없었다.

그래서 가장 빨리 만들어 내올 수 있는 계탕면 한 그릇을 주문했고, 음식이 나오자마자 그것을 허겁지겁 먹고 있는 중이었다.

이곳까지 먼 길을 오는 동안 그는 하루 종일 잠시도 쉬지 않았고 아무것도 먹지 못했다.

먹지 않고서도 기력이 떨어지지 않는다면 그는 이런 요기

마저도 하지 않았을 것이다.

최대한 빨리 집결하라는 구중천 수뇌부의 명령이 있었기에 촌각이라도 지체할 수 없었기 때문이다.

그러나 허기는 능히 견딜 수 있겠는데, 먹지 않아서 기력이 떨어지게 되면 달리는 속도가 느려질 것이기에 하는 수 없이 먹는 것이었다.

만약 한밤중에 청원성에 도착한 십여 명의 장사치들이 밥을 먹기 위해서 이미 문을 닫은 주루를 두드리고 있는 광경을 발견하지 못했다면, 그는 그냥 이곳을 통과하여 북경으로 내처 달려갔을 것이다.

탁!

계탕면 한 그릇을 게눈 감추듯이 비운 은겸은 탁자에 동전 한 닢을 놓고 부리나케 주루를 나섰다.

아니, 나서다가 막 들어서는 한 명의 젊은 거지와 어깨가 부딪쳤다.

"저……."

"괜찮네."

거지가 은겸을 불렀으나 그는 거지가 사과를 하려는 것이려니 여기고 손을 저으며 주루 밖으로 달려나갔다. 자정이 훨씬 넘은 이런 시각에 거지가 무엇 때문에 주루에 들어오는 것인지에 대해서는 생각할 겨를이 없었다.

거지가 허둥지둥 주루 밖으로 달려나갔을 때에 은겸은 이미 대로를 삼십여 장쯤 쏘아가고 있는 중이었다.

"혹시 은 사부님이십니까?"

거지는 은겸을 향해 달려가면서 두 손을 오므려 입에 대고 급히 외쳤다.

쏘아가던 은겸이 뚝 정지했다가 거지에게 되돌아오는 데 걸린 시간은 거지가 단지 눈을 한 번 깜빡이는 정도에 불과했다.

"나를 아나?"

은겸은 거지 앞에 우뚝 서서 예의 무표정한 얼굴로 굽어보며 물었다.

거지는 움찔하며 부지중 뒤로 한 걸음 물러섰다.

상대는 자신보다 머리가 하나 반은 더 컸고, 기골이 장대해서 체중도 곱절은 나갈 것 같았다. 거지는 자신도 모르게 은겸에게 위압감을 느낀 것이다.

그리고 무엇보다도 은겸의 이글거리면서도 차갑게 가라앉은 눈빛이 무서웠다.

"모… 릅니다."

거지는 부르르 몸을 떨며 겨우 대답했다.

은겸의 눈빛이 한층 더 무서워졌다.

"그런데 내 제자가 날 부르는 호칭을 어떻게 자네가 알고 있는 것이지?"

"음… 저는… 개방 청원 분타의 삼조장입니다……. 그리고 아마도 이것은… 은 사부님께서 방금 말씀하신 제자 분이 보낸 서찰인 것 같습니다."

거지 삼조장은 땀을 뻘뻘 흘리면서 말하며 품속에서 한 통의 서찰을 꺼내 내밀었다.

은겸은 서둘러 서찰을 펼쳐 읽었다.

사부님, 소녀 군아입니다.

이곳 안국현 승룡장에 무쌍신의 흑멸신과 육천군의 적혈군이 있어요.

조금 전 계시(癸時:새벽 1시)쯤 화무린이 그 둘을 죽이겠다고 승룡장에 들어갔어요. 빨리 오셔서 도와주세요. 늦으면 화무린이 죽습니다.

만약 사부님께서 인시(寅時:새벽 4시)까지 오시지 않고, 그때까지도 화무린이 나오지 않으면 제자 혼자서라도 승룡장에 들어갈 수밖에 없어요.

서찰에는 거두절미 본론만 적혀 있었다.

서찰을 다 읽고 난 은겸의 얼굴에 다급함이 떠올랐다.

"지금 시각이 얼마나 됐나?"

"간시(艮時:새벽 3시)쯤 됐을 겁니다."

서찰의 글씨체는 소군의 것이 분명했다. 그리고 그녀가 정한 시각은 인시다. 불과 반 시진이 남았을 뿐이다.

은겸은 급히 삼조장에게 물었다.

"자네, 이 서찰을 어떻게 내게 전할 수 있었지?"

"그야 간단합니다. 본 방 안국 분타에서 이곳 청원 분타로 전서구를 보냈고, 따로 보낸 서찰에 은 사부님의 용모파기가 자세히 적혀 있었습니다."

"좋아! 자네는 내가 적어주는 서찰을 같은 방법으로 한 분에게 전해주게!"

"말씀만 하십시오!"

만약 삼조장이 자신이 전서구에 담아서 보낼 은겸의 서찰을 받는 사람이 구중천 아홉 명의 천제 중에서 창천제라는 사실을 알게 된다면 입에 거품을 물고 졸도할 것이 분명했다.

＊　　　＊　　　＊

반 시진이 흘러 간시가 됐다.

화무린은 안간힘을 쓰면서 시도한 연이은 두 번의 운공으로 부러진 갈비뼈와 뒤틀린 내장을 겨우 다스리고 삼 할가량의 공력을 회복할 수 있었다.

겨우 다스렸다고는 하지만 상처로 인해서 더 심각한 위험에 처하지 않도록 임시방편으로 땜질한 것에 불과했으므로 고통은 여전했다.

그는 자신의 부상이 너무 심각해서 완전히 회복되려면 최소한 석 달 이상은 정양을 하면서 꾸준히 운공을 해야 할 것이라고 진단했다.

그는 한차례 더 운공을 할까 말까 잠시 망설였다.

지금 같은 상황에서의 운공은 물에 빠진 사람에게 동아줄 같은 역할을 한다.

한차례 더 운공을 한다고 해도 부상을 회복시키지는 못하겠지만, 운이 좋으면 공력을 사 할 혹은 오 할까지 회복할 수도 있을 것이다.

망설이다가 슬쩍 죽은 적혈군을 쳐다보았다. 정확히 말하자면 분리된 몸뚱이의 상체를 본 것이다.

무슨 방법을 썼든, 화무린은 육천군의 셋째 적혈군을 자신의 손으로 죽였다.

작은 승리감과 통쾌함이 가슴 밑바닥에서 뭉클뭉클 구름처럼 피어올랐다.

그러나 그는 곧 씁쓸한 표정을 지었다.

이제 겨우 육천군 중에 한 명을 죽인 것뿐이다.

아직 육천군의 다섯 명이나 남았으며, 더구나 그 위로는 육천군과는 상대도 되지 않을 초절정의 무쌍신 두 명이 버티고 있으며, 또 그 위에는 모든 원한의 중심점인 천녀황이 버티고 있다.

천녀황이 얼마나 강할지는 아직 모른다.

어쩌면 무쌍신과 육천군을 모두 합친 것보다 더 강할는지 모르는 일이다.

그런데 그녀에 비하면 화무린은…….

'나는 벌레다!'

그는 속으로 외치면서 가슴이 쪼개질 것 같은 통증을 견디며 벌떡 일어났다.

지금 이곳에서 몇 발자국만 걸어나간다면 원수 중에 또 한 명인 흑멸신을 만날 수 있다.

그런데도 그는 살기 위해서 이곳을 도망쳐 나가야 한다는 사실이 죽을 만큼 견디기 어려웠다.

그래도 현실은 현실이었다.

여기서 나가고, 그 후에는 더 강해질 것이다.

아니, 기필코 강해져야만 한다. 그렇지 않으면 살아 있을 이유가 없다.

그는 자신의 모습을 실내 한쪽에 있는 커다란 동경(銅鏡)에 비춰보았다.

얼굴은 물론이고 상체와 하체 모두 시뻘겋게 피에 젖어서 흡사 혈인(血人)처럼 보였다.

이런 모습으로는 투번 고수가 지키고 있는 전각 입구를 통해서 나갈 수 없다.

그는 천천히 실내를 둘러보다가 정원 쪽으로 난 둥근 창을 발견했다.

비틀거리면서 다가가 창을 조금 열고 밖을 내다보다가 움찔 놀라며 급히 고개를 안으로 집어넣었다.

창밖은 정원인데, 전각 입구에서 불과 삼 장 거리밖에 떨어지지 않았다.

전각 입구에는 아까 보았던 투번 고수가 서 있었다.

화무린이 겨우 회복한 삼 할의 공력만으로 아무리 조심스럽게 창을 통해서 나간다고 해도 투번 고수의 이목을 속이지는 못할 것이다.

그는 어떻게 할지 결정하지 못하고 잠시 서성거렸다. 시간은 이제 거의 인시가 되어가고 있었다.

조금만 더 있으면 동이 틀 텐데, 그렇게 되면 그때까지 운공을 하여 일 할이나 이 할의 공력을 더 회복한들 무슨 소용이 있겠는가.

그는 초조한 심정으로 천천히 실내를 둘러보면서 어떻게 할 것인지 고심했다.

그때 문득 그는 누워 있는 적혈군의 얼굴을 쳐다보다가 걸음을 뚝 멈추었다.

다음 순간 그의 눈빛이 가볍게 번뜩였다.

저벅저벅—

한 사람이 전각 입구를 향해 걸어나갔다.

그는 혈포를 입었으며, 치렁치렁 늘어진 붉은 머리카락에, 왼손에는 핏빛 혈도가 쥐어져 있었다.

적혈군이었다.

아니, 속의 내용물은 화무린이었다.

그는 이곳 승룡장에서의 탈출을 위해 태어나서 두 번째로 사람의 얼굴 가죽을 벗길 수밖에 없었다.

적혈군의 얼굴을. 더구나 이번에는 그의 머리 가죽까지 통째로 벗겨내야만 했다.

적혈군으로 위장을 하는 것은 그의 얼굴 가죽만으로는 불가능했다.

그의 특징은 붉은 일색이었고, 그중에서도 산발한 붉은 머리카락이 가장 눈에 띄었다.

그래서 제대로 위장을 하려면 적혈군의 머리 가죽까지 벗겨내어 뒤집어쓸 수밖에 없었다.

화무린은 구령후의 인피를 벗어 품에 갈무리한 후 적혈군의 인피를 쓴 상태였다.

인피의 가장자리를 얼굴에 붙이는 용액이 없어서 곤란했지만, 다행히 적혈군의 치렁치렁한 머리카락이 덮어주어 밝은 곳에 가지 않거나 자세히 살펴보지 않으면 눈에 쉽게 띄지는 않을 듯했다.

개방 안국 분타 부분타주의 설명을 기억해 두었던 그는 적혈군의 얼굴에서 인피를 벗겨낸 후, 근피와 중피를 조심스럽게 떼어내고 표피만을 물에 잘 씻고 다듬어서 얼굴에 고정시킨 상태였다.

그가 왼손에 쥐고 있는 적혈군의 시뻘건 혈도의 칼집 속에는 은오검이 담겨 있었다.

그때 대전 입구로 나오는 그의 발자국 소리를 들은 투번 고수가 뒤를 돌아보더니 황급히 허리를 깊숙이 접었다.

투번 고수는 힐끗 화무린을 보고 적혈군이라 판단했다. 그가 허리를 굽히고 있는 동안 화무린은 유유히 그 앞을 지날 수 있었다.

입구를 나선 화무린은 아까 왔던 방향의 반대 방향으로 전각을 따라서 걸음을 옮겼다.

투번 고수는 그가 멀어질 때까지도 허리를 펴지 않았다.

이제 전각의 모퉁이만 돌면 된다. 그곳에서 가장 가까운 담을 넘어 밖으로 나가기만 하면 탈출은 절반 이상 성공했다고 볼 수 있다.

모퉁이까지는 불과 이 장 정도 남았다.

마음은 급했지만 화무린은 서두르지 않았고 걸음을 재촉하지도 않았다.

한순간 까딱 실수라도 하는 날에는 마지막 순간에 일을 그르칠 수도 있기 때문이다.

이제 모퉁이까지 반 장 남짓 남았다.

그때였다.

"어이! 중석(仲晳)!"

등 뒤 멀리에서 누군가의 외침이 들려왔다.

걸걸한 목소리. 공력을 싣지는 않았지만, 목소리 밑바닥에 심후한 공력이 일렁였다.

사람이 한 번 공력을 갖게 되면 공력이 사라지거나 일부러 감추려고 하지 않는 한 드러나게 마련이다.

화무린은 방금 그 목소리가 자신을 부르는 것이라고는 생각하지 않았다.

아니, 자신과는 상관이 없어야 한다고 여기면서 모퉁이까지 남은 마지막 한 발자국을 떼어놓았다.

그러면서도 그것이 자신을 불렀을지도 모른다는 생각을 떨쳐 버리기 어려웠다.

"적혈군님! 흑멸신님께서 부르십니다!"

그때 등 뒤 더 가까운 곳에서 급박한 외침이 들려왔다. 투번 고수였다.

화무린의 걸음이 뚝 멈추어졌다. 추호도 예상하지 않았던 최악의 상황이 벌어지고 말았다.

방금 전의 그 외침은 흑멸신이 화무린을, 아니, 적혈군을 부르는 것이었다.

'중석'이라는 것은 적혈군의 이름인 듯했다.

화무린은 마지막 한 걸음을 남겨놓은 상태에서 뒷발이 앞으로 이동하고 있는 중이었다.

발로 땅을 딛기 직전의 짧은 순간에 그의 머릿속은 심하게 헝클어진 실타래 같았다.

못 들은 체 그냥 간다면 어찌 될까?

흑멸신의 부름은 못 들었다고 쳐도, 투번 고수의 부름까지 듣지 못했다는 것은 무리였다.

그러나 듣지 못했을 수도 있다. 그래서 그냥 모퉁이를 돌아가서 전속력으로 담을 넘는다면?

아니다. 그것은 억지다.

귀머거리가 아닌 이상 두 번의 부름을 못 들을 리가 없고, 못 들은 체 그냥 간다면 흑멸신이나 투번 고수들이 가만히 있을 리 없다.

일 수유(一須臾) 같은 너무도 짧은 시간이 억겁처럼 길게 느껴졌다.

어떻게 할 것인가?

짧은 시간에 무수한 생각들을 했지만 모든 방법들의 끝은 다시 원점이었다.

결국 화무린은 걸음을 멈추고 돌아서고 말았다.

돌아서면서 머리카락이 얼굴을 충분히 가릴 수 있도록 자연스럽게 슬쩍 헝클어놓는 것을 잊지 않았다.

저만치, 화무린이 첫 투번 고수를 만났던 전각 앞에 일단의 무리들이 모여 서 있는 것이 보였다.

투번 고수는 여전히 전각 입구에 서 있었고, 그 앞에 한 명의 노인과 세 명의 여자가 서 있었다.

노인은 화무린보다 머리 하나는 작아 보이는 키에 약간 비대한 체구였다.

둥근 얼굴에 한 뼘가량의 검은 수염, 일신에 자신의 몸에 비해서 커 보이는 헐렁한 흑포를 입고 있었다.

바로 흑멸신이었다.

흑멸신은 양팔에 한 명씩 팔등신의 미녀를 안고 있었으며, 또 한 명의 미녀가 뒤에서 그에게 찰싹 달라붙은 채 목을 감고 있었다.

세 명의 미녀는 모두 기녀인 듯했다.

그녀들은 매미 날개처럼 얇은 나삼 차림이어서 속이 훤히 내비치는 모습이었다.

놀랍게도 속에는 아무것도 입지 않아서 풍만한 젖가슴과 버찌 같은 유두, 팽팽한 엉덩이, 허벅지 사이의 거뭇거뭇한 비처가 고스란히 내비쳤다.

그런데도 그녀들이 조금도 부끄러워하는 기색이 아니라는 사실이 더 놀라웠다.

그녀들은 흑멸신에게 온갖 교태를 부리는 한편 춥다면서 그의 품으로 파고들며 꺄악꺄악 비단 천을 찢는 듯한 비명을 질러대고 있었다.

"어이~! 이리 오게, 중석!"

미녀들을 안고 있기 때문에 팔을 사용할 수 없는 흑멸신은 화무린에게 턱을 끄덕여 보이며 오라고 했다.

화무린은 시선을 흑멸신의 얼굴에 고정시켰다. 얼굴이 붉었고 눈이 풀어져 있었다.

많이 취한 것이 분명했다.

제아무리 초절정고수라고 해도 살과 뼈로 만들어진 인간인 이상 술을 마시면서 공력으로 취기를 몰아내지 않으면 취할 수밖에 없다.

그러나 취했다고 얕보는 것은 어리석은 생각이다. 아무리 만취가 됐다고 해도, 흑멸신 정도라면 취기 정도는 공력으로 잠깐 사이에 날려 버릴 수 있을 테니까 말이다.

이미 돌아서 버린 화무린은 흑멸신에게 가지 않을 수가 없는 상황이었다.

문득, 헝클어진 붉은 머리카락 사이로 화무린의 두 눈이 약하게 일렁였다.

이런 상황에서 느닷없이 그의 가슴 깊은 곳에서 뜨거운 웅심(雄心)이 솟구쳤다.

'해보자!'

방금 전까지만 해도 어떻게든 이곳에서 한시바삐 도망치려고 했던 그는 취한 흑멸신을 보는 순간 그런 생각이 씻은 듯이 사라져 버렸다.

그렇다고 해서 원수를 직접 눈앞에서 보니까 이것저것 가릴 것 없이 무작정 죽이고 보자는 맹목적인 분노가 치솟은 것은 아니다.

그는 흑멸신이 몹시 취했다는 사실에 착안한 것이다.

취했다면 평소의 흑멸신이 아니라는 뜻이다. 공력으로 취기를 몰아낼 수는 있겠으나, 일부러 그러지 않는 한 그전까지는 흐트러진 상태일 것이다.

일단 그렇게 가능성을 떠올리고 나자 흑멸신에게 다가가는 화무린의 걸음이 점차 빨라졌다.

한 걸음씩 걸음을 옮기면서 '지금 흑멸신을 죽이면 어떨까?' 하는 생각은 결심으로 확고하게 굳어졌다.

모험, 아니, 생사를 건 도박이었다.

어차피 천녀황과 무쌍신, 육천군을 모조리 죽이겠다는 것 자체가 도박이다.

목이 멘다고 밥을 먹지 않겠는가[因咽廢食].

그러니 중상을 입었다거나 상황이 좋지 않다고 해서 이런 천재일우의 기회를 저버린다면, 대체 언제 원수를 갚을 수 있다는 말인가.

다행히 흑멸신이 서 있는 곳은 불이 밝혀져 있는 전각 입구에서 꽤 떨어져 있는 데다 불빛을 등지고 있어서 적당하게 어두운 상태였다.

화무린은 흑멸신 앞 일 장 반 거리에 서서 정중하게 허리를 굽혔다.

그러나 입은 열지 않았다. 적혈군이 흑멸신을 대할 때 어떻게 하는지는 모르지만 어설프게 말하는 것보다는 입을 다무는 쪽이 이로울 것이다.

만약 일이 잘못되는 낌새라도 보이면 그 즉시 온몸을 내던 져서 흑멸신을 공격할 각오였다.

공력으로 취기를 몰아내려면, 아무리 잠깐이라고 해도 대 여섯 차례 호흡할 정도의 시간이 필요하다.

그러기 전까지 흑멸신은 그저 술에 취한 뚱뚱한 영감에 불 과할 뿐이다.

"어헛헛! 답답해서 바람이라도 쐴까 해서 나왔는데, 자네 도 이 시간까지 자지 않고 있었군!"

화무린은 대답없이 묵묵히 서 있었다. 대답은 곧 은오검이 대신해 줄 것이다.

그는 현재 지니고 있는 삼 할 남짓한 공력을 암암리에 극한 으로 끌어올려 오른손에 집중시킨 채 기회를 엿봤다.

그리고 그 기회는 생각보다 일찍 찾아와 주었다.

"끄윽~ 이 사람아! 왜 그렇게 멀찌감치 서 있는 게야? 가 까이 오게!"

흑멸신이 세 미녀에게 둘러싸인 채 헤벌쭉 웃으면서 화무 린에게 더 가까이 다가오라고 한 것이다.

사실 화무린은 흑멸신을 죽이겠다고 결심한 순간 한 가지 걱정거리가 있었다.

그의 앞에 섰을 때 극심한 긴장감 때문에 만약 자신이 몸이 라도 가늘게 떨면 어떻게 할 것인가 하는 것이었다.

그러나 그것은 기우였다. 지금 그는 몸을 떨기는커녕 그 어느 때보다 맑고 명료한 정신 상태였다. 그리고 가슴속은 복수심으로 충만했다.

그는 천천히 흑멸신에게 다가가면서 눈도 깜빡이지 않은 채 그의 얼굴에서 시선을 떼지 않았다.

흑멸신은 화무린이 다가오는데도 자신의 뺨을 쓰다듬고 있는 왼쪽의 미녀를 쳐다보며 게슴츠레한 추파를 보내느라 여념이 없었다.

그로 미루어 그는 화무린을 조금도 의심하지 않는 것이 분명했다.

그러나 흑멸신이 미녀 중 한 명을 쳐다보는 것만으로는 아직 기회라고 보기 어려웠다.

기회는 단 한 번뿐이다.

그러므로 좀 더 확실한 기회가 필요했다.

"허허헛! 자네 자지 않고 이제껏 뭐 했나? 어허헛! 간지럽다, 요년아!"

흑멸신은 두 걸음 앞에까지 다가오고 있는 화무린을 슬쩍 건성으로 쳐다보며 말하던 중에 오른쪽의 미녀가 자신의 귀를 입술로 잘근잘근 깨물면서 간지럽히자 웃음을 터뜨리며 그녀를 쳐다보았다.

화무린의 시선이 빠르게 흑멸신 뒤쪽에 서 있는 투번 고수에게 향했다.

그는 흑멸신으로부터 사 장쯤 떨어진 전각 입구에 부동자세로 서 있었다.

그러므로 화무린이 흑멸신을 공격할 때에 아주 잠시 동안은 아무런 방해를 하지 못할 것이다.

지금 이 순간 화무린은 흑멸신을 공격하는 것에 전력을 쏟아낼 것이다.

필경 급습한 직후에는 공력이 급속히 빠져나갈 것이고, 즉시 몸을 돌려 도주한다고 해도 투번 고수의 추격을 뿌리칠 수는 없을 터이다.

하지만 이젠 돌이킬 수가 없다.

"허헛! 여보게, 중석! 내 거처로 들어가서 나하고 술이나 한잔하세! 응?"

그때 흑멸신이 화무린을 보며 껄껄 웃었다.

순간, 그의 얼굴이 움찔 경직되면서 눈에서 파란 안광이 번뜩였다.

화무린의 두 눈에서 은은한 살기가 뿜어지는 것을 찰나지간에 발견한 것이다.

"너……."

그는 화무린이 적혈군이 아니라는 사실을 알아차렸다. 하지만 한발 늦고 말았다.

화무린에겐 더 이상의 기회가 없었다. 지금 공격하지 않으면 개죽음을 당하고 말 것이다.

패액!

번쩍 하는 순간 은오검이 뽑혔고, 어느새 은광을 뿌리면서 흑멸신의 머리를 향해 세로로 허공을 쪼개고 있었다.

화무린은 성공을 확신했다.

제아무리 무쌍신의 흑멸신이라고 해도 두 걸음 앞에서의 사력을 다한 공격을, 그것도 두 팔로 여자를 안고 있는 자세에서는 어쩔 도리가 없을 것이라고 판단했다.

그러나 다음 순간에 벌어진 광경은 화무린의 그런 확신을 여지없이 박살 내고 말았다.

칵!

여자들에게서 언제 어떻게 손을 뺐는지, 흑멸신은 두 손을 위로 치켜들어 합장한 듯한 자세를 취한 채 은오검을 맨손으로 받아낸 것이다.

은오검은 그의 두 손바닥 사이에 꽉 낀 채 요지부동이었다.

화무린으로서는 추호도 예상하지 않았던 상황이 벌어지고만 것이었다.

"이놈……!"

흑멸신의 얼굴이 일그러지며 노성이 흘러나왔다. 그와 함께 술 냄새가 확 풍겨졌다.

술 냄새에 화무린은 퍼뜩 정신을 차렸다.

그렇다. 이자는 아직 취해 있다.

아니, 지금 이 순간 재빨리 공력으로 취기를 몰아내고 있는 중일 것이다.

그렇다면 아직 기회는 화무린에게 있었다.

슈슈슈슉!

찰나 화무린은 은오검을 놓는 것과 동시에 두 손을 이용하여 눈 깜짝할 사이에 무려 다섯 자루의 귀명비도를 흑멸신을 향해 뿜어냈다.

두 손을 들어올려 검을 잡고 있는 상황에서, 그것도 두 걸음밖에 안 되는 거리에서 빛처럼 빠른 속도로 쏘아오는 다섯 자루 귀명비도를 피할 수 있는 것은 아마 신(神)밖에 없을 것이다.

화무린은 도주를 하게 될 경우에 장애가 될 것 같아서 아예 처음부터 귀명비도에 줄을 연결하지도 않았었다.

퍽퍽퍽퍽퍽!

다섯 자루 귀명비도는 단 한 자루도 빗나가지 않고 흑멸신의 온몸에 쑤셔 박혔다.

정확히 말하자면, 미간과 인중, 목 한복판, 명치, 단전에 세로로 일렬로 꽂혔다.

워낙 가까운 거리라서, 그리고 화무린에게 공력이 거의 남아 있지 않았기 때문에 깊이 꽂히지 않았을 것이라는 생각은 귀명비도가 만년오금철로 만들어졌다는 사실을 모르고 하는 허튼소리다.

다섯 자루는 모조리 손잡이만 남긴 채 흑멸신의 몸속으로 자취를 감춘 상태였다.

화무린의 입가에 흐릿한 미소가 떠올랐다. 그는 치밀어 오르는 통쾌함 때문에 빨리 이 자리를 벗어나야 한다는 사실조차 잊고 있었다.

"후후! 이놈아! 내 이름은 화무린이다!"

그는 흑멸신이 자신이 왜 죽는지 이유도 모르는 채 죽도록 내버려 두고 싶지 않았다.

"이놈아! 십이 년 전에 네놈들이 멸문시킨 북경 천화장이 우리 집이고, 나는 천화장주 화운락의 아들 화무린이다! 네놈을 죽여서……."

그러나 화무린은 거기까지밖에 말하지 못했다.

그 순간 흑멸신의 두 눈에서 모골을 송연케 만드는 혈광이 뿜어지는 것을 발견한 것이다.

그리고 그보다 더 빨리 그의 쌍장이 화무린을 향해 뻗어 나오고 있었기 때문이다.

실로 믿을 수 없는 일이었다.

귀명비도를 다섯 자루나 몸속에, 그것도 급소에 꽂은 상태로 반격을 해오다니.

그 순간 화무린은 흑멸신이 어쩌면 다섯 자루 귀명비도로는 죽지 않을지도 모른다는 생각이 들었다.

믿기 어려운 일이지만 지금 그의 눈앞의 현실이 그럴 수도 있다는 것을 시사하고 있었다.

흑멸신은 쌍장을 발출하느라 잡고 있던 은오검을 놓았다.

그 바람에 은오검이 흑멸신의 머리 위에서 아래로 하강하고 있었다.

과연 흑멸신의 동작이 얼마나 쾌속했으면, 잡고 있던 은오검이 여전히 허공에 떠 있는 상태에서 이미 장력을 발출하고 있겠는가.

화무린은 생각할 겨를도 이유도 없었다.

흑멸신도 죽이지 못한 채 이대로 허망하게 죽을 수는 없다는 생각이 화무린의 심장을 옥죄었다.

슉!

화무린은 번개같이 오른손을 뻗어 은오검을 잡았다.

아니, 당연히 잡을 것이라는 판단을 하고 오른팔을 힘껏 아래로 그어 내렸다.

뻐억!

칵!

다음 순간 두 개의 크고 작은 음향이 터졌다.

흑멸신이 발출한 장력이 화무린의 가슴과 복부의 경계 부위에 무지막지하게 적중되었고, 같은 순간 은오검이 흑멸신의 머리를 쪼갰다.

더 정확하게 설명하자면, 흑멸신의 장력이 먼저 화무린에게 적중됐고, 찰나를 백으로 쪼갠 만큼의 직후에 은오검이 흑멸신의 머리를 가른 것이었다.

그 바람에 은오검은 처음에 겨냥했던 대로 흑멸신의 머리 정중앙을 쪼개지 못했다.

대신 검신이 옆머리를 파고들어 한쪽 눈과 콧등을 가르고 반대편 아래쪽 턱까지 박혔다.

화무린은 통증을 전혀 느끼지 못했다. 다만 몸속의 장기들이 모조리 입을 통해서 쏟아져 나오는 듯한 엄청난 압박감을 느꼈을 뿐이다.

휘익!

그리고 충격으로 그의 몸이 빨랫줄처럼 일직선을 그으며 뒤쪽으로 튕겨져 날아갔다.

흑멸신은 화무린이 적혈군이 아니라는 사실을 간파한 순간 즉시 공력을 끌어올렸다.

취기를 몰아낼 겨를이 없었다.

웬만한 고수라면 이런 상황에서 공력을 끌어올리면 기껏 삼 할 정도가 고작이지만, 그는 단번에 절반의 공력을 끌어올려 쌍장에 집중시켰다.

절반만으로도 백 년의 공력이었다.

흑멸신은 키가 매우 작았다. 그래서 그가 발출한 쌍장이 아래에서 위로 비스듬히 뿜어져 화무린의 복부와 가슴의 경계 부위에 적중된 것인데, 결과적으로 그것이 화무린에게는 마지막 실낱같은 행운이 되었다.

그는 튕겨져 날아가면서 흑멸신의 머리가 왼쪽에서부터 오른쪽으로 쩍 갈라지는 것을 보았다.

"으핫핫! 죽어라, 개자식아!"

그는 기분이 좋아서 자신의 처지도 잊은 채 입으로 꾸역꾸역 피를 토하면서 악을 쓰며 외쳤다.

그의 몸이 아직 허공에 떠 있을 때 투번 고수의 당황한 외침이 터져 나왔다.

"팔령후님! 십령후님! 어서 나오십시오! 흑멸신님께서 암습당하셨습니다!"

승룡장에는 팔령후와 십령후도 있었던 것이다. 화무린이 적혈군과 흑멸신을 죽이는 동안 그 둘이 나타나지 않은 것은 실로 하늘의 도움이었다.

그러나 만약 그 두 명이 지금부터 화무린을 추격하게 된다면, 화무린은 아직 솥 안의 물고기 신세[如魚遊釜中]를 면하지 못하는 것이다.

쿵!

"흐윽!"

놀랍게도 화무린은 흑멸신에게 일장을 적중당한 장소로부터 무려 십오륙 장이나 허공을 날아가 승룡장 담 밖 대로에 구겨지듯이 떨어졌다.

그때까지 그는 죽을힘을 다해서 가느다란 한줄기 의식의 끈을 놓지 않고 있었다.

이대로 죽을 수 없다는 처절한 집념 때문이었다.

휘익! 획!

화무린이 대로에 추락한 후 불과 대여섯 번 호흡할 짧은 시간밖에 지나지 않았을 때, 허공에서 두 인영이 유성처럼 대로 한복판으로 쏘아져 내렸다.

두 인물은 십이령후의 팔령후와 십령후였다.

그러나 그들은 그곳에서 화무린을 발견하지 못했다.

대신 핏자국이 삼 장 정도 한 줄로 이어져 있는 것을 발견하고 즉시 뒤쫓았다.

솨아아…….

핏자국의 끝에는 이 장 높이의 둑이 있었고, 그 아래로는 맑은 냇물이 흐르고 있었다.

第五十八章

귀식대법(龜息大法)

구중천
九重天

소군은 사부인 금비라 은겸을 더 이상 기다리지 못하고 승룡장의 뒷담을 넘었다.

그녀는 방금 승룡장에서 터져 나오는 화무린의 웃음소리를 똑똑히 들었다.

그러나 원수 중 한 명을 죽인 것 같다고 막연히 짐작만 할 뿐이지, 누가 죽었는지 자신의 눈으로 보지 못하니 답답하기 짝이 없었다.

더구나 화무린의 웃음소리를 들으니 심각한 내상을 입은 것이 분명한 것 같아서 소군은 담 밖에서 더 이상 서 있을 수가 없었다.

그녀는 뒷담 안쪽 작은 숲에서 장원 쪽을 살피다가 바람처럼 쏘아나갔다.

그녀의 품속에 있는 아령이 고개를 빼꼼 내민 채 밖을 기웃거렸다. 녀석도 화무린이 걱정되는 모양이었다.

그녀는 전각의 모퉁이를 돌기 직전에 그 앞쪽에서 터져 나오는 다급한 외침을 들었다.

"정신 차리십시오!"

소군은 신형을 멈추고 모퉁이 밖으로 조심스럽게 고개를 내밀었다.

저만치 십오륙 장 떨어진 정원 건너편 어느 전각 앞에 한 인물이 피투성이 모습으로 쓰러져 있었고, 그 주위에 일단의 사람들이 모여서 웅성거리고 있었다.

바짝 긴장한 소군은 쓰러져 있는 인물을 주시했다.

흑포를 입었으며 작달막하고 뚱뚱한 체구의 노인인데, 머리가 피투성이였다.

소군이 더욱 안력을 돋우어 살펴보니, 노인의 머리가 비스듬히 쪼개졌으며, 미간과 목, 가슴, 복부에 다섯 자루의 귀명비도가 세로로 꽂혀 있었다.

'낭군님이!'

소군은 귀명비도를 보고 그자가 화무린에게 당했음을 알게 되었다.

황포를 입은 한 명의 중늙은이가 흑멸신 옆에 꿇어앉은 채 가슴에 공력을 주입시키면서 절박하게 외쳐 댔다.

"아아! 흑멸신님! 이대로 돌아가시면 안 됩니다! 제발 정신을 차리십시오!"

'흑멸신!'

소군은 소스라치게 놀라서 입속으로 부르짖었다. 하마터면 비명이 입 밖으로 터져 나올 뻔했다.

화무린이 무쌍신의 흑멸신을 해치웠다는 사실에 그녀는 가슴이 터질 것처럼 기뻤다.

흑멸신이 누군가? 천외신계 서열 이위의 초절정고수다. 화무린이 그를 해치운 것이다.

그녀가 보기에 흑멸신은 죽은 것 같았다. 눈으로 보고 있으면서도 믿어지지가 않았다.

흑멸신에게 공력을 주입하던 황포노인이 일어서서 주위에 있는 투번 고수들에게 악을 쓰듯이 외쳤다.

"무엇들 하는 것이냐? 흑멸신님과 적혈군님이 돌아가신 것이 보이지 않느냐? 어서 팔령후님과 십령후님을 도와 당장 암살자를 잡아와라!"

황포노인은 승룡장주로서 천외신계가 오래전에 중원에 묻어둔 고수 중 한 명이었고 지위는 번위막이었다.

흑멸신의 죽음으로 우왕좌왕하던 투번 고수들 대여섯 명이 우르르 한쪽 방향으로 달려갔다.

'적혈군까지!'

소군은 눈을 커다랗게 떴다. 덩실덩실 춤이라도 추고 싶을 만큼 기쁜 심정이었다.

이곳 승룡장에 흑멸신과 적혈군이 있었는데, 그 두 명을 화무린이 모두 죽인 것이다.

또한 암살자를 잡아오라는 것은 화무린이 승룡장을 벗어나 도주했다는 뜻이 아니겠는가.

'아아…… 낭군님!'

소군은 더 이상 이곳에 있을 이유를 느끼지 못했다. 그래서 즉시 왔던 길을 되돌아서 담을 넘어 승룡장을 빠져나왔다.

이제부터는 화무린을 찾아야 하는 것이 문제였다.

*   *   *

동이 트기 직전의 이른 새벽.

폭 이십여 장의 저룡하에는 새벽의 강안개가 자욱하게 내려앉아 이리저리 떠다니고 있어서 마치 선경(仙境) 같은 분위기를 자아내고 있었다.

"아, 아버지! 그물이 굉장히 묵직해요! 으아앗! 찢어질 것 같아요!"

작고 낡은 거룻배 위에서 그물을 걷어 올리던 소년 비홍(飛鴻)은 비명 같은 탄성을 터뜨렸다.

강 한복판에 배를 고정시키느라 고물 쪽에서 긴 삿대를 강

바닥에 찔러 넣고 있던 아버지 단상익(單尙翊)은 서둘러 아들 비홍 곁으로 다가갔다.

그가 아들 곁에서 그물을 잡고 힘을 주자 과연 그물이 찢어질 듯이 묵직했다.

모르긴 해도 대어가 걸리거나 많은 물고기가 잡힌 것이 분명했다.

투두둑!

아니, 그물은 이미 찢어지기 시작했다. 너무 오래 사용했기 때문에 낡아서 무게를 버티지 못한 것이다.

"아버지! 어떻게 해요?"

그물을 잡고 있는 비홍이 그물과 아버지를 번갈아 보면서 당황하여 외쳤다.

이 그물이 찢어지면 이들 부자는 당장 생계에 큰 타격을 입을 것이다.

밤새 강에 그물을 쳐놓았다가 새벽에 거두어 잡은 물고기를 내다 판 돈은 이들 가족의 중요한 수입원이었다.

"조심해서 당겨라! 무리하게 힘을 주면 안 된다!"

단상익이 급히 외치고 나서 직접 시범을 보이기라도 하는 듯이 두 손에 지그시 힘을 주며 여태까지보다 더 천천히 익숙하게 그물을 당겨 올렸다.

"앗! 사람이에요!"

그때 비홍이 그물코에 걸려 끌려 올라오는 젖은 손을 발견하고 자지러지는 비명을 질렀다.

단상익이 쳐다보자 틀림없는 사람의 손이었다.

그는 대경실색했지만 곧 마음을 가다듬고 한쪽 손으로 그물을 잡은 채 다른 손을 그물에 걸린 사람의 손을 향해 뻗으며 외쳤다.

"비홍아! 그물을 놓치면 안 된다!"

그는 가까스로 그물에 걸린 사람의 손을 잡는 데 성공했다. 그러나 너무 무거워서 한 손으로는 어림도 없었다.

그물을 놓고 두 손으로 잡아 힘껏 끌어 올리자 물에 흠뻑 젖은 한 사람의 상체가 쑤욱 끌려 올라왔다.

그물은 다시는 꿰매서 사용할 수 없을 정도로 갈기갈기 찢어진 상태였다.

그물이 워낙 낡기도 했지만, 건져 올린 사람의 오른손에 한 자루 은빛 검이 쥐어져 있어서, 그것이 그물을 다 잘라 버렸기 때문이다.

그러나 조금 전까지만 해도 그물이 찢어질까 봐 안달복달하던 단상익 부자는 사람을 건져 올리고 나서는 찢어진 그물에 대해서는 신경조차 쓰지 않았다.

자신들이 건져 낸 것이 사람이기 때문이었다.

그 사람이 죽었든 살았든, 사람이니까.

저룡하 중류 강가에 옹기종기 모여 있는 이십여 호의 집들은 세 가지 공통점을 갖고 있었다.

강에서 잡은 물고기와 마을 뒷산 돌투성이 언덕배기를 개간하여 얻은 손바닥만 한 땅뙈기에서 수확한 서곡(黍穀)만으로 생계를 이어간다는 것과 그래서 찢어지게 가난하다는 것, 그리고 바깥 세상의 사람들과는 비교도 되지 않을 만큼 선량하다는 사실이었다.

단상익 부자는 이른 새벽에 그물에 걸린 물고기를 건지러 낡은 배를 몰고 강 한복판으로 나갔다가 물고기 대신 시체 한 구를 업고 와서 집 안 침상에 눕혀놓았다.

이 집에는 단상익 부부와 아들 비홍, 그리고 노모가 함께 살고 있다.

가난하지만 누구를 부러워한 적이 없는 단란한 가족이었다.

시체는 험상궂게 생긴 노인의 모습이었는데, 피처럼 붉은 혈포를 입었으며, 치렁치렁한 붉은 머리카락은 물에 젖어서 얼굴과 목을 휘감고 있었다.

사람들이란 아리따운 처녀라고 해도 일단 시체라고 하면 질겁하여 손사래를 치게 마련인데, 시체가 험상궂게 생긴 노인인데도 불구하고 이들 가족은 눈살을 찌푸리거나 모른 체하지 않았다.

"객사를 한 불쌍한 사람이니 우리가 정성껏 장례를 치러주자꾸나."

조심스럽게 시체를 살펴본 노모의 말에 가족들은 당연하다는 반응이었다.

이들 가족은 올 겨울을 나야 할 곡식조차 아직 마련하지 못한 궁핍한 처지였다.

그런데도 강에서 건진 낯선 시체의 장례를 아무렇지 않게 치르자고 한다.

아무리 값싼 장례라고 해도, 시체에 염을 하고 수의를 입히며, 관을 짜는 최소한의 시늉을 하는 데에만 구리돈 이십 냥 이상이 들 것이다.

부자가 강에서 물고기를 잡고, 고부(姑婦)가 뒷산에서 억척스레 약초를 캐어 내다 팔면 하루에 석 냥, 운이 좋은 날은 넉 냥 남짓 번다.

그러니 이십 냥이면 이들에게 얼마나 큰돈인지 어렵지 않게 짐작할 수 있으리라.

단상익은 겨울 양식을 구하려고 모아놓은 돈을 얼마간 헐어야겠다고 생각했다.

"우선 씻겨야겠습니다."

단상익은 아내에게 물을 떠오라고 시킨 후 시체의 오른손으로 손을 뻗었다.

시체가 한 자루 은빛 검을 굳게 움켜쥐고 있어서 그것을 떼어내려는 것이었다.

소중한 검인 듯했다. 그러니까 죽어서까지 손에서 놓지 못하는 것이리라.

그런데 단상익은 곧 난감한 표정을 짓고 말았다.

그는 보통의 남자들보다 훨씬 건장한 삼십대 중반의 장한이다. 그런 그가 아무리 힘을 써도 검을 쥐고 있는 시체의 손을 펴지 못한 것이다.

그는 시체의 손에서 검을 떼어놓는 것을 나중으로 미루고 옷을 벗기기 시작했다.

시체의 상의 앞섶은 갈가리 찢어져 있었다. 그는 조심스럽게 앞섶을 풀었다.

그러자 시체의 가슴에 수십 자루의 비도가 꽂혀 있는 도곤이 둘러져 있는 것이었다.

그런데 도곤의 삼열 중에서 맨 윗줄의 다섯 자루 비도가 비어 있었다.

그 비도들은 다름 아닌 귀명비도였다.

그리고 시체는 화무린이었다.

"아! 아버지, 이분은 무사인가 봐요."

비홍이 신기한 듯 화무린의 도곤과 검을 번갈아 보면서 작은 탄성을 터뜨렸다.

"그런 것 같구나."

단상익은 고개를 끄덕인 후 화무린의 가슴에서 도곤을 벗겨내기 위해서 손을 뻗었다.

콱!

"헛!"

그때 갑자기 화무린의 왼손이 도곤에 막 닿은 단상익의 손목을 거세게 움켜잡았다.

실내에 있던 사람들은 소스라치게 놀랐다. 때마침 대야에 물을 떠서 들어오던 아내는 그 광경을 보고 대야를 떨어뜨리고 말았다.

"으으……."

단상익은 손을 빼려고 버둥거렸지만 마치 강철로 만든 수갑을 찬 것처럼 꿈짝도 하지 않았다.

바로 그때 화무린이 눈을 번쩍 떴다.

치렁치렁한 붉은 머리카락 사이에서 새파란 안광을 뿜어내는 두 눈을 발견한 단상익은 공포에 질려서 자신도 모르게 몸을 부르르 떨었다.

"아앗!"

"꺄악!"

또한 비홍과 아내는 사색이 되어 비명을 터뜨리며 서로를 부둥켜안았다.

화무린은 누운 상태에서 눈동자를 굴려 단상익과 가족들, 그리고 실내를 천천히 살펴보았다.

그는 단 한 차례 둘러보고 지금의 사태를 어렴풋이나마 짐작할 수 있었다.

승룡장에서 흑멸신과 양패구상을 한 그는 대로에 내동댕

이쳐졌었다.

대로 한복판을 냇물이 가로질러 흐른다는 사실을 사전에 미리 확인했던 그는 사력을 다해서 냇물 축대까지 기어갔고, 이후 냇물로 몸을 던졌었다.

그리고 물에 빠져 물결을 따라 흘러가면서 귀식대법(龜息大法)을 전개했었다.

귀식대법을 구사하면 최대한 두 시진까지 숨을 쉬지 않은 채 견딜 수 있다.

더구나 그는 심장의 박동까지 인위적으로 정지시켰기 때문에 단상익이 그의 생사를 확인할 때 죽었다고 단정한 것도 무리가 아니었던 것이다.

화무린은 부릅뜬 눈으로 단상익과 가족들을 한 명씩 차례로 쏘아보았다.

그는 이 집이 강가에 위치해 있으며, 이들은 어부라는 사실을 깨달았다.

공기 중에서 강 특유의 냄새와 물고기 비린내를 맡았기 때문이다.

이윽고 그가 손목을 놓아주자 단상익은 비틀거리며 한 걸음 물러나 손목을 쓰다듬었다.

그때 노모가 환한 얼굴로 합장을 했다. 그녀는 독실한 불교 신자였다.

"아미타불……. 숨을 거두었다가 다시 환생을 했으니 당신은 필경 장수할 것이오."

"이곳은 안국현에서 얼마나 떨어졌소?"

그때 화무린이 처음으로 입을 열었다.

그런데 겉보기에는 육십여 세로 보이는 화무린이 해맑은
청년의 목소리로 말하자 가족은 깜짝 놀랐다.

그러나 단상익이 놀라움을 삼키며 조심스럽게 대답했다.

"우리 마을은 안국현에서 남쪽으로 사십여 리가량 떨어졌
습니다."

"지금 시각은 어떻게 됐소?"

"을시(乙時:아침 7시)쯤 됐습니다."

화무린은 낭패한 표정을 지었다. 그러나 적혈군의 인피를
쓰고 있었으므로 겉으로 드러나지는 않았다.

아닌 밤중에 흑멸신과 적혈군을 암살당한 천외신계가 가
만히 있을 리 없다.

그들은 이미 암살자를 잡으려고 대대적인 추적을 시작했
다고 가정해야 할 것이다.

화무린이 흑멸신을 죽이고 승룡장에서 튕겨 나와 냇물로
뛰어든 시각이 인시 정도였다.

그런데 한 시진 반이나 지난 현재 안국현에서 겨우 사십여
리 떨어진 곳에 머물러 있으니, 언제 추적자들이 이곳에 들이
닥칠지 모르는 일이다.

차라리 복잡한 안국현 현 내였다면 오히려 숨을 곳이 많을

터이다.

개방 안국 분타 제자들은 화무린을 귀신조차 찾아내지 못할 곳에 숨겨주었을 것이다.

자신이 중상을 입었다는 사실을 알고 있는 화무린은 조심스럽게 상체를 일으켰다.

"우욱!"

그는 가슴이 산산이 부서지는 듯한 극심한 고통을 느껴야만 했다.

입에서 검붉은 핏덩이를 토해내면서 등을 침상에서 채 한 자도 일으키지 못한 채 도로 누워버리고 말았다.

"크으……."

얼마나 고통스러운지 고통이라면 이골이 난 그의 입에서 신음이 새어 나왔다.

화무린을 조심스럽게 살펴보던 단상익은 그가 쫓기는 몸이라고 짐작했다.

강에서 건진 시체를 장례까지 치러주려 할 만큼 착한 사람들이라고 해도, 쫓기는 사람이라고 하면 후환이 두려워서라도 손을 떼려고 할 터이다.

그러나 단상익 가족 중에서 그런 생각을 하는 사람은 아무도 없었다.

누구를 막론하고, 아프거나 굶주리거나 도움이 필요한 사람은 도와야 한다는 것이 이들 가족의 뼛속까지 배어 있는 사고방식이었다.

오히려 이들 가족에겐 어려운 처지에 놓인 사람을 보고서
도 돕지 못하는 것이 시련이고 고통이었다.

"으으…… 나는 가야 하오……."

화무린은 입에서 꾸역꾸역 피를 토해내면서도 일어나려고
안간힘을 쓰며 버둥거렸다.

운공을 해보지는 않았지만, 귀식대법을 전개하느라 마지
막 남았던 공력을 모조리 써버렸기 때문에 지금의 그는 숨을
쉬고 있는 것이 기적일 만큼 공력, 아니, 기력조차 남아 있지
않은 상태였다.

그래도 한시바삐 이곳을 떠나야만 했다. 이곳에 계속 있다
가는 자신은 물론이고 이들 가족까지도 온전하지 못할 것이
기 때문이다.

그때 노모가 벽을 잡고 일어나려고 기를 쓰고 있는 화무린
의 손을 잡으며 온화한 미소를 지었다.

"이런 몸으로는 한 걸음도 움직이지 못한다오. 가시려거든
몸이나 나은 후에 가시구려."

단상익이 고개를 끄덕이며 말을 받았다.

"만약 당신이 이런 몸으로 가시면 우리 가족은 후회와 죄
스러움 때문에 잠조차 이루지 못할 것입니다."

"하지만 나는 쫓기는 몸이오……."

비홍이 반색을 하며 낮게 외쳤다.

"아버지! 그렇다면 이분을 곡창(穀倉)에서 쉬시게 하는 게 좋겠어요!"

비홍의 말이 아니더라도 모두 그런 생각을 하고 있었다.

화무린은 이들이 한 치 앞도 모르는 순박한 사람들이라고 생각했다.

"만약 내가 발각되면… 당신 가족은 아무도 살아남지 못할 것이오."

단상익은 담담히 미소 지었다.

"원래 생사는 하늘이 주관하는 것입니다. 우리는 그저 인간의 도리를 다할 뿐이지요."

배운 것 없고 가진 것 없는 밑바닥 백성이라서, '사람은 최선을 다하고, 이루는 것은 하늘이 한다[謀事在人 成事在天]'라는 어려운 글귀 따위는 모르지만, 그것을 직접 몸으로 실천하고 있는 사람들이었다.

글귀를 알고서도 실천하지 않는 사람보다, 글귀를 몰라도 직접 몸으로 실천하는 사람이 더 훌륭하다는 것은 두말할 필요도 없다.

뭇 중생을 구하는 박시제중(博施濟衆)은 현인이나 이름 높은 승려들만 하는 것이 아니었다.

'이 사람들은 도대체……'

그때까지만 해도 화무린은 이들 가족이 어디가 모자라거나 정신이 이상한 사람들이 분명하다고 생각했다. 그럴 수밖에 없는 것이, 화무린은 여태껏 이런 종류의 사람들을 한 번도 만난 적이 없었다.

잠시 후에 단상익과 비홍은 서둘러서 만든 들것을 가지고 화무린에게 돌아왔다.

"위로가 될는지 모르겠지만, 이곳이 왜 심첩촌(深疊村)이라는 이름을 갖고 있는지 아십니까?"

단상익은 들것을 침상 옆 바닥에 놓고 나서 미소를 지으며 화무린에게 물었다.

화무린이 묵묵부답 대답을 하지 않자 비홍이 명랑한 어조로 말을 받았다.

"이 마을이 너무나 깊고 외져서 그렇대요! 글쎄 바깥 세상에서는 이곳에 마을이 있다는 사실도 모른대요!"

과연 그 말은 확실히 화무린에게 약간의 위안이 돼주었다.

第五十九章

현조와 와룡(臥龍)

구중천
九重天

안국현은 수많은 무림인들로 득실거렸다. 안국현이 생긴 이래 유례가 없는 일이었다.

현재 안국현에 있는 무림인들의 칠 할가량은 천외무적군 투번 고수들이었다. 물론 나머지 삼 할은 안국현에 적을 둔 여러 방, 문파의 무사들이다.

투번 고수들은 안국현 현 내 곳곳을 하나도 빼놓지 않고 샅샅이 들쑤시고 다녔다.

그들은 거칠 것 없이 행동했으며, 현 내의 방, 문파와 관청, 주루와 객잔, 심지어는 가정집까지 뒤졌다.

날도 밝지 않은 이른 새벽에 벌어진 난데없는 사태에 안국현에 뿌리를 내리고 있는 방, 문파의 무사들이 쏟아져 나와 투번 고수들을 제지한 것은 당연한 일이었다.

그러나 그들에게 돌아온 것은 무차별적인 살인이었다. 투번 고수들은 자신들을 가로막거나 방해하는 사람들을 가차 없이 죽였다.

투번 고수들의 목적은 중상을 입고 있는 한 명의 무림고수를 찾아내는 일이었다.

현재 이곳에 있는 천외신계 인물 중에서 가장 높은 서열은 사위인 십이령후의 팔령후와 십령후였다.

한 단계 위의 육천군 중 두 명은 천녀황을, 두 명은 혈옥녀를 호위하고 있으며, 한 명은 천녀황의 명령으로 은오검객을 잡으러 떠났고, 마지막 한 명은 화무린에게 죽었다. 얼굴과 머리 가죽이 벗겨진 처참한 모습으로.

팔령후와 십령후는 안국현에 천외무적군 십사 번 휘하 일 개 번막(幡幕)을 동원시켰다.

천외무적군에는 총 십팔 개 투번이 있으며, 하나의 번은 다섯 개의 번막을 거느리고 있다.

그렇다면 산술적으로 일개 번막이 천 명에서 천삼백 명 정도의 투번 고수를 보유하고 있다는 얘기가 된다.

화무린 한 사람을 잡기 위해서 동원된 투번 고수는 무려 천이백여 명이었다.

팔령후는 흑멸신과 적혈군, 그리고 구령후가 죽었다는 사실을 즉각 천녀황에게만 보고하고 수하들에게는 철저하게 비밀에 부쳤다.

승룡장에서 흑멸신이 죽는 광경을 목격한 몇 명의 투번 고수들에겐 그 사실에 대해서 함구시켰다.

현재 사백여 명의 투번 고수가 안국현 현 내를 이 잡듯이 뒤지고 있었다.

그리고 팔백여 투번 고수가 안국현 주변을 겹겹이 에워싼 채 추적을 진행하고 있는 중이었다.

화무린이 처음에 승룡장에 잠입하여 적혈군을 죽이러 들어갔을 때에는 구령후의 모습으로 변장을 했었고, 다시 흑멸신을 죽일 때에는 적혈군의 모습이었기 때문에 천외신계에서 흉수의 진면목을 아는 사람은 아무도 없었다.

그러니 팔령후와 십령후는 수하들에게 무조건 중상을 입은 무림고수를 색출해서 잡아오라고 명령할 수밖에 없었다.

천외신계는 천중인계를 침공하자마자 심각한 타격을 입고 말았다.

안국현의 부호나 세도가들이 모여 사는 거리인 영명로(英明路)의 중간쯤에는 백학서원(白鶴書院)이라는 제법 이름난 학당이 있다.

겉으로 보면 특이한 점은 찾아볼 수 없는 그저 평범한 서원이었다.

그곳이 구중천의 지부 중 하나라는 것은 구중천 사람들조차도 거의 모르고 있는 사실이었다.

같은 영명로에, 그것도 백학서원에서 불과 이십여 장 떨어진 곳에 천외신계의 거점 중 하나인 승룡장이 있었다.

구중천과 천외신계는 같은 영명로의 지척에 지부를 두고서도 서로의 존재를 까맣게 모르고 있었다.

그러나 이제는 승룡장만 백학서원의 실체를 모르는 상황이 되었다.

소군은 동이 틀 때까지 한 시진 반 동안 화무린을 찾아 헤맸다.

그녀는 승룡장 전문 앞 대로인 영명로 한복판을 관통하면서 흐르는 냇물 옥리천(玉鯉川)을 따라서 하류로 내려가며 냇가 양쪽 변에 혹시 정신을 잃은 채 쓰러져 있을지도 모르는 화무린을 찾아다녔다.

그녀는 승룡장 전문 앞의 대로 땅바닥을 적시고 있는 피와 그 핏자국이 한 줄로 이어지다가 옥리천 가에서 끊어진 것을 발견했다.

그래서 옥리천이 안국현을 빠져나간 후 십오 리쯤 흐르다가 저룡하의 상류로 유입되는 곳까지 샅샅이 훑으면서 내려갔지만 화무린은커녕 그에 대한 아무런 흔적조차 찾지 못한채 되돌아올 수밖에 없었다.

저룡하는 그곳에서부터 험준한 산속으로 흘러들었기 때문에, 소군 혼자서 수색을 강행하는 것은 무리였다.

그래서 안국현에서 자신을 기다리고 있을 사부 은겸에게 도움을 청해야겠다는 생각으로 되돌아온 것이었다.

그런데 개방 안국 분타에 도착했을 때 그녀를 기다리는 것은 은겸이 아니라 안국 분타주의 전갈이었다.

소군에게 안국 분타에 도착하는 즉시 영명로에 있는 백학 서원으로 오라는 것이었다.

한달음에 백학서원에 당도한 소군은 유생 차림을 한 청년의 안내를 받아 내전으로 들어갔다.

그녀는 그곳에서 사부 은겸을 발견했다.

그곳에는 은겸만이 아니라 그녀로서는 처음 보는 여러 사람들이 모여 있었다.

소군은 은겸에게 다가가며 예를 갖추려고 했다.

그러나 은겸은 눈짓으로 인사를 하지 말라는 시늉을 해 보일 뿐 입도 벙긋하지 않았다. 그의 표정과 자세는 딱딱하게 경직되어 있었다.

소군은 사부의 그런 모습을 처음 보았다. 그녀는 필경 실내에 구중천의 높은 사람이 있을 것이라고 직감했다.

그녀는 빠르게 실내에 있는 사람들을 살펴보았다. 그녀의 눈길이 가장 먼저 간 곳은 벽을 등진 채 두 개의 커다란 의자에 나란히 앉아 있는 일남일녀였다.

그들을 쳐다보던 소군의 얼굴에 자신도 모르게 감탄이 떠올랐다.

남자는 산뜻한 청삼을 입은 수려하고 청수한 모습이었는데, 여장을 하고 있었다면 영락없이 여자, 그것도 미인으로 보일 만큼 곱고 아름다운 용모였다.

또한 그가 어깨에 한 자루 고색창연한 붉은 검을 메고 있지 않았다면 누구나 그저 글이나 읽는 백면서생으로 여겼을 것이 분명했다.

그 옆에 앉아 있는 금의여인은 불과 이십여 세의 나이로 소군의 또래로 보였다.

더할 수 없이 고결하고 우아해 보이는 모습에 희디흰 섬섬옥수에는 한 자루 백옥적을 쥐고 있었다.

그녀는 평소에는 입가에 훈훈한 미소를 잃지 않는 모습이었지만, 지금은 표정이 딱딱하게 경직되어 있었다.

소군이 놀라는 표정으로 일남일녀를 살피고 있을 때 은겸이 나직이 꾸짖었다.

"천주의 좌우호법이시다! 예를 갖추지 않고 무얼 꾸물거리는 것이냐?"

"……!"

소군은 소스라치게 놀랐다.

천주 균천제의 좌우호법이라면, 말로만 듣던 용장과 봉선이 아닌가?

그녀는 감히 용장과 봉선 앞에 다가가지도 못한 채 그 자리에 무릎을 꿇고 고개를 조아리고는 떨리는 음성으로 입을 열었다.

"소… 속하 창천구대주가 좌우호법님을 뵈옵니다."

구중천에서 천성족은 모두 열한 명뿐이다. 천주를 비롯한 여덟 명의 천제와 용장봉선이 그들이었다.

소군은 구중천의 일원이면서도 이날까지 천성족을 한 번도 직접 본 적이 없었다.

심지어 자신이 소속되어 있는 창천의 지존인 창천제도 보지 못했었다.

천성족을, 그것도 이렇게 가까이에서 보는 것은 처음이며 무상의 영광이었다.

하지만 소군은 화무린의 안위가 너무나 염려되어 그런 것을 느낄 여유가 없었다.

그래서 실내에 은겸과 용장봉선 외에 누가 더 있는지 살펴볼 겨를도 없었다.

"어찌 되었는지 보고를 드려라."

은겸의 위엄으로 넘치는 목소리가 부복해 있는 소군의 뒤통수에 날아와 부딪쳤다.

소군은 용장봉선을 쳐다보지도 못하고 이마를 바닥에 댄 채 떨리는 목소리로 입을 열었다.

"창천 소속의 선천고수, 즉 창천십칠호(蒼天十七號)는 오래전부터 천녀황과 무쌍신, 육천군 등 측근들을 추적하고 있었습니다."

창천십칠호는 화무린을 가리킨다. 그가 창천 소속의 열일곱 번째 선천고수이기 때문이다.

그러자 봉선이 예의 청아한 목소리로 말을 받았다.

"우린 그 사실을 이미 알고 있어요. 그리고 창천구대주는 일어나 이리 가까이 와서 보고하세요."

소군이 머뭇거리자 은겸이 나직이 호통을 쳤다.

"무얼 꾸물거리느냐?"

소군은 화들짝 놀라서 일어나 은겸을 한차례 바라본 후 주춤주춤 용장봉선에게 다가갔다.

이윽고 그녀가 용장봉선 일 장 전면에 멈춰 서 다시 부복을 하려는데 갑자기 부드러운 경력이 앞으로부터 안개처럼 밀려와 그녀가 무릎을 굽히려는 것을 제지하면서 오히려 앞으로 반 장가량 끌어당겼다.

그 바람에 그녀는 어정쩡한 자세로 두 발이 바닥에서 약간 뜬 상태에서 용장봉선의 반 장 거리까지 미끄러지듯 다가가 멈추었다.

그때 소군은 봉선의 아름다운 섬섬옥수가 막 폭넓은 소매 속으로 들어가는 것을 보고 방금 그것이 그녀의 솜씨였다는 것을 깨달았다.

봉선이 감히 고개를 들지 못한 채 서 있는 소군을 보며 조용히 입을 열었다.

"우리가 알고 있는 사실은 창천십칠호가 산서 안읍 풍래장에서부터 천녀황과 그 측근들을 감시하여 이곳 승룡장까지 이르렀다는 것이에요. 그 과정에서 일어난 일들은 웬만큼 알고 있어요."

봉선의 입김이 소군에게까지 느껴질 만큼 가까운 거리였다.

그런데 웬일인지 그녀의 목소리에는 긴장과 초조함이 짙게 배어 있었다.

소군은 봉선이 그 사실을 알고 있었다는 사실에 깜짝 놀라서 고개를 들어 봉선을 바라보았다.

"단도직입적으로 묻겠어요. 창천십칠호, 아니, 화무린은 어떻게 됐나요?"

그렇게 묻는 봉선의 목소리가 방금 전보다 더 초조해졌으며 얼굴 표정까지 긴장으로 물들었다.

소군은 개방 안국 분타를 통해서 은겸에게 보낸 서찰에 만약 그가 인시까지 오지 않으면 자신 혼자 승룡장에 들어가겠다고 했었다.

은겸은 인시까지 안국현에 도착하지 못했다.

그는 자신에게 소군의 서찰을 전해준 개방 청원 분타를 통해서 창천제에게 서찰을 보냈었다.

언제 올지 모르는 창천제를 막연히 기다리고 있을 수만은 없는 상황이라서 근처 십여 리 이내에 있던 구중천의 고수들을 모두 규합하여 서둘러 안국현으로 출발했다.

그 도중에 그는 전혀 뜻하지 않게도 용장과 봉선을 만났던 것이다.

은겸과 용장봉선이 이곳 백학서원에 도착한 후 지금까지도 창천제는 도착하지 않고 있었다.

아마도 개방제자들이 그를 잘 찾아내지 못하거나, 아니면 그가 너무 멀리 떨어져 있기 때문인 것 같았다.

"그는······."

조심스럽게 말문을 여는 소군의 목소리가 떨렸다. 이곳의 상황 때문에 잠시 잊고 있었던 화무린의 안위가 다시 생각난 것이다.

"천외신계 십이령후 중 구령후를 죽이고, 그자의 얼굴 가죽을 벗겨 인피로 만들어서 구령후로 변장한 후 승룡장에 잠입했었습니다."

용장봉선과 은겸 등은 화무린이 천외신계 서열 사위인 십이령후 중 한 명을 죽였다는 사실에 한 번 놀랐고, 그가 얼굴 가죽을 벗기는 잔인한 짓도 서슴지 않았다는 사실에 두 번 놀랐다.

봉선은 놀라는 표정으로 은겸을 바라보았다. 화무린에게 얼굴 가죽을 벗길 정도의 잔인한 성품이 있느냐는 무언의 물음이었다.

은겸은 복잡한 표정으로 공손히 허리를 굽혀 그렇다고 인정했다.

소군의 말이 이어졌다.

"결론적으로 말씀드리자면, 승룡장에 잠입한 그는 육천군의 적혈군을 죽이고, 연이어 무쌍신의 흑멸신을 죽인 후 실종됐습니다."

너무도 엄청난 사실에 용장봉선뿐만 아니라 모두들 한동안 입을 열지 못했다.

적혈군이 누구고 흑멸신이 누군가?

용장봉선이 무쌍신과 일 대 일로 싸워도 오십 초를 넘기지 못하고 패한다는 것이 구중천 지휘부의 객관적인 판단이다.

그것은 오십 년 전 삼천쟁 때의 자료를 토대로 했기 때문에 정확하다고 볼 수는 없다.

하지만 용장봉선이 오십 년 동안 피땀 흘리면서 무공 연마를 했다면, 무쌍신 역시 그랬을 것이라는 점을 감안한다면 전혀 틀린 자료에 틀린 판단은 아닐 것이다.

봉선은 예전부터 화무린의 무공 수준을 은겸만큼 자세히 파악하고 있었다.

그의 수준은 은겸과 비슷하거나 그보다 반 수 정도 고강한 정도였다.

그렇다면 십이령후의 한 명과 일 대 일로 싸워도 많이 열세에 처할 터이다.

그런 그가 구령후와 적혈군, 흑멸신을 차례로 죽였다.

적혈군을 죽일 때는 구령후로 변장을 했고, 흑멸신을 죽일 때는 적혈군으로 변장을 했다고 하지만, 그들은 그저 허수아비가 아니다.

탄탄한 실력이 뒷받침돼야만 그런 상황에서 그들을 죽일 수 있는 것이다.

그러나 봉선도, 은겸도 모르고 있었다. 화무린이 은겸과 무공 연마를 할 때 자신의 실력 절반을 끝끝내 감추고 있었다는 사실을.

"그게 사실이냐?"

은겸이 다그치듯 소군에게 물었다. 그는 소군이 자신에게 한 번도 거짓말을 한 적이 없다는 사실을 잘 알면서도 방금 들은 사실이 너무 엄청나서 다시 물을 수밖에 없었다.

소군은 고개를 끄덕였다.

"틀림없어요. 흑멸신이 죽은 것은 소녀의 눈으로 똑똑히 목격했고, 적혈군이 죽었다는 말은 승룡장에 있는 자들이 외치는 소리를 들었어요."

그녀의 말에도 좌중은 조용했다. 그녀를 믿지 못해서가 아니라 너무 엄청난 일이기 때문이었다.

"화무린은, 그는 어떻게 됐죠?"

침묵을 깨고 봉선이 급히 물었다.

적혈군과 흑멸신이 죽었다면, 그들을 죽인 화무린이 어떻게 됐을지는 상상하는 것조차도 끔찍했다.

소군은 자신이 보고 알아낸 것들에 대해서 착잡한 심정으로 자세히 설명했다.

이윽고 소군의 설명을 끝났을 때 용장봉선의 얼굴이 절망으로 물들어 있었다.

은겸은 평소 언제나 신선처럼 여유자적하는 두 사람의 그런 표정을 처음 보았다.

그는 중도에서 용장봉선을 만나 이곳으로 온 것이 전부라서 아직 화무린의 진짜 신분에 대해서 듣지 못했다.

그때 줄곧 침묵으로 일관하던 용장이 비로소 입을 떼어 소군에게 물었다.

"승룡장에는 지금 누가 있소?"

"십이령후의 팔령후와 십령후가 창천십칠호의 추적을 진두지휘하고 있습니다."

"천녀황과 그의 측근들은 없소?"

"없습니다."

이어서 소군은 화무린이 제압한 구령후에게서 알아낸 사실들을 상세히 보고했다.

즉, 천녀황이 직접 무쌍신의 혈도신, 혈도신의 제자 용비, 그리고 육천군 중 두 명을 이끌고 구중천을 공격하러 떠났는 사실.

혈도신의 명령을 받은 제자 용비가 구중천에 잠입하여 여러 가지 사실들을 알아내고 천지조화검을 익혔다는 사실.

그리고 그 이전에 천녀황의 여제자인 혈옥녀가 육천군의 두 명과 하나의 투번을 이끌고 소림사를 공격하기 위해서 본대와 헤어졌다는 사실 등이었다.

하지만 그녀는 화무린의 신세에 대한 것. 즉, 그의 어머니가 천녀황의 친동생이며, 그의 친누나인 혈옥녀가 어머니를 죽였다는 사실에 대해서는 함구했다.

그것은 화무린의 개인적인 비밀이었으므로 입을 열어도 그가 열 것이며, 소군 자신은 죽을 때까지 그 사실을 발설하지 않을 각오였다.

은겸과 용장봉선은 전력으로 달려왔지만 안국현에 갑시(甲時:새벽 5시)에 도착했다. 그러나 그때는 이미 모든 일이 끝난 후였다.

다만 수백 명의 투번 고수들이 안국현을 발칵 뒤집어놓고 있는 것을 목격했을 뿐이었다.

은겸과 용장봉선은 그들이 투번 고수라는 것을 한눈에 알아보았다.

또한 승룡장에 잠입한 화무린이 마침내 무슨 일을 터뜨리고 말았으며, 그래서 투번 고수들이 그를 찾고 있는 것이라고 추측했다. 하지만 그것은 어디까지나 말 그대로 단지 추측일 뿐이었다.

은겸이 소군을 만나기로 했던 개방 안국 분타에 찾아갔으나 그녀는 그곳에 없었다.

그 시간에 그녀는 옥리천이 합류하는 저룡하 일대를 헤매고 있었다.

용장봉선 등은 안국현을 수색하는 투번 고수 한 명을 제압하여 족쳤지만, 중상을 입은 무림고수를 찾고 있다는 실토 외에는 알아낸 것이 없었다.

안국현에 도착은 했지만 은겸과 용장봉선, 그리고 그들이 이끌고 온 고수들은 그저 손을 놓은 채 가만히 있을 수밖에 없었다.

"북검(北劍), 한봉(寒鳳)."

봉선이 조용히 입을 열자 두 인물이 미끄러지듯이 다가와 용장봉선 앞에 나란히 시립했다.

"하명하십시오."

두 사람은 구중천 현천제(玄天帝)를 보필하는 네 명 현천사령 중 두 명인 북검과 한봉이었다.

현천사령은 창천제의 직속 수하인 창천삼령과 동급이다. 즉, 북검과 한봉은 은겸과 같은 지위인 것이다.

북검은 백의를 입었으며 오십대 중반의 나이에 상투를 튼 반백의 머리와 반백의 수염을 기른 위맹한 용모에 어깨에는 한 자루 백검을 메었다.

한봉은 외모가 이제 겨우 이십대 초반으로 보이는 얼음처럼 싸늘한 용모와 분위기를 자아내는 여자였다.

그들은 각각 북검전과 한봉전의 전주이며, 자신들의 휘하에 육 대(六隊)를 거느리고 있다.

"수단과 방법을 가리지 말고 화무린을 찾아내세요."

정의롭고 순수하기로 소문난 봉선의 입에서 수단과 방법을 가리지 말라는 말이 거침없이 흘러나왔다.

은겸은 그녀가 이런 식의 명령을 하는 것을 한 번도 본 적이 없었다.

그만큼 지금의 사태가 중차대하다는 뜻이었다.

"빙염(氷閻)."

북검과 한봉이 미처 복명을 하기도 전에 봉선이 다시 한 사람을 불렀다.

그러자 한 사람이 화살처럼 달려와 용장봉선 앞에 허리를 굽혔다.

"속하 빙염! 대령입니다!"

수려한 외모에 삼십대 중반의 나이. 겉보기에는 그저 책밖에 모르는 사려 깊고 조용한 성품일 것 같은 고아한 용모의 인물이었다.

그러나 실제로는 그의 생각이 몹시 짧고 성격이 활화산처럼 급하고 단순하다는 사실을 구중천에서 알 만한 사람들은 다 알고 있다.

"천녀황의 행적을 추적하세요."

은겸이나 현천사령은 각기 창천제와 현천제의 직속 수하지만, 천주의 좌우호법인 용장봉선의 명령은 천제의 명령과 다름이 없었다.

"명을 받듭니다!"

북검과 한봉, 빙염이 동시에 우렁차게 복명하면서 깊숙이 허리를 굽혔다.

소군은 한 가지 사실을 깨달았다. 봉선이 천녀황의 구중천 공격을 알리는 것보다 화무린에 대한 것을 우선순위에 두고 있다는 사실을.

그러나 왜 그런지는 이해하지 못했다.

"호파(沍婆), 은겸, 적궁(赤弓)."

봉선이 연이어 세 명의 이름을 부르자 세 사람이 그녀 면전에 나란히 시립했다.

호파의 이름은 호명(沍命)이다.

그녀는 현천사령의 나머지 한 명이고, 은겸과 적궁은 창천 삼령 중에 두 명이다.

호명은 현천의 호명전주로서 나이가 팔구십 세는 넘어 보이는 백의노파였다. 그녀는 구중천 내에서 누구보다 박식하고 영리하며 경륜이 풍부했다.

또한 그녀는 입이 매우 무겁지만 한 번 입을 열면 분명한 사실만 말하고, 그녀가 세운 계획은 여태껏 한 번도 실패한 적이 없었다.

적궁은 키가 후리후리하게 크고 마른 듯한 체구의 십대의 홍삼인이었다.

그의 이름 적궁에 활 '궁' 자가 들어 있어서 무기로 활을 사용할 것 같은데, 그의 수중에는 활은 물론 어떤 무기도 지니고 있지 않았다.

그리고 그는 개인적으로 은겸과 친분이 두터웠으며, 소군도 그를 잘 알고 있었다.

소군은 그제야 약간의 정신적 여유가 생겨서 조심스럽게 실내를 살펴보았다.

명령을 받은 북검과 한봉, 빙염은 이미 나가고 없었다.

용장봉선 앞에 시립하고 있는 은겸을 비롯한 세 사람 말고, 한쪽 옆에 두 명의 청년이 나란히 서 있었으며, 봉선의 왼쪽에 한 명의 위맹한 외모의 초로인이 서 있었다.

두 청년 중에 한 명은 키가 칠 척에 이를 정도로 컸고 어깨가 보통 사람보다 절반쯤 더 클 정도로 우람했다. 마치 철탑이 서 있는 것 같은 모습이었다.

이십대 중반의 나이에, 흑의단삼을 입었으며, 네모 각지고 부리부리한 눈에 두툼한 입술을 지닌, 일견하기에도 용맹하고 과묵해 보였다.

그 옆에 서 있는 사람은 보통 체구의 청년이었는데, 놀랍게도 파르라니 머리를 깎았으며 계인(契印)까지 새겨져 있는 중이었다.

더구나 일신에는 중들이 입는 황의까지 입고 있었다.

혹의청년이 과묵해 보인다면 황의를 입은 청년승은 더없이 선하고 여려 보여서 상반된 모습이었다.

그리고 두 사람에게서 약간 떨어진 곳, 굳이 표현하자면 말석(末席)이라고 할 수 있는 곳에 낯익은 얼굴의 여자가 한 명 꼿꼿하게 서 있었다.

'은한!'

소군은 반가운 외침을 입속으로만 터뜨렸다.

그녀는 다름 아닌 은겸의 외동딸이며 소군의 사매인 은한이었다.

은한은 줄곧 소군을 보고 있다가 그녀가 이제야 자신을 쳐다보자 반가운 표정을 떠올렸다.

그러나 무엇 때문인지 곧 샐쭉한 표정을 지으면서 소군을 외면해 버렸다.

"호파, 이곳 안국현에 있는 천외무적군을 어떻게 하는 게 좋겠어요?"

봉선이 백의노파 호명에게 물었다. 사람들은 그녀를 호파라고 부른다.

호명은 숨도 쉬지 않고 즉시 대답했다.

"쓸어버려야지요."

봉선은 가볍게 고개를 끄덕였다.

"제 생각도 그래요."

호명은 깊은 눈빛으로 봉선을 바라보며 듣기만 해도 지혜로울 것 같은 차분한 목소리로 말했다.

"안국현 안팎에 최소한 천외무적군 하나의 번막이 깔려 있는 것 같아요. 두 분께서 팔령후와 십령후를 맡아주시면 속하들이 모조리 쓸어버리지요."

"알겠어요."

봉선은 고개를 끄덕였다.

천주의 좌호법인 봉선은 자신보다 지위가 높은 우호법 용장의 생각과 입을 제 마음대로 대신하고 있었다.

그렇지만 지금껏 용장은 한 번도 봉선의 뜻을 거스른 적이 없었다.

"명을 받듭니다!"

호명과 은겸, 적궁이 용장봉선에게 허리를 굽힌 뒤 몸을 돌려 내전 입구로 빠르게 걸어갔다.

그러자 소군을 보면서 입술을 삐쭉거리고 있던 은한이 깜짝 놀라서 급히 부친인 은겸의 뒤를 따랐다.

그러는 중에 은겸은 소군을 힐끗 쳐다봤다.

"뭘 하느냐? 어서 따라오지 않고서!"

소군이 급히 은겸을 따르려는데 봉선이 제지했다.

"은겸, 그녀에겐 따로 지시할 일이 있어요."

봉선은 사사로운 자리에서는 은겸뿐 아니라 모두에게 예의를 갖추지만 공석에서는 냉정했다.

"알겠습니다."

은겸이 물러가자 소군은 바짝 긴장했다.

아니, 초조했다. 한시바삐 화무린을 찾으러 나가야 하기 때문이었다.

그때 봉선이 소군을 바라보며 조용히 물었다.

"창천구대주는 예전에 화무린을 만난 적이 있나요?"

봉선은 소군이 지나치게 초조한 표정이며, 그것이 무엇 때문인지를 이미 읽어낸 것 같았다.

그녀의 갑작스런 물음에 소군의 안색이 가볍게 변했다. 소군은 원래 거짓말을 못하는 성격인데다 갑자기 묻자 어쩔 줄 모르고 당황했다.

"네? 네……."

"구중천에서인가요? 선천자였던 그를 창천구대주가 담당했었나 보군요."

"네……."

"그렇다면 그에 대해서 잘 알고 있겠군요. 더구나 이번에도 그가 승룡장에 잠입하기 전까지는 행동을 함께했을 테니까 말이에요."

봉선의 말속에서 소군은 그녀가 자신에게 뭔가 특별한 일을 시킬 것이라는 암시를 받았다.

그런 판단이 서자 더 이상 내숭을 부려서는 안 되겠다는 생각이 들었다.

"속하는 낭군님… 아! 화무린에 대해서 누구보다 잘 알고 있습니다! 부디 무엇이든 하명하십시오!"

그녀는 서둘러 말하다가 자신도 모르게 '낭군님'이라 해놓고 급히 고쳐서 말했다.

하지만 워낙 마음이 조급했기 때문에 봉선이 '낭군님'이란 말을 듣고 어떻게 생각할는지에 대해서는 눈곱만큼도 신경 쓸 겨를이 없었다.

그래서 봉선의 눈이 가볍게 빛났다가 사라지는 것을 당연히 발견하지 못했다.

봉선은 두 명의 청년을 바라보았다.

"현조, 와룡(臥龍)."

그러자 두 명의 청년이 쏜살같이 달려와 소군 옆에 나란히 섰다.

흑의단삼의 거구청년은 사 년 전까지만 해도 북경 십삼 개 소귀파의 도두령이었다. 또한 화무린의 단 하나뿐인 친구이기도 했다.

현조, 바로 그였다.

그리고 청년승은 사 년 전에 화무린, 현조, 주자운 등이 구중천에 처음 들어갈 때 네 마리 거대한 독수리가 끄는 비행교에 함께 탄 적이 있었다.

그 당시 그는 청의유삼을 입고 머리에 수건을 칭칭 동여맨 이상한 모습이었는데, 비행교를 탄 함도가 어지러움 때문에 마구 구토를 하자 그의 혈도를 눌러서 멈추게 했던 장본인이 기도 했다.

현조와 와룡은 팔대지옥에 떨어진 지 며칠 만에 선천자로 선택됐기 때문에 모진 고생을 하지 않고 일찌감치 구중천에 올라 무공을 연마했었다.

봉선은 소군과 현조를 번갈아 보면서 자못 진지한 표정을 지으며 입을 열었다.

"두 사람은 누구보다 화무린에 대해서 잘 알고 있을 테니까 그를 찾아내는 데에 큰 역할을 하리라 믿어요."

현조는 소군을 한차례 슬쩍 쳐다보았지만 표정에는 변함이 없었다.

그러나 소군은 그와는 달리 새삼스러운 눈빛으로 현조를 유심히 살폈다.

"내 휘하의 일 대(一隊)를 내줄 테니 무슨 일이 있어도 그를 찾아오세요."

균천 휘하의 일 대면 구중천의 최고 정예 고수다.

"나도 가겠소."

그때 봉선 옆에 서 있던 초로인이 묵직하게 말하며 불쑥 앞으로 나섰다.

긴장감 때문에 그를 잠시 잊고 있었던 봉선은 가볍게 놀라며 탄성을 터뜨렸다.

"미안해요, 장문인. 제가 정신이 없어서……."

봉선은 진심 어린 표정을 지었다.

"장문인께서 이들과 함께 행동해 주신다면 정말 큰 힘이 될 거예요."

이어서 소군과 현조, 와룡에게 초로인을 소개했다.

"이분은 화산파 장문인이에요. 또한 화무린의 의형이기도 하시죠."

순간 소군은 크게 놀랐고, 표정의 변화가 없던 현조도 이 순간만큼은 적잖이 놀란 얼굴로 초로인을 쳐다보았다.

초로인은 다름 아닌 단궁천이었다.

"출발하세요."

봉선의 말에 네 사람은 쏜살같이 내전 밖으로 달려나갔다.

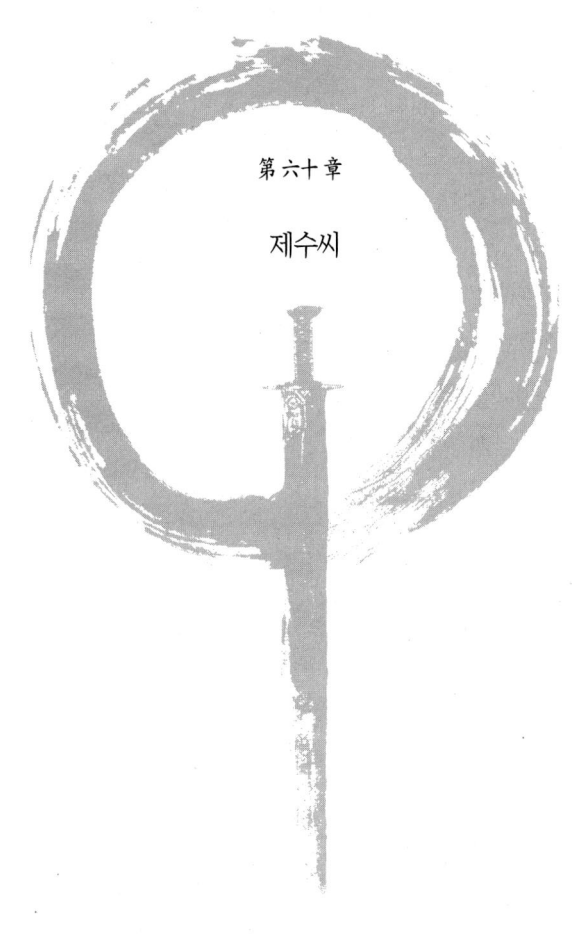

第六十章

제수씨

구중천

九重天

　소군과 단궁천, 현조, 와룡 네 사람은 안국현을 빠져나와서 넓은 대로 한복판을 전력으로 질주하고 있었다.

　단궁천이 가장 앞섰으며, 그 뒤 삼 장 거리에서 현조와 와룡이 나란히, 그리고 그 뒤로 십여 장쯤 뒤처진 채 소군이 달리고 있었다.

　단궁천은 전력으로 달리는 것 같지 않았다. 무슨 생각에 잠긴 듯, 가끔 고개를 갸웃거리기도 했다.

　현조와 와룡은 앞선 단궁천을 뒤쫓기 위해서 전력을 다하느라 안국현을 빠져나온 지 반 각도 지나지 않은 지금 얼굴이 온통 땀투성이였다.

그러나 소군의 사정은 두 사람보다 훨씬 더 좋지 않았다.

그녀는 얼굴이 새빨개지도록 전력으로 달렸지만, 시간이 지날수록 앞선 세 사람과의 거리가 좁혀지기는커녕 점점 더 벌어지기만 했다.

그녀는 지난 삼 년 동안 강호에서 활동하면서 자신의 공력과 무공으로 조금도 불편함을 느끼지 못했었다.

또한 그녀를 여자라고 얕보며 덤벼들었던 많은 무림고수들을 보기 좋게 굴복시키기도 했었다.

스물한 살 나이에, 그것도 여자가 백 년 공력을 지니고 있으며, 구중천의 무공과 전대의 무쌍검류를 터득한 그녀를 당해낼 사람은 그리 흔하지 않았다.

그래서 그녀는 자신의 무공에 대해서 남다른 자부심을 갖고 있었다.

그런 그녀가 지금은 자신의 한계를 철저하게 절감하고 있는 중이었다.

어느덧 그녀의 입에서는 가쁜 숨결이 토해졌으며, 정도 이상으로 무리하게 공력을 사용한 탓에 급격하게 공력이 저하되기 시작했다.

그러자 그녀의 달리는 속력이 눈에 띄게 느려졌다.

하지만 앞선 세 사람에게 도움을 청하고 싶은 생각은 추호도 없었다.

자존심 같은 것이 아니었다. 단지 화무린을 잘 알고 있다는 사람들에게 자신의 약한 모습을 보이기 싫다는 설명하기 어려운 복잡한 감정 때문이었다.

그때 현조가 힐끗 소군을 돌아보았다. 그녀는 잠깐 사이에 이십여 장 뒤로 처져 있었다.

현재 현조와 와룡이 지니고 있는 공력이나 무공 수위는 서로 엇비슷했다.

"좀 천천히 갑시다."

그때 현조가 단궁천의 등을 향해 불쑥 내뱉었다. 평소의 그답게 데퉁맞은 목소리였다.

현조의 말은 깊은 생각에 잠긴 채 달리고 있던 단궁천을 일깨웠다.

단궁천은 힐끗 뒤돌아보았다. 그리고는 현조에게 왜냐고 묻지도 않았다.

이제는 삼십여 장 뒤에까지 처져서 따라오고 있는 소군을 발견했기 때문이다.

순간 현조와 와룡의 눈앞에서 단궁천의 모습이 씻은 듯이 사라졌다.

펄럭~

머리 위에서 들리는 가벼운 옷자락 펄럭이는 소리에 두 사람이 급히 속도를 줄이면서 고개를 들어봤지만 단궁천의 옷자락 끝만 살짝 봤을 뿐이다.

두 사람이 뒤돌아봤을 때에 단궁천은 어느새 소군의 면전에 내려서고 있었다.

그들은 방금 화산파의 절기 중 하나인 청운신쾌(靑雲迅快)라는 경공을 본 것이다.

그런데 놀라움은 그것으로 끝나지 않았다.

현조와 와룡이 부지중에 약간 속도를 줄였을 뿐인데, 단궁천은 어느새 한 팔로 소군의 가느다란 허리를 안은 채 원래의 자리로 되돌아와 아무 일도 없었다는 듯이 계속 달려가고 있지 않은가?

맨 뒤 끄트머리에서 헐떡이며 달리던 소군은 졸지에 가장 앞에서 달리게 되었다.

아니, 그녀는 달릴 필요가 없었다.

단궁천의 억센 왼팔이 그녀의 가느다란 허리를 안고 있었기 때문에 두 발이 땅에서 한 자 이상 떠 있는 상태가 돼버린 것이다.

방금 전까지만 해도 화무린을 알고 있는 사람들에게 자신의 약한 모습을 보이고 싶지 않다고 여겼던 그녀는 막상 단궁천의 도움을 받게 되자 부끄럽다거나 수치스러운 느낌이 그리 크게 들지는 않았다.

오히려 무엇인지 알 수 없는 잔잔한 포근함이 엄습했다. 모를 것이 여자의 마음이라더니, 지금의 소군이 그러했다.

소군은 남녀를 막론하고 태어나서 오직 한 사람 화무린에게만 안겨봤었다.

그녀의 몸 구석구석 화무린의 손길과 눈길이 스치지 않은 곳이 없었다.

그런데 지금 그녀의 허리를 화무린이 아닌 다른 남자가 안고 있었다.

그런데도 그녀는 별로 거부감을 느끼지 않았다. 그녀는 자신의 그런 반응에 적잖이 놀라고 있었다.

그러나 아마도 단궁천이 화무린의 의형이기 때문에 남 같다는 생각이 들지 않아서일 것이라고 스스로 위로하고 또 판단하며 마음을 추슬렀다.

남자가 여자의 허리를 안고 경공을 전개하는 경우에는, 여자가 두 팔로 남자의 목을 안던지 어깨를 잡으면 두 사람 다 편하다는 것이 상식이다.

그렇지만 소군은 졸지에 자신의 허리를 도둑(?)맞은 것까지는 용납할 수 있었지만, 단궁천의 목을 안거나 어깨를 잡고 싶은 생각은 없었다.

상황이 이렇게 됐지만 아마도 얄팍한 자존심이 작용을 하는 것이리라.

그러나 단궁천은 가타부타 아무 말 없이 앞만 보고 질주했으며, 현조와 와룡은 조금 전과는 달리 일 장쯤 뒤에서 바짝 뒤따르고 있었다.

단궁천이 소군을 안고 달리기 때문에 속도가 아까 같지 않아서 현조와 와룡의 속도와 비슷해졌기 때문이다.

소군은 조심스럽게 단궁천의 얼굴을 바라보았다. 화무린의 의형이라지만 그녀로서는 생전 처음 보는 얼굴이다.

그리고 의문스러운 점도 있었다. 이렇게 나이도 많고 고강한 사람과 화무린이 어떻게 결의형제가 될 수 있었는지 이해하기가 어려웠다.

더구나 단궁천은 다정다감한 화무린하고는 조금도 어울릴 것 같지 않은 근엄한 모습이었다.

그때 소군의 품속에서 아령이 빼꼼 얼굴을 내밀고 단궁천을 쳐다보았다.

단궁천은 소군이 아닌 또 다른 한 쌍의 눈동자가 자신을 쳐다보고 있다는 것을 느끼고 소군 쪽을 굽어보다가 아령을 발견했다.

순간 평생 한 번도 웃어본 적이 없을 것 같던 단궁천의 입가에 환한 미소가 피어났다.

소군은 단궁천을 보느라 여념이 없었기 때문에 아령이 품속에서 나온 줄 모르고 있었다.

그래서 단궁천이 자신을 보고 미소를 짓는다고 착각을 해서 그녀도 어색한 미소를 살포시 지어 보였다.

"오랜만이구나, 아령아!"

단궁천이 아령을 보면서 조금 더 환한 미소를 지으며 말하는 것을 보고서야 소군은 자신이 착각했음을 깨닫고 살짝 얼굴을 붉혔다.

전설의 영물인 백령예 아령은 상상을 초월할 정도로 냄새를 잘 맡는다.

아령은 아주 가까이에서 친숙한 냄새를 맡고 소군의 품속에서 고개를 내민 것이었다.

물론 친숙한 냄새의 장본인이 단궁천이라는 것은 두말할 필요도 없다.

구중천 지궁계에서 불과 며칠 동안 함께 지냈던 단궁천을 기억하고 있는 아령이었다.

아령은 단궁천의 품으로 뛰어올라 그의 턱수염에 자신의 얼굴을 비비면서 반갑다고 갸릉거렸다.

그것을 보고 소군은 한 가지 사실을 깨달았다. 아령이 단궁천을 알아본다면, 그와 화무린은 필경 구중천에서 만났을 것이라는 사실이었다.

"이 녀석! 무린은 어디에 두고 너 혼자 있느냐?"

단궁천은 아령의 머리를 쓰다듬으면서 짐짓 꾸짖는 시늉을 했다.

소군은 그의 목소리에서 화무린에 대한 진한 염려와 슬픔을 느낄 수 있었다.

그때 단궁천이 아령을 쓰다듬던 손을 멈추고 처음으로 소군에게 시선다운 시선을 던졌다.

그리고 제만에는 일껏 목소리를 부드럽게 하여 물었다.

"어째서 낭자가 아령을 데리고 있는 것이지?"

하지만 단궁천을 잘 모르는 소군의 귀에는 따지는 듯한 어조로 들렸다.

그 말투가 그렇지 않아도 심란한 소군의 비위를 살짝 건드리고 말았다.

"이리 와라, 아령."

그녀가 샐쭉한 어조로 말하자 아령은 단궁천의 수염에 얼굴을 비비던 동작을 뚝 멈추더니 일말의 망설임도 없이 소군의 품으로 돌아왔다.

"들어가 있어."

아령이 뭔가 심상치 않은 분위기를 느끼고 단궁천과 소군을 번갈아 핼끔거리자 소군이 나직이 명령했다.

순간 아령은 그녀의 품속으로 쏙 들어가 버렸다.

소군은 화무린 이외의 남자에게는 미소조차 지어본 적이 없었다.

또한 단궁천은 자신의 영원한 여인 송연과 화무린, 주자운을 제외한 사람들에게 자신의 진심이나 부드러움을 드러낸 적이 없었다.

그런 점에서는 소군과 단궁천의 성격이 비슷했지만, 그래도 경륜은 단궁천이 더 풍부했다.

"낭자는 화무린과 어떤 사이지?"

단궁천은 단도직입적으로 물었다. 말을 빙빙 돌리는 것은 죽어도 하지 못하는 그였다.

소군은 여태까지보다 조금 더 속이 꼬였다. 그녀는 당장 단궁천의 품에서 벗어나고 싶다는 생각을 떨쳐 버리지 못하며 냉정하게 대답했다.

"나는 그의 여자예요."

두 사람이 나누는 대화는 뒤에서 바짝 따르는 현조와 와룡에게도 들렸다.

더구나 방금 소군의 말은 또렷하면서도 컸기 때문에 듣지 않을 수가 없었다.

그러자 단궁천의 얼굴에 적잖이 놀라는 표정이 떠올랐다. 아니, 그는 화살처럼 달려가던 신형을 급히 멈추기까지 했다. ·

"정… 말이오?"

그는 놀라고 흥분된 표정으로 소군을 쳐다보며 확인하듯 물었다. 어느새 말투도 변해 있었다.

단궁천의 뜻밖의 반응에 소군은 조심스러운 표정이 되어 머뭇거리듯 고개를 끄덕였다.

"그… 래요."

"허허헛! 이럴 수가……!"

단궁천은 껄껄, 흡족한 웃음을 터뜨렸다.

그러나 현조는 확인이 필요했다. 그는 아무나 덜컥 믿고 또 마음을 주는 성격이 아니다.

"무린의 여자라는 것은, 그의 아내라는 뜻이오?"

소군의 얼굴이 목덜미까지 능금처럼 새빨개졌다. 그녀는 대답 대신 고개를 끄덕였다.

그녀는 화무린과 혼인은 하지 않았지만, 자신들 두 사람은 부부나 다름이 없다고 확신했다.

다른 사람이 이렇게 예의없이 불쑥 물었다면 죽기 살기로 덤벼들었을 소군이지만, 상대는 화무린을 잘 아는 사람이라서 성질을 한풀 꺾어야만 했다.

그런데 현조의 물음은 거기에서 끝나지 않았다.

"그렇다면 무린의 알몸도 봤겠군."

소군의 얼굴이 더욱 빨개져서 손가락으로 슬쩍 건드리기만 해도 손끝에 붉은색이 묻어날 것만 같게 되었다.

어찌 그녀가 화무린의 알몸을 한두 번 봤겠는가? 어떤 날은 둘이서 아예 하루 종일 나체로 지낸 적도 있었다.

귀명비혼을 연마할 때도, 식사를 할 때도, 뜨거운 물에서 목욕을 하며 서로의 몸을 애무할 때에도, 두 사람이 서로의 알몸을 본 것은 물론 손길이 닿지 않은 곳이 없었다.

"무린의 몸에 특징이 하나 있는데, 그게 무엇인지 말할 수 있겠소?"

현조는 화무린의 등 한복판에 북두성(北斗星·북두칠성)을 가리키는 일곱 개의 점이 뚜렷하게 새겨져 있다는 사실을 알고 있었다.

그래서 소군이 화무린의 알몸을 봤다면 그것을 못 봤을 리가 없을 것이라 여겼다.

그런데 그 말에 소군의 얼굴이 새빨갛다 못해서 아예 당장이라도 폭발해 버릴 것처럼 변했다.

그녀는 고개를 푹 숙이고 기어들어 가는 목소리로 겨우 입을 열었다.

"그는… 홍분을 잘해요……."

그 말을 즉시 알아들은 사람은 아무도 없었다. 이 마당에 왜 갑자기 '홍분'이라는 말이 튀어나온 것인가.

현조는 화무린의 등에 있는 북두성이 '홍분'을 해야지만 나타났었던가? 하고 잠시 고개를 갸웃거리다가 결국 그 뜻을 물어볼 수밖에 없었다.

"무슨 뜻이오?"

현조가 약간 눈살을 찌푸리며 물었다.

소군은 이 바보 같은 세 남자를 어떻게 이해시켜야 하는지 아주 잠깐 고민하다가 조금 용기를 냈다.

"그가 나를 아주 살짝 만지기만 해도… 그의 그것이 금세 딱딱해져요……. 그리고… 매, 매우 커요……."

"……."

"……."

"……."

이런 엄청난 오해를 하다니…….

이번엔 소군의 말뜻을 알아듣지 못하는 바보 같은 남자는 아무도 없었다.

그녀의 말뜻은 너무도 정확하게 세 남자에게 전달됐다.

그리고 그들은 아무런 말도 하지 못했다.

다만 입을 딱 벌리고 어이없는 표정을 지을 뿐이었다.

"험! 험!"

단궁천이 얼굴을 슬쩍 붉히면서 주먹을 입에 갖다 대며 멋쩍은 듯 헛기침을 해댔다.

그는 현조를 보며 위엄있게 물었다.

"자네는 무얼 확인하고 싶은 것인가?"

현조는 금세 표정을 굳혔다.

"그녀가 정말 무린의 여자인지 확인하려는 것이오."

"확인해서 뭘 어쩌겠다는 것이지?"

"……."

원래 말주변이 없는 현조는 일순간 대답할 말이 없었다. 잠시 생각해 봤지만 결과는 마찬가지였다.

말이라면 경험이 풍부한 단궁천보다 조리있게 구사하는 사람이 드물다.

그가 드디어 포문을 열었다.

"자넨 무린과 어떤 관계인가?"

"친구요."

단궁천의 시선이 와룡에게 향했고, 눈빛은 소군을 볼 때와는 달리 칼날처럼 날카로웠다.

"자넨?"

와룡은 데퉁맞은 현조와는 다르게 공손히 허리를 굽히면서 합장을 해 보였다.

"저는 구중천에 들어갈 때 비행교에서 그를 단 한 번 봤을 뿐입니다."

단궁천의 시선이 다시 현조에게 향했다.

"그렇다면 자네가 무린의 친구라는 사실을 어떻게 증명할 수 있나?"

"나는……."

현조는 대답을 하려다가 입을 다물었다. 지금으로서는 자신이 화무린의 친구라는 사실을 증명할 방법이 없었다, 화무린이 나타나기 전까지는.

단궁천은 마지막 공세를 취했다. 그는 소군의 품에서 고개를 내민 아령의 머리를 부드럽게 쓰다듬으며 설명했다.

"이 녀석은 백령예라는 영물로 무린이 이름을 아령이라고 지어주었네. 무린이 있는 곳에는 늘 이 녀석도 함께 있지. 즉, 무린의 분신이라는 뜻일세."

현조는 굳은 표정을 풀지 않은 채 인내심을 갖고 단궁천의 말을 듣고 있었다.

"그렇기 때문에 이 녀석은 아무하고나 친하지 않네. 무린과 가까운 사람하고만 친하지. 자네도 보다시피 우린 이 녀석과 친하다네. 이 정도면 우리와 무린이 가깝다는 사실이 증명

된 것 아닌가?"

단궁천을 팔짱을 꼈다.

"지금은 무린의 생사를 확인하고 그가 위기에 처해 있으면 도움을 주는 것이 시급하네. 우리 중에 누가 무린하고 친한지를 구분하는 것은 나중이라도 상관이 없다는 뜻이지."

현조는 무뚝뚝하고 과묵하다 뿐이지 꽉 막힌 사람은 아니라서 단궁천의 말이 옳다는 것을 인정했다.

그는 잠시 묵묵히 단궁천을 응시하더니 이윽고 그를 향해 포권하면서 정중히 허리를 굽혔다.

"무린의 의형이라면 제계도 형님입니다. 소제 현조가 형님께 인사드립니다."

와룡도 나란히 서서 합장을 하며 허리를 굽혔다.

"저는 와룡이라고 합니다."

"자넨 중인가?"

"그렇습니다. 소림사의 장문인이신 무아 선사님이 저의 사부이십니다."

"그래?"

오십 년 전, 삼천쟁 당시에 무아 선사는 이십대 초반의 나이로 소림의 이대제자였다.

그리고 천외신계가 천중인계 침공의 효시로 삼았던 그 참혹했던 소림사 공격에서 살아남은 백오십 명의 생존자 중 한 명이기도 했다.

그 당시에 그는 무림의 태산북두인 소림사가 얼마나 속절없이 무너졌는지를 똑똑히 목격했고, 오십 년이 지난 후에도 생생하게 기억하고 있었다.

장문인이 되기 전의 그는 하루도 그날의 악몽을 잊은 적이 없었다.

그리고 장문인이 된 후에는 어떻게 하면 소림사를 더욱 강한 문파로 만들 수 있을까 자나깨나 궁구하느라 뜬눈으로 밤을 지새운 적이 셀 수도 없을 정도였다.

결국 무아 선사는 한 가지 방법을 생각해 냈다.

그것은 자신의 막내 제자인 와룡을 구중천으로 보내 실전된 소림사의 절학을 배워오게 하는 것이었다.

와룡이 무사히 돌아와 실전된 절학을 전하면 머지않아 소림사는 더욱 강해질 것이라는 게 무아 선사의 계산이었다.

단궁천은 뜻밖이라는 표정을 지으며 잠시 와룡을 살펴보다가 곧 진중한 표정으로 바꾸며 소군에게 물었다.

"제수씨, 이제는 제수씨께서 무린의 마지막 상황에 대해서 더 자세히 설명해 줄 차례요."

소군은 단궁천의 느닷없는 호칭에 가슴이 설레었다. 화무린이 실종된 후 마음이 몹시 황폐해 있던 그녀에게 '제수씨'라는 호칭은 작은 위로가 되어주었다.

그녀는 단궁천의 말 중에서 '제수씨'라는 말만 들었다. 아니, 듣긴 다 들었지만, '제수씨'라는 말을 듣는 순간 나머지 말들은 다 잊어버렸다. 그만큼 '제수씨'라는 말은 그녀에게 신선한 충격을 준 것이다.

그녀가 대답을 하지 않자 단궁천은 더욱 부드러운 표정을 지었다.

"나는 제수씨가 용장봉선에게 했던 보고보다 더 자세한 내용을 원하오. 혹시 제수씨가 용장봉선에게 보고했을 때 잊고 있던 부분이 있소?"

갑자기 화무린이 사무치게 그리워진 소군은 눈물을 글썽이면서 울먹거리다가 급기야 단궁천의 품으로 뛰어들면서 울음을 터뜨리고 말았다.

"으흐흑! 아주버님!"

단궁천은 가볍게 놀랐으나 곧 그녀를 품에 안고 부드럽게 등을 토닥여 주었다.

"아무것도 걱정하지 마시오, 제수씨. 무린이 구중천 팔대 지옥에서 어떻게 살아남았는지 제수씨도 잘 알잖소? 무린은 절대 쉽게 죽지 않소."

과연 그 말은 소군에게 큰 위로가 되어주었다.

그때부터 그녀는 자신이 과연 봉선에게 보고할 때 무엇을 빼놓았는지를 곰곰이 생각하고 난 후 처음부터 다시 설명을 시작했다.

그러나 화무린과 천녀황의 관계에 대해서는 일체 발설하

지 않았다.

　화무린의 의형과 친구에게까지 휘지비지(諱之秘之)하는 것이 미안하긴 했지만 어쩔 수가 없었다.

『구중천 제5권 끝』

적포용왕

김운영
新무협 판타지 소설

『신마대전』『흑사자』의 작가 김운영.
그가 낚아 올리는 무협의 절정!
낚시 신동 백룡아! 장강에서 천존과 맞짱 뜨다!

적포천존(赤布天尊) 고금제일강(古今第一强)
인호타자연재해(人呼他自然災害)
40세 이후로 상대가 누구든 몇 명이든, 한 번도 패하지
않고 모두 이긴 적포천존. 70세 중반에 반로환동하여
무림인들을 절망에 빠뜨린 그가 말년에
제자를 만들어 말년에 호강할 계획을 세운다?!

천하에 두려울 것이 없는 '자연재해'와
그의 제자들이 무림에 나타났다!

세상을 보는 또 하나의 창 · intebook.net
유행이 아닌 자유추구 · chingeoram.net
Book·Publishing CHUNGEORAM

화산검종
華山劍宗

한성수 新무협 판타지 소설

문피아 최단기간 골든 베스트 1위!!
선호작 1위!! 평균 조회수 3만의
『화산검종』!!!

『무당괴협전』, 『태극검해』, 『만검조종』……
연이은 대작들의 감동을 넘어설 또하나의 도전!!

한성수 작가가 야심차게 준비한
구대문파 시리즈의 출사표!!

그날 나는 죽었고 모든 것은 변하기 시작했다!

오 년 전의 싸움으로 내공이 전폐되고 목숨보다 소중했던
자하신공과 자하구벽검을 잃었다.
저주처럼 심장에 틀어박힌 구마련주의 마정을 품은 채
화산에 드리운 그늘을 벗기 위해 산을 내려온 운검.

하지만 그것은 끝이 아니라 또 다른 시작이었다!!

저작권 보호!!

장르문학의 성장에 힘이 되어주십시오.

저작물의 무단 전재와 복제, 불법 다운로드!
이것은 관심이 아니라 무관심입니다!

작가님들은 창의적 열정과 시간을 투자해 자신의 꿈과 생계를 유지합니다.
한 권의 책을 만들어 많은 사람들은 자신의 인생과 미래를 설계합니다.

저작물 속에는 여러 사람의 노력과 희망이
담겨 있습니다!

저작물의 무단 전재와 복제, 불법 다운로드는 여러 사람들의 꿈과 생계를
위협함으로써 장르문학을 심각한 상황에 빠뜨리고 있습니다.

이제는 무관심이 아니라 관심으로 장르문학의
성장에 힘이 되어주세요.

[도서출판 **청어람**은 항시적인 저작권 보호를 통해 장르문학과
여러분의 희망을 지키겠습니다.]

도서출판
청어람

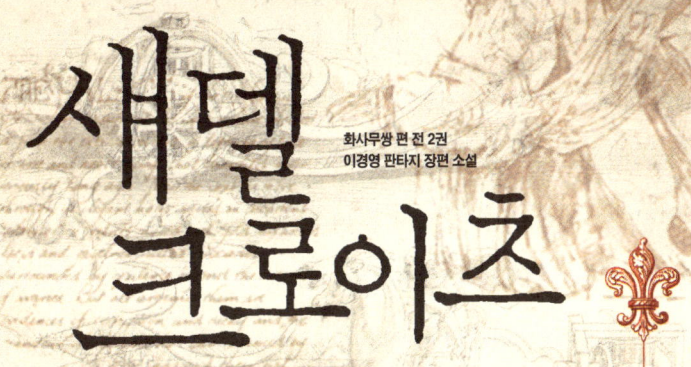

새델 크로이츠

화사무쌍 편 전 2권
이경영 판타지 장편 소설

『가즈나이트』의 명성과 신화를 넘어설
이경영의 판타지의 새로운 상상력!

자신만의 독특한 세계관을 창조한 작가
이경영의 새로운 도전과 신선한 충격.

바란투로스의 특수부대 새델 크로이츠의 리더 파렌 콘스탄.
야만족을 돕는 안개술사를 물리치기 위해 아시엔 대륙에서 온
불을 뿜는 요괴 소녀 카샤.
너무나 다른 두 사람이 운명의 길에서 만나다.
친구란 이름으로 시작된 모험, 그 앞에 놓인 난관과 운명의 끈은
어떻게 될 것인지……

"질투가 날 만도 하지.
요괴가 산신령을 엄마로 두는 건 흔한 일이 아니거든.
괜찮다, 파렌. 본좌가 아는 요괴들 전부 본좌를 질투하고 부러워하니까."
소녀는 손에 잔뜩 받은 빗물을 훌쩍 마셨다.
파렌은 그 순수함에 웃음을 흘렸다.
그는 지금까지 자신이 봤던 그녀의 기이한 행동들을 어렴풋이나마 이해할 수 있을 것 같았다.
그렇게 친구가 된 둘은 그 길로 긴 여행을 떠나게 된다.

-본문 중에-

세상을 보는 또 하나의 창 - inthebook.net
유행이 아닌 자유추구 - chungeoram.net

Book Publishing CHUNGEORAM

학교에서는 가르쳐주지 않는
10대들을 위한 **인생수업**

작가 : 이빙 | 역자 : 김락준

10대들을 위한 나침반 같은 인생 교과서!
사회 초입에 들어서게 될 청소년들에게 들려주는
100가지 인생 이야기

내 인생의 방향잡기!
여행길에 오르기 전에 접해보자!

100가지 이야기, 100가지 명언

사람은 태어나면서부터 각기 다른 모습으로, 각기 다른 사고로 "인생" 이라는
여행길에 오르게 된다. 내가 지금 서 있는 이 위치에서 그리고 사회라는 공간에서
한 사람의 몫을 당당하게 해낼 수 있는 역량을 키워나가기 위해서는 어떠한 생각을
가지고 있어야 하는 걸까.

늦지 않게 준비하자! 스스로의 마음가짐이 자신의 미래를 결정한다!

설레는 마음으로 떠난 길일지라도 기존에 생각하고 있던 것과는 다르게 흘러가는
사회의 모습에 당혹스럽기도 할 것이다.

그러한 곳에 발을 들여놓기 위해 첫 발걸음을 막 뗀 청소년이라면 학교에서는
미처 배우지 못한 상황에 더욱이 큰 혼란스러움 을 느낄 수밖에 없다.
시간이 흐를수록 사회가 한 인간에게 요구하는 것은 다양하고 세밀해지고 있다.
그러한 사회 속에서 자신만이 앞으로 나아가지 못해 제자리걸음을 하게 된다면 어떠할까.
미리 대비를 하지 않는다면 당신 역시 그러한 현상에 빠지는 또 한 명의 사람이 되고 말 것이다.

책장을 넘기는 순간, 책과 당신의 공감대가 형성된다!

적응을 위해 도움이 될 만한
인생의 지혜와 경험, 깨달음이 한가득 담겨있다.
그 속에 담긴 100가지 이야기 그리고 그와 관련된 100가지의 명언은
가슴 깊이 새겨 놓고 되뇌여 보기에 충분하다.

세상을 보는 또 하나의 창 - inthebook.net
유행이 아닌 자유추구 - chungeoram.net

Book Publishing CHUNGEORAM

공부하는 감각의 차이가 자녀의 미래를 결정한다.
이 시대가 필요로 하는 명품 인재 만들기!

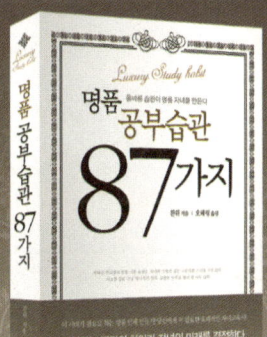

Luxury Study habit

올바른 습관이 명품 자녀를 만든다

명품
공부습관
87가지

저자 : 친위
역자 : 오혜령

❧ 똑소리 나는 부모의 똑소리 나는 자녀 교육법!

어린 시절의 습관은 평생을 결정한다.
제대로 바로잡지 못한 나쁜 습관은 자녀의 미래에 검은 그림자를 드리울 수도 있다.
대부분의 부모들은 아이의 잘못된 습관을 발견하면 언성을 높이는 경향이 있다.
하지만 그것이 문제 해결의 방법이 아님을 당신은 이미 알고 있을 것이다.
지금 당신은 적절한 대안을 찾지 못해 힘겨워 하고 있지는 않은가.
내 아이가 명품 인생으로 살아가길 희망하는 부모라면 이 책에 귀를 기울여 보자.

❧ 내 아이가 세상의 중심에 우뚝 설 수 있게 하는 방법!

이 책은 잘못된 공부습관과 대인관계 형성 등의 문제 등을
87가지 이야기를 통해 알아보고 그에 걸맞는 올바른 해결책을 제시해주고 있다.
이 한 권의 책을 통해 똑소리 나는 부모가 되어보자.
그리고 내 아이가 최고의 명품으로 거듭날 수 있도록 노력해보자.
이 책은 분명 당신에게 꼭 맞는 효과적인 자녀교육서가 될 것이다.

세상을 보는 또 하나의 창 - inthebook.net
유행이 아닌 자유추구 - chungeoram.net

Book Publishing CHUNGEORAM

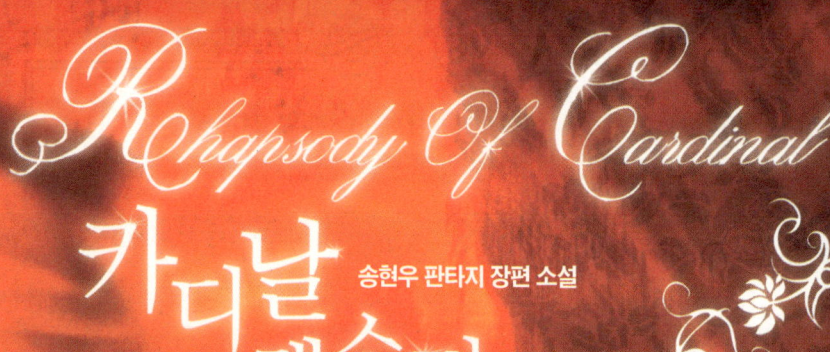

Rhapsody Of Cardinal

카디날 랩소디

송현우 판타지 장편 소설

놀라운 경험(the enormous experience)!

He created a completely new world.
It is a place who have never known and where never been able to imagine.
This splendid world will introduce the enormous experience for the
person only who reads.
그 누구에게도 알려진 것이 없으며 상상조차 할 수 없었던 새로운 세계를
작가는 완벽하게 창조해내었다.
이 멋진 세계는 독자들만이 체험할 수 있는 놀라운 경험으로 인도할 것이다.

판타지는 허구다? 아니다. 판타지는 일상이다.
우리의 삶은 연속된 판타지의 연장선상에 놓여 있고,
상상은 우리의 일상을 더욱 살찌운다.
『카디날 랩소디(Rhapsody of Cardinal)』를 경험하는 독자들은
더욱 풍부한 일상 속에서 새로운 삶을 경험할 것이다.
멋진 만남! 흥미로운 경험! 이것이 『카디날 랩소디』가 가진 장점이며,
작가 송현우가 독자들에게 바라는 꿈이다.

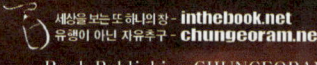

세상을 보는 또 하나의 창 - **inthebook.net**
유행이 아닌 자유추구 - **chungeoram.net**

Book Publishing CHUNGEORAM